Lichter an, für das wahre Leben

BoD
BOOKS on DEMAND

Das Buch

Weltstar, Bad Boy, Sensibelchen und die große Versuchung. All das und noch so einiges mehr, verkörpert Julian in seinen Filmen. In der Rolle des Machos fühlt er sich wohl, zerbricht jedoch langsam, aber stetig daran und versucht in den dunkelsten Stunden seiner Einsamkeit die Leere zu füllen, mit Tabletten und Wodka. Er verkörpert das kitschige Klischee des geliebten Helden, der an seiner inneren Unsicherheit zu zerbrechen droht. An einer inneren Traurigkeit, die keiner sehen und verstehen kann.

Julian und Grace – zwei Menschen, die auf den ersten Blick nicht viel gemeinsam haben.

Er, ein Star der Kinoszene; lebend in einer Trugwelt, die nur wenig mehr kennt als Geld und Macht. Sie eine schlaue, aber nicht allzu erfolgreiche Wirtschaftsreporterin. Die von dieser Scheinwelt nicht viel hält und dies gerne zum Ausdruck bringt.

Sein Stern verblasst langsam. Durch lustige und traurige Verwicklungen soll es jetzt an Grace sein, ihn wieder strahlen zu lassen. Es geht nicht um Rettung, es geht nicht um Schmeichelungen - es geht um so viel mehr.

In der Liebe zu Grace meint Julian endlich gefunden zu haben, wonach er suchte. Doch sie droht an ihm zu zerbrechen, an seinem Egoismus und Egozentrismus. An seiner Wärme zu ersticken. Von seiner Ehrlichkeit zertreten zu werden. In einer Zeit, in der sie selbst nicht einmal weiß, dass sie sich erst noch finden muss.

Bei einem Filmdreh in Vietnam kommen sich beide auf einer anderen Ebene immer näher – doch nie reicht es für den ganz großen Schritt. Der Schein der Scheinwerfer scheint immer zwischen ihnen zu stehen. Und noch mehr die harte Realität. Denn so einfach ist das nicht, mit dem Rampenlicht. Wenn die Spotlights ständig auf einen gerichtet sind und wirklich alles in den Medien stattfinden soll – auch die Liebe.

Julian muss feststellen, dass er nicht immer alles bekommen kann. Liebe tut manchmal weh. Doch wird er sich soweit verändern können, dass er Grace nicht bricht? Einfach nur er selbst ist und Grace es zulässt, einfach nur sie selbst zu sein.

Einem Adler gleich, versucht er sie frei fliegen zu lassen. Ihre Flügel nicht zu berühren. Hoffend, dass sie zu ihm zurückkehren wird.

AVA FOX

Lichter an, für das wahre Leben

ROMAN

Bibliografische Information der Deutschen
Nationalbibliothek:
Die Deutsche Nationalbibliothek verzeichnet diese Publikation in der
Deutschen Nationalbibliografie; detaillierte bibliografische Daten sind
im Internet über http://dnb.dnb.de abrufbar.

Alle Namen, Personen und Handlungen dieser Geschichte sind frei
erfunden. Ähnlichkeiten zu lebenden oder toten Personen sind Zufall.

Coverdesign: Ava Fox
Herstellung und Verlag:
BoD – Books on Demand, Norderstedt

ISBN: 978-3-7392-2109-0

45° und es wird noch heißer

»Heute ist wieder mit viel Dunst, ausgelöst durch den Smog und die hohen Temperaturen, zu rechnen. Wenn möglich, ist es empfehlenswert nicht das Auto zu nehmen, sich nicht allzu lange im Freien aufzuhalten. Keinen Sport zu treiben, der ihr Herz und den Kreislauf zu sehr belastet und immer Wasser mit sich zu führen. Die Temperaturen werden heute noch auf mindestens 45 Grad Celsius steigen.«

Grace seufzte und drehte ihr Autoradio leiser. Sie konnte die nasale Stimme der Radiomoderatorin einfach nicht mehr ertragen. Na super, wieder einer dieser Tage, an denen alle durchdrehen würden. Nach Los Angeles rein war der morgendliche Stau normal, aber auch ihre Nerven lagen an Tagen wie diesen mehr als blank. Weniger Hitze und weniger Staub in der Luft wären gut, eine Erholungsphase der letzten Wochen. Aber der Himmel schien kein Erbarmen mit ihnen haben zu wollen. Lange würde es bestimmt nicht mehr dauern und die ersten Waldbrände würden den eh schon smogverseuchten Himmel noch dunkler und die Luft noch dicker werden lassen.

Sie selbst fühlte sich wie ein Schwein am Spieß, sobald sie ihren Wagen mit der Air-Condition verließ. Und die Temperaturen würden in diesem August nur noch weiter steigen. Das wusste sie aus Erfahrung. Und wie Grace es vorhergesehen hatte, begrüßte sie Lärm in einer Pegellautstärke, die einem eigentlich sofort wieder Richtung Auto treiben konnte. Das Hotel war am heutigen Montagmorgen brechend voll. Vor der Tür standen hunderte von Fans. Geräusche von Surren und Sprechchören, die Grace unangenehm im Ohr widerhallten, Fotoapparate blitzten zwischen Gesichtern auf und waren für angespannte Nerven, die hier wohl jeder Angestellte, vom Bodyguard bis zum Hotelpagen hatte, extrem belastend. Dazu kamen die Schreie von viel zu jungen Frauen, die sich über die Absperrung lehnten und unweigerlich eingequetscht wurden. Plakate und Fotos ihres Idols in den Händen hielten, die Smartphones gezückt, um eventuell ein Foto zu erhaschen. Grace war klar, dass dies heute ein unerfüllter Traum von den meisten hier Anwesenden bleiben würde. Wenn nicht gar von allen. Denn Julian Cole war nicht gerade dafür bekannt, gerne Autogramme zu schreiben. So wurde es ihr zumindest von ihrer Freundin Marie erzählt. All das andere Unwichtige über diesen Schauspieler konnte sich Grace beim besten Willen nicht alles im Kopf behalten.

Brüllen und Gezeter verfolgten sie auch noch, als sie schon in der Eingangshalle stand und erst einmal durchschnaufte. Hier war es angenehm kühl und ruhig. Verstohlen zog sie an ihrer Bluse, die unangenehm an ihrer schwitzigen Haut klebte. Unter ihrem Brillensteg sammelte sich das Wasser. Mit einem lauten Seufzer wischte sie es ab.

»Ein Montagmorgen, der ohne guten starken, schwarzen Kaffee nicht auszuhalten wäre«, frohlockte eine männliche heitere Stimme und Grace lächelte automatisch, als er auf sie zugeschritten kam.

»Hallo, Lucas«, begrüßte Grace den großen Blonden. Der wieder perfekt aussah. Soweit sie dieses »perfekt« eben beurteilen konnte. Eigentlich nicht, denn sie hatten sich erst einmal getroffen, als Marie ihn ihr als Persönlichen Assistenten von Julian Cole vorgestellt hatte. Der Abend war feuchtfröhlich verlaufen und Marie und Lucas schienen sich gut zu verstehen – mehr musste dazu nicht gesagt werden. Dafür hatte Marie natürlich Zeit, aber heute in der Früh an ihr blödes Telefon zu gehen, um noch einmal die letzten Fragen zu klären, dafür war die Kleine zu krank.

Küsschen rechts und links. An diesen oberflächlichen Snobismus würde sich Grace nie gewöhnen. Musste sie wohl auch nicht, denn sie hatte ja mehr vor, als Stars und Sternchen Hollywoods zu interviewen. Wobei sie wieder bei ihrem Vorsatz wäre, nie so jemanden gegenübersitzen zu müssen und es jetzt doch tat. Aber es war ja eine gute Tat.

»Wenn ich ehrlich bin, weiß ich nicht so recht, ob ein Kaffee heute wirklich reicht«, lächelte Grace schüchtern.

»Die Frau, die selbst schon einmal den Präsidenten der Vereinigten Staaten interviewt hat, wird doch wohl nicht nervös sein, oder?«

»Ich war nur im Reportersaal des Weißen Hauses gesessen und habe eine kleine Zwischenfrage gestellt, die der Präsident nicht einmal vorgelegt bekam.«

Lucas tat es mit einer lockeren Handbewegung ab.

»Wie geht es Marie?«

Grace zuckte mit den Schultern. »Ich hab heute noch nichts von ihr gehört«, blieb mit Lucas stehen. »Ihr geht es wohl wirklich nicht gut genug, heute selbst zu kommen. Ich hoffe du bekommst keinen Ärger deswegen.«

»Tja, ich habe auch nichts von ihr gehört«, sprach Lucas, aber er zwinkerte ihr von der Seite zu und Grace war klar, dass es ihm nicht wirklich etwas ausmachte. Wieder tat es Lucas lächelnd ab und führte Grace weiter. Sie merkte sich nicht den Weg. Jeder Flur sah dem davor ähnlich und jede Tür war aus dunkler Eiche. Durch so eine wurde sie jetzt auch geschoben. Lucas wirbelte herum und zog die schweren puderfarbenen Brokatvorhänge etwas auf.

»Sie werfen ihm das Geld hinterher und haben eigentlich nichts davon. Schon seltsam so Fans«, murmelte Lucas vor sich hin. Das von einem Persönlichen Assistenten zu hören war lustig, fand Grace. Schließlich verdiente Lucas damit sein Geld, dem großen Julian Cole die Termine zu koordinieren und ihm sein Wässerchen bereitzustellen. Was er sonst noch so bereitstellte, wollte Grace gar nicht so genau wissen.

Konnte sie jedoch den Gerüchten trauen, die in den zahlreichen Klatschblättern über Cole und seiner Clique verbreitet wurden – die sie für dieses Treffen durchwühlen hatte müssen, schließlich war sie ja professionell – waren das so einige Dinge. Und der gut durchtrainierte Lucas gehörte ganz eindeutig zu dieser Clique.

»Wasser ist da. Obst hier«, Lucas deutete auf die Dinge. Doch Grace achtete nicht darauf, Obst war eh nicht so ihr Ding, setzte sich auf einen Stuhl und kramte in ihrer Tasche.

»Das ist überhaupt nicht mein Metier. Ich kenn mich in Film und Fernsehen überhaupt nicht aus.«

»Das wird schon«, lächelte Lucas seicht und verdrehte die Augen. »Du hast keine Ahnung wer da manchmal kommt.«

»Glaub mir, will ich auch gar nicht«, sprach sie nicht allzu leise. Die Arme weit ausgebreitet, stellte sich Grace vor den Ventilator und schloss die Augen. Spürte regelrecht, wie die Schweißbäche unter ihren Achseln zu fließen aufhörten und lächelte, als ihre Haare seicht nach hinten gehoben wurden und die frische Luft auf ihren Nacken traf. Die Narben vom Zurücklegen ihrer Ohren, letzte Woche, stachen bei manchen Bewegungen noch unangenehm. Für die nächste Schönheitsoperation würde sie den Chirurgen von Marie kontaktieren.

»Mist«, fluchte Grace und ging auf die Knie, um nach ihrem heruntergefallenen Kugelschreiber zu suchen.

»Ha, und diese bescheuerten Fragen von Marie. Fehlt nur noch, dass ich ihn fragen würde, wie er es gern mit seinen Groupies treibt und wie lang sein Schwanz ist.«

»Grace«, versuchte Lucas, die in Fahrt gekommene junge Frau zu beschwichtigen und sah verschmitzt grinsend zu Julian Cole, der gerade den Raum betreten hatte und Lucas zuzwinkerte.

»Mächtig was los da unten«, grinste Julian, sah dabei jedoch auf Graces Hintern, der sich keck in die Luft reckte, ihr Kopf dagegen unter einer Kommode verschwunden.

»Verdammt, wo ist dieser Stift?«, fluchte Grace weiter. »Außerdem starrt er bestimmt jedem Weibsbild auf den Arsch.«

»Na ja, ich gebe zu, bei dem Arsch schon.«

Wuhm.

Grace krachte mit dem Kopf gegen das harte Holz und hielt in ihrem Suchen inne.

»Sag mir, dass das jetzt nicht wahr ist, Lucas«, winselte sie vor sich hin.

»Ich wollte dich ja aufhalten«, sprach Lucas lachend, als er bemerkte, wie Julian leicht seinen Kopf drehte und den prallen Hintern von Grace weiter verträumt vor sich hinlächelnd betrachtete. Grace schloss die Augen und zählte innerlich bis drei. Verdammter Mist. Möglichst elegant versuchte sie unter der Kommode hervorzukriechen. Den Kugelschreiber natürlich nicht gefunden.

»Mr. Cole«, begrüßte sie den Schauspieler lächelnd und rappelte sich auf. Reichte ihm die Hand und versuchte nicht an die äußerst peinliche Situation zu denken.

»Grace Kapplan. Schön Sie kennenzulernen«, flötete sie weiter und überging das leise Lachen Lucas` einfach mal ganz selbstbewusst.

»Die Freude liegt ganz auf meiner Seite«, gab der Star lächelnd zurück.

»Na, dann. Ich habe noch einiges zu erledigen«, damit verabschiedete sich Lucas, mit einem verkniffenen Lachen auf den Lippen und Grace hätte ihn umbringen mögen. Die Geschichte würde bestimmt in den nächsten zehn Minuten die Runde gemacht haben.

»Also«, fing Grace an und setzte sich auf die Couch. Julian sich daneben. So war das jetzt nicht geplant gewesen. Nicht so nah und nicht so ... Grace räusperte sich.

»Ähm, okay«, lächelte sie unsicher und schlug ihren Notizblock auf.

»Ich muss gleich dazu sagen, dass die Fragen nicht von mir stammen.« Gequält entließ sie Luft, als sie die erste Frage las, sie war immer noch genauso bescheuert, wie beim ersten Mal lesen.

»Haben Sie für Ihre Rolle lange geübt? Äh?«, schnell blätterte sie weiter. »Haben Sie versucht als Tierarzt sich praktische Übung zu verschaffen?«, murmelte sie die nächste Frage herunter. »Also, das sind doch nicht Sachen die man als Fan wissen will, oder?«, sie sah ihn irritiert an.

Julian hatte einen Arm auf der Sofalehne abgelegt und musterte sie amüsiert. Zuckte nur mit den Schultern.

»Warum Tierarzt?«, fragte sie nach.

»Weil ich in meinem neuesten Film ›Jedes Herz braucht seinen Anker‹ einen Tierarzt spiele«, klärte er sie auf und konnte kaum noch sein Lachen unterdrücken.

»Ach so«, entkam es ihr. Studierte wieder die Fragen auf ihrem Block.

»Sie haben ihn nicht gesehen?«, fragte Julian lächelnd nach.

»Wen?«, irritiert sah Grace von ihrem Block auf und schob ihre große schwarze Brille wieder auf die Nase.

»Den Film«, half er ihr auf die Sprünge.

»Nein«, entkam es ihr zu schnell und irgendwie ein klein wenig zu belustigt, was sie an dem milden Lächeln ihres Gegenübers ablesen konnte, dessen Backenknochen jetzt leicht mahlten.

»Ich bin nicht so der Cineast, wissen Sie«, fügte sie daher noch schnell hinzu.

»Was sind Sie denn dann? Reporterin scheinen Sie ja auch nicht zu sein.«

Das hatte gesessen. Mit verkniffenen Lippen antwortete Grace ihm ehrlich: »Ich bin Journalistin für ein angesehenes Wirtschaftsmagazin, das über die Landesgrenzen hinaus Anerkennung genießt und für meine Freundin Marie heute nur eingesprungen, da sie mit Fieber im Bett liegt und wenn sie den Termin heute nicht wahrgenommen hätte, dann hätte sie wohl ihren Job verloren. Aber ...«, intensiv ruhten ihre

Augen auf ihm und das Lächeln verschwand nur halb aus seinem Gesicht, »das bleibt bitte unter uns.«

Julian nickte verstehend und fuhr sich leicht durchs Haar.

»Was würden Sie mir denn für Fragen stellen? Mal abgesehen von Groupiesex und meiner Schwanzlänge.«

Grace lief rot an, das wusste sie und wenn sie rot anlief, dann immer fleckig. Attraktiv wirkte das nicht. Wieder räusperte sie sich, bevor sie zum Sprechen ansetzte. Vielleicht hätte sie sich doch ein Glas Wasser einschenken sollen.

»Warum Sie das überhaupt alles machen. Sich diesem ganzen Gedöns an Unehrlichkeit und Augenwischerei auszusetzen. Den Menschen etwas vorspielen und vorleben, das sie eh nie erreichen werden und das der Realität so weit entfernt zu sein scheint, wie kaum etwas anderes.«

Jetzt war es an Julian irritiert aus der Wäsche zu gucken. Er wollte schon ansetzten, um etwas zu erwidern, als Grace auch schon wieder begann: »Die Jugend von heute will doch schon keinen normalen Beruf mehr erlernen. Lieber Model oder Schauspieler werden. Außerdem finde ich es extrem schwierig, wenn bevorzugt junge Frauen mehr unnütze Informationen über ihre Stars anhäufen, als die letzten sechs Präsidenten der Vereinigten Staaten aufzählen zu können. Was ist wohl wichtiger?«

Verlegen kratzte sich Julian am Hinterkopf.

»Ich gehöre auch zur Zeitgeschichte«, versuchte er sich irgendwie zu rechtfertigen. Fühlte sich gerade mächtig in die Enge getrieben und das gefiel ihm nicht. Vor allem nicht, weil es sich dabei um eine kleine Reporterin handelte, die augenscheinlich null Ahnung von seinem Geschäft hatte.

»Zeitgeschichte, pah«, höhnte Grace, »zur Zeitgeschichte gehört ein Kennedy, oder eine …«

»Nicht nur Politikmenschen gehören dazu. Auch die Kultur …«, fing Julian immer wütender werdend an.

»Kultur ist das nicht, was Sie da auf Celluloid festhalten. Kultur ist Kunst, ist Van Gogh und Mozart«, fuhr sie ihm über den Mund, den er einfach nicht mehr zubekam.

»Seid ihr fertig?«

Erschrocken fuhr Grace zusammen und sah zu Lucas, der lächelnd in der Tür stand, die Arme vor der Brust verkreuzt und Grace beschlich das Gefühl, dass die vereinbarten fünfzehn Minuten bestimmt noch nicht vorbei waren.

»Sind wir«, sprach Julian fest und stand auf.

»Hey, ich habe noch nicht meine Fragen gestellt«, echauffierte sich Grace und stand auch auf.

»Haben Sie. Für die restlichen denken Sie sich eine Antwort aus, wie das wohl so üblich ist, bei Ihnen im Business und da gibt es in Ihrem Metier wohl genauso wenig Scheu Unwahrheiten zu Papier zu bringen, wie in der Medienlandschaft des Films«, knurrte Julian und ging zur Tür.

»Ach, und Grace?«, Julian drehte sich noch einmal verschmitzt grinsend zu ihr um, »achtzehn.«

Fragend zog sie die Augenbrauen zusammen und bekam den Mund nicht mehr zu, als sie begriff. Tief männlich lachend verließ er den Raum. Lucas ihm Schulterklopfend hinterher.

»Eingebildeter Fatzke. Das würde er sich wohl wünschen«, nuschelte Grace vor sich hin und ließ sich erleichtert, endlich das Interview hinter sich gebracht zu haben, wieder auf das Sofa fallen.

Die Blockseiten voller Fragen und keinen Antworten. Super!

Scheinwerfer an, für das richtige Leben

»Ich mach das nicht noch einmal, Marie. Ich habe allein zwei Stunden hin gebraucht, zum Hotel und dann war der ganze Spuk innerhalb von zehn Minuten vorbei. Und dieser Julian Cole ... nein, Marie ich fand ihn keineswegs attraktiv. Ja, er hat einen Akzent. Ob der süß ist? Find ich nicht. Ist halt Brite, der Herr Schauspieler. Er ist total eingebildet und weißt du, was er mir sagte?«, doch Grace hielt inne und lauschte in die Stille, das nur von Wassergeplätscher unterbrochen wurde. Unter der Dusche stand ihr Freund Philipp. Kurz huschte ihr Blick zu ihrer dunklen Ledertasche. Darin lag ein Zettelchen, mit Lucas` Telefonnummer, den selbiger ihr noch kurz nach dem Interview zugesteckt hatte, mit einem herrlich offenen, männlichen Lächeln. Ein Lächeln, das nicht wirklich davon zeugte je groß abgewiesen worden zu sein. Nachdenklich kaute sie auf ihrer Unterlippe, bis sie auflachen musste, als Marie wieder von ihrer Krankheit anfing.

»Außerdem hörst du dich wieder ganz gut an. Das war wohl eine Blitzheilung. Wenn du das nächste Mal einen Typen vögelst und ihn danach nicht wiedersehen willst, dann lass nicht mich das ausbaden«, höhnte Grace in den Hörer.

Marie druckste rum. »Na gut, ich war nicht sooo krank. Also schon, aber eher liebeskrank.«

Grace zog eine Augenbraue in die Höhe.

»Ich bin eben nicht so arbeitsam wie du, kleine Biene«, verteidigte sich Marie und Grace war klar, auch wenn sie es nicht sehen konnte, dass ihre beste Freundin gerade eine Schnute zog.

Nein, auf der Universität war immer sie, Grace, es gewesen, die alle Unterlagen der totkranken Marie mit aufs Zimmer brachte oder ihr Tipps für Ideen neuer Artikel gab, wenn ihrer Freundin nichts einfiel, oder besser gesagt, wenn sie keine Lust hatte ihr hübsches Köpfchen selbst anzustrengen. Obwohl sie eigentlich eine sehr gute Journalistin sein könnte. Das Talent besaß sie zumindest mehr als Grace selbst. Vor allem das Schreibtalent. Deswegen konnte Grace es auch nie verstehen, warum Marie immer nur für die Yellow-Press schreiben wollte. Nie höhere Ambitionen hatte. Aber vielleicht lag das ja wieder am sich »Durchbeißen müssen« und »Köpfchen anstrengen«. Jedenfalls war Grace immer wieder zutiefst erschüttert, wenn sie daran dachte, dass Marie bei ihrem Blatt so ziemlich das gleiche Gehalt verdiente, wie sie selbst, bei einem Wirtschaftsmagazin.

»Wir sprechen uns noch«, giftete Grace in den Hörer und legte auf. Sah zur Badtür und grinste.

Das prasselnde Geräusch des auftreffenden Wassers auf dem Emaille und auf seinem Körper, in Kombination mit seinen Gedanken, ließ Philipp unvorsichtig für seine nähere Umgebung werden. Dann tat er eben das, was er in solchen Situationen immer tat. Doch weit kam er in seinen pumpenden Bewegungen nicht.

»Denkst du dabei an mich?«

Zutiefst erschrocken fuhr er herum und sah Grace, wie sie locker im Türrahmen lehnte und sich auf das Nagelbett ihres Daumens biss.

»An wen denn sonst?«, lächelte er seicht und wischte sich Wasser aus dem Gesicht. Die Augenbraue in die Höhe gezogen, kaute sie weiter an ihrem Daumenbett. Das Prasseln des Wasserstrahls war für längere Zeit das einzige Geräusch, das in dem Raum widerhallte. Ihr Blick glitt über seine gesamte Gestalt. Biss sich an jedem einzelnen Detail an ihm fest. Seine Haare waren durch das Wasser dunkler. Der Bauch straff. Wohlgeformte Oberschenkel. Und wieder musste sie daran denken, wieviel besser er doch aussah, ohne das Brillengestell auf der Nase.

»Schon fertig?«, fragte sie herausfordernd und lächelte diabolisch, während sie sich den Rock nach oben schob, sich breitbeinig auf den Waschbeckenrand setzte und ihn weiterhin unverwandt ansah. Er konnte wunderbar frei auf ihren Schoss sehen. Genau so, wie Grace sich das gedacht hatte und sie sah mit Wohlwollen, wie er sich fest in die Unterlippe biss.

»Ich soll mir vor dir einen runterholen?«, fragte er ungläubig, mit einem Kloß im Hals. Das war extrem, doch Grace gefiel schon immer das Extreme. Der Reiz aneinander ging die letzten Monate mehr und mehr verloren und Grace war sich nicht klar warum. Sie dachte eigentlich, bei ihm wäre endlich alles anders. Aber nach acht Jahren durfte sie vielleicht nicht mehr so viel erwarten - von ihnen beiden. Gerade jedoch schien sie ihn wieder in den Bann gezogen zu haben und das steigerte ihre eigenen Empfindungen nur noch mehr. Langsam ließ sie die braunen Locken über ihre Schulter fallen. Sein Blick folgte ihren Fingern, blieb dann aber wieder auf ihrem dunkelblauen Slip hängen.

»Du könntest auch zu mir kommen«, versuchte er die Situation etwas in die Länge zu ziehen. Ihre Reaktion war ein Krausen der Nase und ein süßliches Lächeln.

»Ich will nicht komplett nass werden, heute.«

»Nicht nass werden?«, fragte er höhnisch lächelnd nach.

»Du musst besser auf die feinen Details hören. Ich sagte, nicht komplett.«

Er schluckte hart, als sie sich unter ihren Slip fuhr.

»Das solltest du nicht selber machen.«

»Überkommt dich jetzt die Moral?«, fragte sie, mit tiefer Stimme.

»Nein, aber das was du da machst, sollte meine Aufgabe sein«, antwortete er heißer.

»Dann solltest du eben deine Aufgaben nicht so vernachlässigen«, konterte sie flink und stellte ihre Füße auf dem Rand ab. Schnell drehte er die Wasserhähne zu und ging die drei Schritte zu ihr, zog ihr Becken zu sich ran. Es überkam sie sofort eine Gänsehaut, als sie seine kalten Hände auf sich spürte. Seine kalte nasse Haut an ihren Innenschenkeln. Grace drückte ihr Rückgrat stärker durch und ließ hart Luft aus ihren Lungen. Wasser tropfte von seinem Körper auf sie und rann in kleinen Rinnsalen aus seinen Haaren, als er sein Gesicht in ihren weichen Haaren vergrub.

»Marie«, entkam es ihm, bevor er sich in ihrer Schulter festbiss. Ihre Hände noch immer fest in seinen Hüften verkrallt, sah sie ihn an. Die Augen groß und in Unglaube geweitet. Während sie sich von ihm losmachte, zog sie sich schon die Bluse über die Schulter und fuhr sich immer wieder wild durch die Haare.

»Sag mir, dass es nicht die Marie ist, die ich meine«, sprach sie atemlos und sah ihn bittend an. Philipp folgte ihr hastig ins Wohnzimmer. Wütend zog sie ihren Rock nach unten. Krallte ihre Finger in ein Kissen, das sie ihm an den Kopf pfeffern wollte. Sein Schweigen machte sie so endlos wütend. Doch als sie sich umdrehte, hielt sie in ihrer Bewegung inne. Er sah zu Boden. Doch Graces Herz zerriss nicht. Es kamen keine Tränen auf und seine schuldbewusste Haltung ekelte sie nur an.

»Ich erledige die Drecksarbeit für sie und sie dankt es mir, indem sie es mit meinem Freund treibt«, knurrte sie vor sich hin.

»Lass es dir erklären«, bat Philipp und wollte ihre Hände nehmen, doch sie befreite sich von ihm. Wie konnte er jetzt nur so extrem gelassen wirken?

»Zieh dir was an und verschwinde«, zischelte sie zurück und eilte ins Schlafzimmer. Legte sich auf ihre Seite des Bettes, möglichst weit weg von seinem Geruch. Rollte sich ein, wie ein Embryo und weinte erst, als die Tür hinter Philipp ins Schloss fiel. Er hatte sie nicht einmal um Verzeihung gebeten.

Den Hausstand von acht Jahren Beziehung aufzulösen war die reinste Hölle. Vor allem die ganzen Bücher. So viele Bücher. Grace hatte Philipp am Telefon darum gebeten, die Aufgabe übernehmen zu dürfen. Philipp hatte gebeten, die Beziehung wegen seinem Fehler nicht so einfach wegzuwerfen. Beide verharrten auf ihrem Standpunkt und irgendwann waren die vollen Kartons vor der einst gemeinsamen Haustür verschwunden. Und mit dem Verschwinden begriff Grace auch, dass es ihr nicht darum ging, dass Philipp fremdgegangen war, es war etwas anderes. Dieses »Andere« jedoch begriff sie nicht.

Philipp war schnell vergessen, in den Armen anderer Männer. Aber nicht so schnell seine Hände, sein Stöhnen und irgendwann verstand Grace, dass es auch nur das war, was sie wirklich vermisste. Aber nicht seinen Geruch, nicht seine Augen, nicht seine gehauchten liebevollen Worte, denn die kamen eh nur beim Liebesspiel über seine Lippen und nie in anderen unverfänglichen Situationen, wie an der Kasse des Supermarktes, im dunklen Kino, auf der Hinfahrt zu ihren Eltern und schon gar nicht auf der Rückfahrt.

Langsam löste sie den Korken der Weißweinflasche und schenkte sich etwas ein, bevor sie ins Schlafzimmer schlenderte und den Kleiderschrank öffnete. Nahm noch einmal einen Schluck und zog einen goldenen Ring auf den passenden Finger.

Männer mochten es, wenn sie klare Signale bekamen und ein Ehering war ein glasklares Signal, der in Kombination mit »allein in einem Club auftauchen« und »Gerne kannst Du mir einen Drink ausgeben« nur auf drei Schlussfolgerungen schließen ließ: Die Ehefrau hatte keine Probleme mit One-Night-Stands, sie tat es wohl heimlich und suchte nicht nach der großen Liebe.

Von dem Trick hatte sie einst in einer Frauenzeitschrift gelesen und es nicht für möglich gehalten, aber die Aussicht nur ein Abenteuer zu sein, der Reiz des Unmoralischen und die fehlende Aussicht auf Beziehung zogen die Männer wie das Licht die Motten an. Damit stiegen die Männer nicht in der Respektskala bei Grace, aber darauf kam es heute Nacht ja auch nicht an. Vor allem zog es Männer an, die Angst hatten ihr Reichtum könnte im Visier einer habgierigen Frau stehen. Grace wusste, wo diese Männer in L.A. zu finden waren, aber ihr kam es nicht darauf an. Anderen Frauen schon und nicht nur eine von diesen Exemplaren gehörte ihrem Bekanntenkreis an. Augenzwinkernd begrüßte sie nur eine Stunde später mehrere dieser Frauen, zog lächelnd nebenbei einen Lipgloss aus ihrer Clutch und rannte unvorsichtigerweise in die Arme eines Herrn.

»Tut mir leid«, lächelte sie entschuldigend.

»Muss es nicht«, grinste der Mann zurück und legte automatisch eine Hand an ihre Hüfte. Doch Grace sah nicht in seine blauen Augen, sondern in große braune. Gerade kamen drei Männer aus einem Hinterzimmer und während sich Julian Cole noch die Nase rieb, blieb er abrupt stehen. Sein Gesicht zerfiel in tausend Teile, als er zu Grace sah. Ihre Augen huschten zwischen den Männern hin und her. Betreten sah sie weg. Hatte das Gefühl, ihn bei etwas ertappt zu haben, was sie nicht hätte sehen sollen. Darüber dachte sie auch noch nach, als sie ihre gerade erst vor zwei Tagen aufgespritzte Unterlippe untersuchte, im Spiegel des Toilettenraumes und zu der Erkenntnis kam, dass sie unbedingt etwas mit ihren Augenbrauen anstellen musste.

»Hast du den Artikel über mich, im Chicks-Magazin, verfasst?«

Überrascht sah Grace von den Erdnüssen auf, die sie gerade der Reihe nach, auf dem Tresen drapiert hatte - der Größe nach. Wieder sah sie auf die Nüsse und verrutschte zwei. Julian Cole lehnte lässig neben ihr am Tresen und grinste sie frech an.

»Warum, gefällt er dir nicht?«

»Es entspricht Nichts der Wahrheit.«

»Du hast mir ja auch nichts verraten, was ich hätte verwenden können. Außer deiner Penisgröße.«

»Das interessiert dich also«, lächelte Julian anzüglich und Grace verdrehte entnervt die Augen. »Stimmt, das mit den Groupies hatten wir ja nicht mehr geklärt. Also nein, Groupiesex gibt es keinen.«

»Das ist mir ehrlich gesagt auch egal«, Grace schluckte den Rest ihrer Cola hinunter und wollte gehen, als er sie am Arm aufhielt.

»Ist Lucas auch hier?«, rutschte es ihr heraus. Kurz zog Julian die Augenbrauen zusammen und ließ sie wieder los. Grace bestellte eine neue Cola.

»Hat es der gute Lucas also auch bei dir probiert«, lächelte er seicht, »na ja, wundert mich nicht wirklich.« Da Grace zwar bei ihm blieb, aber nichts erwiderte, fuhr er fort: »Der hat in jeder Stadt eine.«

Doch das entlockte ihr nur ein kurzes Schulterzucken. Darauf kam es nicht an, fand sie gerade.

»Vielleicht nimmt er sich ja dich zum Vorbild.«

Das ließ Julian Cole offen lächeln. »Tja, ich hab vergessen, aus welcher Branche du kommst. Mein Fehler.«

Warum sollte das sein Fehler sein?, überlegte Grace noch, als er sich auch schon wieder groß vor ihr aufbaute. Sein warmer Atem glitt sanft ihrer Halsbeuge hinab.

»Als ich als erstes deinen drallen Hintern gesehen habe, dachte ich mir: Scheiße, den will ich haben. Als du dann hervorgekrochen kamst, dachte ich mir: Verdammt, was für eine hübsche Frau und als du dann ...«, er beugte sich weiter zu ihr vor und nahm eine Haarsträhne zwischen die Finger, »als du dann mit mir zum Diskutieren angefangen hast, wollte ich dich am liebsten küssen, damit du endlich Ruhe gibst.«

»Warum? Magst du nicht, wenn Frauen ihre Meinung frei und ungezwungen äußern?«

Seine Augen wurden tiefer und sein Blick blieb auf ihrem hochgepuschten Dekolleté hängen. Sanft strich er über ihre Hüfte und sie schob sich auch in seine Richtung. Ihre Augen ruhten auf seinen Lippen. Es war eine stumme Bitte, doch seine Augen waren zu verhangen und das nicht von Lust.

»Wo ist deine Bibliothekars-Brille geblieben?«, lächelte er anzüglich.

»Ich hab den Artikel nicht geschrieben«, sprach sie laut etwas aus, was in diese Situation gerade gar nicht passte. Doch sie musste das einfach klarstellen. So einen Schund verfasste sie nicht. Niemals.

»Das ist mir gerade sehr egal«, hauchte er gegen ihre Haare und seine Hand rutschte weiter hinter zu ihrem Po.

»Du nimmst dir immer einfach was du willst, oder?«, flüsterte sie und Julian zog verwirrt die Augenbrauen zusammen.

»Ich bin Single. Ich darf das.«

»Du brauchst dich vor mir nicht zu rechtfertigen.«

»Weil du auch so bist, oder gerade weil du in einer Beziehung bist?«

»Ich dachte es gäbe keine One-Night-Stands«, sprach sie, mit heraufge-zogener Augenbraue weiter.

»Das habe ich nie gesagt. Nur nicht mit Groupies«, kippte seinen restli-chen Wodka die Kehle hinunter.

»Und auch nicht mit seriösen Reporterinnen«, konterte sie und nahm ihre neue Cola entgegen.

»Die geht auf mich. Setz sie auf meine Rechnung«, sprach Julian zum Barmann, der nickte.

»Ganz bestimmt nicht«, echauffierte sich Grace, legte Dollarnoten auf den Tresen und verschwand in der Menge.

»Schwieriges Mädchen«, klärte Julian den Barmann auf, obwohl dieser schon längst wieder mit einem neuen Gast beschäftigt war.

Er beobachtete sie, das war Grace klar. Vor allem durch die Tatsache, dass die Mädchen ihr ständig zuraunten, wo er sich gerade im Raum befand und wie er sie anstarrte. Doch Grace ging alleine nach Hause.

Theaterbühne, »Ich bin Dein«

»Du brauchst einen Mann und seinen ...«, Helens hohe Stimme hallte laut in der Eingangslobby des Wohnkomplexes wider.

»Seinen?«, Grace schielte schief lächelnd zu ihrer Freundin. Die deutete an, was sie meinte und Grace verdrehte genervt die Augen. Klasse, dachte sich Grace, das brauchte sie gerade am allerwenigsten, als sie auf ihre monatliche Mietsrechnung sah, die sie aus dem Briefkasten gefischt hatte. Alleine zu wohnen, in dieser Gegend von L.A. war so gut wie unmöglich. Sie musste sich etwas einfallen lassen, überlegte sie weiter, als sie mit ihrer Nachbarin Helen, im Aufzug zu ihrem Stockwerk fuhren. Vielleicht brauchte sie doch einen Mann, aber der musste schon sehr gut bezahlen, überlegte Grace weiter, als sie ausstieg.

»Wie geht es eigentlich Eugénie?«, erkundigte sich Grace.

»Keine Ahnung. Aber bestimmt sehr gut, sie ist mit Oliver auf den Bermudas unterwegs. Hast du eigentlich gewusst, dass Olivers alte Liebe Megan Houston jetzt groß als Schauspielerin durchstartet?«

Sie kannte noch nicht einmal Oliver Kent richtig, wie konnte sie dann so etwas wissen? Und es war ihr auch mehr als egal. Viel Glück für die Kleine. Das Show-Business war mehr als ein hartes Pflaster. Grace folgte den weiteren Ausführungen von Helen nicht mehr, hatte sich nur aus Höflichkeit über Helens gute Freundin erkundigt, die einst in ihrer jetzigen Wohnung gelebt hatte, bevor Philipp und sie hier ihr eigenes Nest aufbauen wollten. Noch immer bei der Vorstellung eines Nestes, mit vielen Eiern darin, beschützend der Weißkopfadler über seinen Horst thronend, blieb sie abrupt stehen. Auch Helen hörte zum Plappern auf.

Wie ein Häufchen Elend saß Marie vor Graces Wohnungstür und rieb sich die Tränen von den Wangen. Ein kleines Schulmädchen hätte es nicht bemitleidenswerter hinbekommen.

»Ich will dich nicht sehen«, kam es sofort von Grace. Marie rappelte sich auf und wollte sie am Arm packen, aber Grace schüttelte sie ab und schloss lautstark die Tür hinter sich.

»Grace, bitte. Er hat uns beide verarscht«, rief Marie durch die Wohnungstür und klopfte dagegen. Grace hörte, wie Helen leise auf Marie einredete, aber diese ließ sich nicht davon abbringen die Tür halb einzuschlagen.

»Aber du hast gewusst, dass er mich hat«, brüllte Grace aus vollem Hals der Tür entgegen und ließ sich auf ihr Sofa plumpsen.

»Er hat gesagt, es wäre aus zwischen euch.«

»Du glaubst aber auch alles, oder?«, höhnte Grace zurück.

»Ihm schon, ja«, hauchte Marie durch die Tür und Grace wusste, was sie damit meinte. Zog die Füße zu sich ran und schluchzte leise. Es war das erste und letzte Mal, dass sie wegen einem Mann eine Freundschaft aufs Spiel setzen würde, schwor sich Grace in dem Moment, als sie langsam die Tür öffnete.

»Philipp ist also ausgezogen.«

Graces Mutter, eine große Blondine in den Fünfzigern, setzte sich elegant auf das breite Sofa. Langsam, beherrscht und immer perfekt – das ewige Motto der Südstaaten-Schönheiten, dachte sich Grace, nicht ohne Bewunderung, als sie an ihrem Aperitif nippte und sich gegenüber ihrer Eltern in das Sofa fallen ließ. Margarete, ihrer Mutter ein Ebenbild und genauso kühl, saß neben ihrer Schwester in einem Sessel. Die Locken perfekt gewickelt, die blauen Augen perfekt betont. Spitzenhandschuhe? Waren die nicht in den 1980er in gewesen?

Roberta reichte ihr ein Sandwich, auf einem silbernen Tablett und Grace nahm es lächelnd von der italienischen Haushälterin entgegen. Eigentlich würde es Grace nicht wundern, wenn schwarze Menschen bei ihren Eltern arbeiten würden, so altmodisch wie ihr Haus immer noch eingerichtet war. Seit dem Bürgerkrieg hatte sich in der Gegend nicht wirklich viel geändert. Obwohl die Eltern ihrer Mutter eindeutig nachweißlich Yankees waren und das Anwesen einmal bis auf die Grundmauern abgebrannt war.

»Woher weißt du das?«, fragte Grace murmelnd und biss herzhaft in das Brot. Sie war ganz spontan in einen Flieger vor nicht einmal vierzehn Stunden gestiegen. Hatte die Enge L.A.s nicht mehr ertragen und wollte auf der Ranch ihrer Eltern, in Georgia für ein paar Tage entspannen.

»Er hat uns angerufen, Liebes«, antwortete ihr Vater. Genauso beherrscht, aufrecht sitzend, die Augen starr auf sie gerichtet. Sie wusste, was ihr Vater gerade von ihr dachte. Sie hatte es nicht geschafft, einen Mann zu halten. Immer gab er ihr die Schuld, wenn etwas in die Brüche ging, bevorzugt bei Beziehungen. Egal welcher Art diese Beziehungen waren. Und leider erreichte er auch immer wieder das, was er wollte. Schuldbewusst sah sie auf ihre Fußspitzen.

»Dann kennt ihr ja die Geschichte und ich brauch sie euch nicht mehr zu erzählen«, gab sie etwas zu schnippisch zurück, was ihrem Vater sogleich eine Augenbraue nach oben trieb.

Philipp hatte es sich angewöhnt, immer bei ihren Eltern vorstellig zu werden, wenn etwas nicht so recht stimmte, in ihrer Beziehung. Seit dem Zeitpunkt, als ihr Vater sie auf eine Lesung eines anerkannten jungen Philosophie-Dozenten mitgenommen hatte. War das schon acht Jahre her?, überlegte Grace geistesabwesend und stellte sich vor, wie Philipp, ohne Brille, erhaben gewirkt hatte. Sie regelrecht mit seiner Intelligenz überrannte und sie es genossen hatte. Willkommener Gast bei ihren Eltern war Philipp immer gewesen und nicht nur einmal hatte sich Grace auf der Rückfahrt nach L.A. die Frage gestellt, ob sie nur als Anhängsel des Philosophen geduldet wurde. Schließlich war sie extra von Los Angeles wieder hier aufs Land gezogen, weil Philipp und ihre Eltern sie darum gebeten hatten. Nach der letzten Teeparty, die sie geben hatte müssen, hatte sie Philipp jedoch ein Ultimatum gestellt. Er war ihr nach L.A. gefolgt. Das hielt sie ihm bis heute zu Gute, jedoch meinte sie langsam zu realisieren, dass dieser Abend, an dem sie ihn eigentlich zwang, mit ihr zu gehen, der Anfang vom Ende ihrer Beziehung war.

Ihr Vater jedoch konnte wohl kaum als Beziehungsberater fungieren. Die Gedanken an ihre Kindheit ließ Grace jedoch an diesem schönen Nachmittag gleich wieder zerplatzen. Es war Vergangenheit. Doch ihr kam auch ins Bewusstsein, was sie sich damals vor etlichen Jahren zu sich selbst schwor – alleine liegend, mit leeren, aber nassen Augen zur hölzernen Zimmerdecke blickend: Nie würde sie sich von einem Mann so behandeln lassen, wie ihr Vater das mit ihrer Mutter getan hatte.

»Nein, er meinte nur, dass ihr euch gerade über eure gemeinsame Zukunft im Unklaren seid«, lächelte ihre Mutter gütig.

»Es gibt keine Zukunft, Mutter«, sprach Grace hart und biss noch einmal in ihr Sandwich.

»Wenn du immer vor allem davonläufst, bestimmt nicht«, knurrte ihr Vater.

Sie lief vor nichts davon, überlegte Grace zähneknirschend. Sie brauchte eben nur ein wenig Abstand von allem. Langsam erhob sie sich und strich ihren Rock glatt.

»Ich weiß, wie sehr ich euch damit enttäusche, dass Philipp nicht euer Schwiegersohn wird. Aber ich werde mir nicht einen Bock aufbinden lassen und es gleichzeitig zulassen, dass er meine beste Freundin flach legt«, zischelte sie ihren Eltern entgegen.

Ihre Mutter sah auf ihre Fingerspitzen. Ihr Vater verkniff nur den Mund. Aber keiner von beiden sagte etwas, was ihrem Herzen geholfen hätte zu heilen. Was ihrer Seele geholfen hätte zu vergessen.

Die Tränen unterdrückend eilte Grace auf ihr altes Schlafzimmer.

»In Los Angeles suchen sie gerade genau so einen Typus Frau«, hallte die tiefe Stimme in ihrem Kopf wider. Der Mann war selbst in ihren Erinnerungen schmierig. Am Billardtisch gelehnt, hatte er seine Hand auf ihre Hüfte gelegt.

Gestern, als sie hier angekommen war, hatte Grace die Bar sofort wiedererkannt. Drunten an der letzten Ecke der letzten Straße, im letzten Viertel der Stadt.

Dieser eine Satz, dieses komischen Mannes hatte ausgereicht, dass Grace mit einundzwanzig Jahren, gerade das hochdotierte Journalismus-Studium an der hiesigen Georgia-Universität aufgenommen, all ihr Erspartes zusammengekratzt hatte und mit einem Koffer voll Kleidung in einem Nachtzug nach Los Angeles gereist war. Die Weltkarriere hatte natürlich nicht geklappt und ihr Vater wurde nicht müde, ihr dies immer wieder vorzuhalten, als sie nur wenige Wochen später, mit hängendem Kopf wieder ihr Studium aufnahm. Aber die Freundschaft zu einer kleinen Blondine namens Marie hatte begonnen, die mit achtzehn schon mehr Schönheits-Operationen hinter sich hatte, wie Grace jetzt erst mit einunddreißig. Als Grace das zweite Mal, nur drei Monate später, in der festen Überzeugung es für immer zu tun, ihr Elternhaus verließ, wartete Marie, mit ihrem alten roten Dreitürer in der Auffahrt auf sie. Eine Woche später hatte Grace ein großes Steinadler-Tattoo auf dem Rücken und das erste Bleichen der Zähne hinter sich.

Es war ein Fehler gewesen, in das Elternhaus zurückzukehren. Es war ein zutiefst trauriger Gedanke, dies überhaupt zu denken. Aber daran war sie wohl selbst schuld. Immer wieder glaubte sie an dieses Hirngespinst. Immer wieder wollte sie einfach nur glauben. Sich fallen lassen. Aber das ging wohl schon seit dem Zeitpunkt nicht mehr, als sie ging und so viel mitnahm, was ihr jetzt helfen könnte.

Tief atmete sie die reine Luft ein. Im Herbst gab es hier viele kleine Festlichkeiten und nicht nur eine davon trugen ihre Eltern aus.

Leicht wippte sie mit den Füßen hin und her. Brachte die Schaukel mehr ins Schwanken. Stieß sich ab und landete im weichen Gras. Lächelnd besah sie sich ihr rotes Knie. Dafür hätte sie früher, von ihrem Vater, Schelte bekommen. Ihr Blick wanderte zum Fenster. Das Haus war hell erleuchtet. Lag friedlich vor ihr. Wie oft hatte sie hinter diesem Glas gestanden und auf Weihnachtsfeiern und anderen ach so wichtigen Kundgebungen, im feinen Kleidchen und der rosa Spange im Haar, neben ihrer adretten Mutter gestanden. Wie oft hatte sie sich in diesen Augenblicken nichts sehnlicher gewünscht, als dem Ganzen zu entfliehen. Hatte sehnsüchtig nach draußen auf die leere Schaukel geblickt. Wie sehr wünschte sie sich jetzt, dort stehen zu können. Mit geschlossenen Augen lehnte sie sich gegen den Holzpfosten und lauschte der Musik des eigens für diesen Abend engagierten kleinen Orchesters. Darin hatten sich ihre Eltern noch nie lumpen lassen.

»Traurig?«

Erschrocken drehte sie sich um ihre Achse und ihr Gesicht erhellte sich sogleich.

»David«, hauchte sie leise.

Vor ein paar Stunden hatte sie ihn kurz, im Foyer des Hauses erblickt, aber sich nicht getraut das Wort an ihn zu richten. Zu schändlich hatte sie ihre Kinderliebe mit den Füßen getreten. Zu gehässig, war sie zu ihrer Freundschaft gewesen. Doch von alledem schien jetzt nichts mehr übrig zu sein. Seine blauen Augen luden sie regelrecht dazu ein, sich sanft in seine Arme zu legen. Vor gut fünf Jahren hatte sie den gleichen Fehler begangen, als sie mal wieder geflohen war.

»Wie ich dich vermisst habe«, hauchte sie leise gegen seine Wange. Erleichtert atmetete sie aus.

»Wirklich?«, leicht schob er sie von sich. Verwirrt runzelte sie die Stirn. »Warum hast du dich dann nie gemeldet?«

»Du hast recht. Das hätte ich tun müssen.«

»Nicht müssen, aber können«, flüsterte er gegen ihre Lippen. Seine Hände legten sich schwer auf ihre Hüften. Drückte sie gegen den Holzpfosten der Schaukel.

»Du Miststück.«

Schreiend lief Margarete über den Rasen auf sie beide zu. Erschrocken stieß Grace David regelrecht von sich weg. Als sich auch schon im nächsten Moment Margaretes Finger in ihre Locken hackten und sie unwirsch auf den Boden zog. Fluchend versuchte sie sich von der wilden Furie zu lösen. Bis jemand Margarete von Grace zog. Wild ausschnaufend wehrte sich Margarete dagegen und Grace tastete mit Schmerzen im Rücken und Nacken nach ihrer aufgeplatzten Unterlippe. Strich sich die Haare aus dem Gesicht und sah mehr als nur fassungslos zu ihrer kleinen Schwester auf. David hielt sie im Arm, doch sie wehrte sich noch immer.

»Dass du deiner eigenen Schwester so etwas antust«, zischelte ihr Vater. Verwirrt sah Grace in die Runde. Bat David stumm, alles zu erklären, doch er wich ihrem Blick aus. Auch der Blickkontakt zu ihrer Mutter brach ab, als diese zurück ins Haus eilte.

»Er gehört jetzt mir« zischelte Margarete und hielt ihren Ringfinger vor die Nase ihrer Schwester.

»Ihr seid verlobt?«

Höhnisch lachte ihre Schwester auf. »Wir sind verheiratet.«

Die Worte formten sich nur langsam zur vollen Wahrheit, in ihrem Kopf. Fassungslos sah sie ihrer Schwester nach, die von ihrem Vater im Arm ins Hausinnere geführt wurde. Sah zu David auf. Die Schultern nach oben gezogen, aber nicht schuldbewusst, sah er auf sie herab.

»Du hast dich nie gemeldet«, damit ging auch er.

Geht eine Sache schief, gehen alle Sachen schief

Die Dachterrasse des Clubs war wieder einmal brechend voll. Die Türsteher gaben einfach zu vielen schön-operierten jungen Frauen den Vortritt, dachte sich Grace zähneknirschend, als sie an einem prall gefüllten Dekolleté vorbeigeschoben wurde und ihr sogleich die Erkenntnis kam, dass ihre eigenen Brüste vor zwei Jahren vielleicht etwas zu klein ausgefallen waren. Aber nochmal legte sie sich ganz bestimmt nicht unters Messer. Die letzte Fettabsaugung an den Knien lag jetzt zwei Monate zurück und manche Einstichstellen taten noch immer höllisch weh.

Ihre Gedanken an Schmerzen verflogen wie im Nu, der Gedanke an Körperteile jedoch nicht, als sie erblickte, wen sie gesucht hatte. Seit einer geschlagenen Stunde hatte sie ihn, in diesem Gewusel, gesucht. Etwas zu rabiat schob sie sich zwischen eine Blondine und ihn.

»Du erinnerst dich doch an mich?«

Ihre Augen funkelten, verstohlen zog sie den Lederrock etwas mehr nach oben.

Julian Cole nickte nur.

»Gefalle ich dir?«, fragte sie aufreizend lächelnd und Julian zog eine Augenbraue in die Höhe. »Schon ja.«

»Sehr schön«, Grace strich sich die Haare über die Schulter. »Dann lass uns zusammen von hier verschwinden.«

Auf Julians Gesicht breitete sich ein dreckiges Grinsen aus.

»Lucas ist dort drüben«, damit zeigte er in eine Richtung, die Grace nicht interessierte. »Gestern erst erwähnte er dich«, doch weiter kam er nicht, denn Grace packte ihn am Hemdkragen und presste ihre Lippen auf seine. Irritiert riss er die Augen auf. Der Spuk war jedoch so schnell wieder vorbei, wie er angefangen hatte. Er machte nicht mit und konnte ihr damit nicht besser zeigen, wie wenig er das hier wollte. Das war jetzt wirklich peinlich. Verlegen strich sich Grace über ihren Mundwinkel und ignorierte das Gekicher um sie herum.

»Okay, dann halt nicht«, damit drehte sie sich um, wurde jedoch sogleich wieder herumgerissen.

»Mach es richtig«, flüsterte er und legte seine Lippen sanft auf ihre. Fuhr mit einer Hand in ihren Nacken, mit der anderen auf ihren Rücken, als sie begann den Kuss zu intensivieren.

»Nimm mich zu dir mit«, bat Grace atemlos. Sah ihm tief in die Augen.

»Nein«, entkam es ihm zu schnell. Über sich selbst verwundert, trat er einen Schritt von ihr weg.

Seine Antwort ließ sie taumeln. Nicht nur innerlich. Gedemütigt zwar, aber den äußerlichen Schein wahrend, streckte sie ihre kleine Stupsnase gen Himmel und drehte sich mit einem eleganten Hüftschwung auf dem Pfennigabsatz um. Dieses Mal wurde sie nicht wieder aufgehalten. Das Gekicher jedoch hörte auch nicht auf, verfolgte sie noch, als sie bereits im Bett lag und sich ein Kissen aufs Gesicht presste.

»Das ist jetzt nicht sein Ernst, oder?«, rief Grace erbost aus.
»Grace, lass es. Mach das einfach. Es kann das Sprungbrett werden, für dich.«
Zu überheblich hob Grace eine Augenbraue und starrte Helen kalt in die Augen.
»So wie bei dir? Du machst seit zwei Jahren nichts anderes, als die Befehle von ihm auszuführen und mit welchem Erfolg? Wir stehen auf der gleichen Gehaltsstufe und ich bin erst ein halbes Jahr hier.«
Sogleich bereute Grace ihre Worte. Aber sie waren schon draußen und irgendwie hatte sie doch auch recht, oder nicht? Mit einem Schmollmund verzog sich Helen und Grace sah ihr betröppelt hinterher. Die vorwurfsvollen Blicke ihrer Kollegen versuchend zu ignorieren, strich sie sich die Locken über eine Schulter. Sie war eindeutig zu weit gegangen. Aber sie wollte mehr und dieses »Mehr« sollte möglichst bald kommen. Schließlich war es nicht ihr Ziel mit fünfunddreißig noch immer über Themen zu schreiben, die nicht wirklich relevant für die Welt waren.
»Ich will mehr«, murmelte sie immer wieder vor sich hin, als sie zum Büro des Redaktionsleiters eilte. Dieses »Mehr« wurde ihr jedoch von ihrem Chef nicht gewährt.
»Sie haben es mir versprochen«, entkam es Grace entsetzt, als sie sich in den Ledersessel, vor den Schreibtisch ihres Chefs plumpsen ließ. Der schüttelte wieder den Kopf.
»Nein, ich habe lediglich gesagt, dass sie gute Chancen auf den Job an der Börse hätten, wenn sie die Reportage über die Sozialhilfeempfänger machen«, sprach er mit fester Stimme und Grace war eigentlich klar, dass sie keine Chance mehr hatte, doch sie versuchte es noch einmal:
»Letzte Woche bekam ich dafür den Nachwuchsförderpreis der Stadt Los Angeles. Ich bin qualifizierter wie manch anderer hier. Habe im Nebenfach Wirtschaftswissenschaften studiert und mit summa cum laude abgeschlossen. Ich reiß mir hier seit Wochen den Arsch auf, für Dinge die Ottonormalverbraucher gar nicht interessiert.«
Jedoch wurde sie von ihm rüde unterbrochen: »Ich erbitte mir eine andere Ausdrucksweise.«
Abrupt stand Grace auf - knurrte: »Sie können sich ihre Bitten in den Arsch schieben.«
Riss schon die Tür auf, als ihr Chef ihr noch hinterherbrüllte: »Sie sind gefeuert.«

»Sehr schön, dann bekomme ich wenigstens noch Geld«, rief sie zurück und fragte sich im Aufzug, unter Tränen, einen kleinen Karton in den Händen, indem nur ein Locher, ein leuchtend blauer Kugelschreiber und ein paar leere Papiere lagen, warum sie nicht ein einziges Mal vorher überlegen konnte, bevor sie den Mund aufriss. Nur ein einziges Mal wenigstens.

Dreizehn, vierzehn, fünfzehn ....
Grace zählte leise die Bodenfließen des Einkaufszentrums mit, die sie einem bestimmten Muster die Boutiquenlinie entlang schritt. Große Schritte, die sie schnurstracks in das nächste Café brachten. Zuerst die linke Fließe, dann die rechte obere, wieder die linke untere. Mit leeren Augen sah sie hoch, auf das Eingangsschild. Dafür hatte sie sich eigentlich nicht so angestrengt ein sehr gutes Diplom zu schaffen, tausende von Dollar Studiengebühren gezahlt, Schulden gemacht, die sie ihren Berechnungen zufolge erst in zehn Jahren abbezahlt hatte, überlegte sie betrübt.
Der Probearbeitstag verlief mies. Richtig mies. Nicht, dass sie nicht gewillt war zu arbeiten, aber das Scheißding von Mixer hatte heute vor ihre Vorstellung zu sabotieren. Dann meinte der Milchaufschäumer, ihre Brust wäre das ideale Ziel für eine Ladung heiße Luft. Die heiße Luft bestand am Schluss nur noch in ihrem Kopf und den Schweißperlen auf der Stirn. Und die Erkenntnis, schöne Schuhe in Verbindung mit sehr getaktetem Arbeitsrhythmus, waren keine gute Kombination, kam ihr erst in den Sinn, als die ersten drei Blasen an ihren Füßen wuchsen. Und das schon nach dreißig Minuten.
Mit Blasenpflastern in der Tasche, humpelte sie am Abend aus der nächsten Apotheke. Wenigstens hatte sie jetzt wieder einen Job.

Der Tresen war sauber, das Ambiente steril modern. Damit konnte Grace noch nie viel anfangen, überlegte sie angestrengt, als sie sich auf den nächstbesten Barhocker schob. Den Blick ihres Sitznachbarn geflissentlich übersah, nur um dann doch einen Blick zu wagen und festzustellen, dass ihr seichtes Lächeln wohl doch zu einladend wirkte. Also verzog sie sich an das Ende der Bar und verdrehte die Augen ehrlich lächelnd, als der Barkeeper ihr zuzwinkerte und wohl genau ahnte, warum sie jetzt hier saß.
»Du willst dich doch hoffentlich nicht alleine zulaufen lassen.«
Überrascht, nippend an ihrem ersten Martini-Glas, drehte sie sich halb mit dem Stuhl und sah in Lucas` strahlende Augen.
»Heute wäre ein guter Tag dazu. Gründe gäbe es genügend«, entkam es ihr zu mürrisch. Fragend legte Lucas den Kopf schief und runzelte die Stirn. Er war wohl einer der wenigen, in seinem Business, der die Stirn noch krausen konnte, überlegte Grace.
»Was machst du noch hier, in L.A.? Ich dachte, der Tourzirkus wäre schon weitergewandert.« Das wusste sie von einer Schlagzeile, die

Julian Cole in Bangkok in einer mehr als peinlichen Lage zeigte. Die Lage war waagerecht und auf dem Straßenboden. Näher hatte sie sich das Foto nicht angesehen.

»Zirkus, das ist gut«, lachte Lucas auf. Fuhr langsam mit den Fingern durch eine dunkelblonde Strähne und Grace nahm einen Schluck, während sie ihn dabei beobachtete.

»Du hast nie angerufen«, leicht schob Lucas seine Unterlippe nach vorne. Doch den Schalk bekam er nicht aus den Augen.

Langsam nippte sie wieder an ihrem Glas.

»Damit hast du doch nicht wirklich gerechnet, oder?«, lächelte sie seicht.

»Moderne Frauen machen so was«, konterte er gelassen.

»Dann schein ich wohl nicht so modern zu sein.«

»Na ja«, Lucas trat einen kleinen Schritt nach hinten und musterte sie von oben bis unten. Was komischerweise nicht unangenehm war, stellte Grace fest und spürte in der nächsten Sekunde auch schon, wie sich ihr Gesicht leicht rosa färbte.

»Ich glaube, da warten Freunde auf dich«, sprach sie murmelnd, gegen den Rand ihres Glases und deutete, mit ihrem Kinn, an Lucas` Schulter vorbei, auf eine Gruppe von jungen schönen Menschen. Jung schien hier generell das Thema der Bar zu sein. Schön, war ja schon ganz normal in L.A. und das stieß Grace gerade mächtig auf, als sie daran dachte, dass ihr Schönheits-Chirurg doch allen Ernstes davon abriet ihre oberen Augenlider korrigieren zu lassen.

»Darf ich mich zu dir setzen?«

Lucas` fragende Worte weich, seine Augen sanft. Ohne es selbst zu realisieren, nickte Grace einfach und schob den Mann neben ihr leicht von seinem Stuhl. Dieser protestierte zwar, jedoch zog Grace Lucas sogleich auf den Barhocker und versperrte somit die Sicht auf sich selbst, wohl seinem neuen Hassobjekt Nummer eins.

»Wenn du die Lektion gerade gelernt hast, werden dich die Frauen auf ewig lieben«, flötete Grace über Lucas` Schulter. Seinem Gesichtsausdruck nach zu urteilen, war es dem Mann gerade sehr egal, wer ihn lieben könnte. Wie schade, überlegte Grace schmunzelnd.

»Zu schade, dass er sein Gesicht so verzieht. Sonst könnte er durchaus von Interesse sein«, nuschelte Grace vertraut in Lucas` Ohr.

»Von Monogamie hältst du nicht viel, oder?«

Die Frage überraschte Grace. Leicht schüttelte sie ihre Locken.

»Kommt drauf an. Es gibt bestimmte Spielregeln, die eingehalten werden müssen. Das ist doch eigentlich ganz einfach.«

»Wenn beide die Regeln kennen schon«, lächelte Lucas und hob eine Augenbraue.

»Männer sind Schweine. Ich versteh das nicht. Sie bekommen doch eh alles, in einer Beziehung, warum müssen sie dann noch heimlich mit anderen schlafen? Wenn gleich von Anfang an nichts heimlich läuft, dann ist das doch viel ehrlicher.«

»Na ja, die These lautet ja, dass Frauen nur um ihren Eisprung herum am liebsten Sex haben, wegen der Zeugung von Nachwuchs. Das ist in einer Partnerschaft nicht anders. Aber Männer können ja fast ihr ganzes Leben lang Kinder zeugen, daher wollen sie so viele Frauen wie möglich begatten - rein physiologisch gesprochen, versteht sich.«

Diese These ließ Grace schmunzeln und zu einem Lächeln anwachsen, als Lucas ganz geschäftsmäßig seine Faust auf den Tresen fallen ließ. Als würde er etwas besiegeln wollen. Grace hoffte nicht die Unlust auf Sex.

»Frauen legen mehr Wert auf Qualität«, stellte Grace ihre Behauptung, mit fester Stimme, in den Raum.

»Meinst du wirklich?«, lächelte Lucas. Wissend schüttelte Grace den Kopf. »Sie können genauso Schweine sein.«

»Wo wir wieder bei den Spielregeln wären. Hast du sie gebrochen, oder dein Freund?«

Dass er auf die richtige Schlussfolgerung gekommen war, überraschte Grace nicht wirklich. Es war ja nicht schwer zu erraten.

»Beide«, murmelte Grace. Und musste unweigerlich an David denken. Anrufe bei ihrer Schwester wurden kategorisch von jener abgeblockt. Nur einmal hatte sie ihre Mutter ans Telefon bekommen. Ihr Vorhaltungen gemacht, warum sie nichts von einer Hochzeit zwischen ihrem ehemaligen Freund und ihrer Schwester erfahren hatte. Ruhig, sachlich, aber ehrlich antwortete ihre Mutter, dass sie sich nicht einmischen würde. Wenn sie sich nicht da einmischen würde, worin dann, höhnte Grace weiter, aber ihre Mutter beendete das Gespräch. Grace schätzte, dass es das letzte Gespräch für sehr lange Zeit sein würde.

Die nächste Cocktail-Runde ging auf Lucas. Freunde verabschiedeten sich von ihm und ihr, andere kamen. Immer wieder beteuerte Grace, dass es ihr nichts ausmachen würde, wenn Lucas sich verabschieden und mit Menschen eine nette Nacht verbringen würde, die bessere Laune an den Tag legten, wie sie selbst. Doch Lucas lächelte nur seicht bei ihren Worten. Lange saßen sie zusammen. Und Grace waren Lucas` Hintergedanken durchaus klar. Wie seine wandernde Hand auf Graces Oberschenkel deutlich demonstrierte.

»Warum trägst du einen Ring, genau an diesem Finger?«, schmunzelte er und legte den Kopf leicht schief. Sehr süß, überlegte Grace verträumt. Wie alt er wohl sein mochte? Bestimmt noch keine fünfundzwanzig.

»Weil es nie die Wirkung verfehlt«, antwortete sie ehrlich und nahm noch einen Schluck. Seine Hand breitete sich zu einem Fächer aus.

»Will Cole einen männlichen PA, weil er sonst zu sehr in Versuchung geraten könnte, oder sind schon zu viele wieder geflohen, weil er in Versuchung geraten ist?«, fragte Grace verschmitzt grinsend und schob sich eine Erdnuss zwischen die Lippen. Lucas lachte laut auf.

»Nein, Schätzchen. Der legt da auch mehr Wert auf andere Dinge. Sagen wir mal so: er steht mehr auf den natürlichen Typ Frau.«

Stirnrunzelnd sah Grace auf ihr nächstes volles Cocktail-Glas, das ihr Lucas vor die Nase stellte. Na fein, so wollte sie auch nicht hören, wie wenig Qualität sie wohl besaß, damit ein Julian Cole sich von ihr angezogen fühlte.

»Ich bin gefeuert worden«, nahm Grace ein komplett anderes Thema auf und dabei kamen ihr auch wieder die Tränen. Doch sie verdrückte sie sogleich.

»Jetzt brühe ich Kaffee für muffelige Morgenmonster auf. Wenn ich nicht schnellstmöglich etwas Neues finde, das heißt im Klartext: mehr Geld, sonst werde ich auch noch aus meiner Wohnung geschmissen. Freund weg, Job weg, Wohnung weg«, flötete sie laut und hielt ihr Cocktail-Glas nach oben. »Alkohol willkommen«, nahm einen kräftigen Schluck. Spürte den sanften Hauch auf ihrer dünnen Haut, als Lucas in ihr Ohr flüsterte:

»Nicht der Alkohol, Schatz. Nicht der Alkohol«, küsste sie leicht auf ihre Halsbeuge.

Eleganz und Sexappeal

»Das wird das Geschäft des Jahrhunderts. Eine Super-Idee, Lucas. Nur eingetragene User, die zahlungskräftig sind, werden kleine auserlesene Filmaufnahmen und Hintergrundberichte vom Drehort im Internet zu Gesicht bekommen. So bekommt die Yellow-Press auch das, was sie will und wir verdienen daran auch noch kontrolliert Geld.«

Toms Gesicht strahlte und Grace konnte nur daran denken, wie doch eine Made nicht nur vom Speck, sondern auch von anderen Artgenossen leben konnte.

Vorsichtig wanderte ihr Blick von Tom, der ihr vor nicht einmal zwanzig Minuten, als Manager von Julian Cole vorgestellt wurde, zu Lucas, der mit verkreuzten Armen vor der Brust in der Ecke des Raumes stand und ihr vertraut zuzwinkerte. Es war sein Werk, dass Grace heute hier saß. In einem weißen sterilen Büro, im dreißigsten Stockwerk eines Wolkenkratzers, mitten im Geschäftsviertel von Los Angeles. Bis vor ein paar Minuten kam sich Grace auch nicht schmutzig vor, nicht hinterhältig und schon gar nicht berechnend. Jedoch fielen ihr all diese Adjektive jetzt zu sich selber ein, als sie rosa anlief. Das Rosa verwandelte sich in Röte, als sie daran denken musste, wie Lucas ihr, in ihrer letzten Nacht zugeflüstert hatte, wie sexy er genau dieses Erröten finden würde. Grace bereute nicht die Nächte mit Lucas, aber sie bereute genau unter dieses Räderwerk von Hollywood gekommen zu sein, das so verpönt war. Und die größten Moralapostel waren dieselben, die sich am weitesten hochgeschlafen hatten. Na, wenigstens war es nicht die berühmte Vorstellungscouch gewesen, dachte sich Grace sarkastisch.

Ihr stieß jedoch auf, dass Lucas keinen einzigen Piep darüber verloren hatte, dass es ihrer beiderlei Idee war, die sie sich während der Cocktail-Eskapade ausgedacht hatten und in Lucas` Hotelzimmer kräftig weiterspersonnen. Ungezwungen, ohne Kleidung, ging das am besten, stellte Grace sehr schnell fest. Die geschätzten zwölf Cocktails halfen dementsprechend auch weiter. Am nächsten Morgen war Grace zum Café geschlendert und hatte sofort wieder gekündigt.

Nun saß sie hier und arbeitete bald für einen Insider-Report, direkt am Set, zum neuen Film von Julian Cole. Besser gesagt zur Promotion des Films. Der Plan: Sie stellt immer wieder kleine »Happen« ins Internet, für die Fans. Filmausschnitte, Schnappschüsse von den Hauptdarsteller, Selfies mit anderen – dazu wurde ihr auch noch gleich eine eigene Fan-Seite im World Wide Web angelegt. Wobei sich Grace ernsthaft fragte, wer da auf einen erhobenen Daumen drücken würde. Na, wie auch immer. Sie bekam auch eine Menge Geld und das brauchte sie eben mehr, als die Anhimmelei. Wobei, so ein bisschen Anhimmeln doch auch nicht so verkehrt war. Wieder wanderte ihr Blick zu Lucas, der ihr wieder zuzwinkerte.

»Aber das Ganze muss schon vor Vietnam anlaufen«, stellte Tom klar.

»Vietnam?«, entkam es Grace fragend, während sie ihre Brille wieder etwas mehr auf ihre Nase schob.

»Der Film spielt in Vietnam, Schatz. Das weißt du doch«, lächelte Lucas seicht und Grace kam sich gerade so vor, als würde Lucas zu ihr, wie zu einem kleinen Mädchen sprechen. Fest presste sie ihre Lippen aufeinander, um die Wut zu kanalisieren. Nein, das wusste sie nicht mehr. Schließlich war sie sternhagelvoll gewesen.

»Es ist billiger, das ganze Zeug und die Leute nach Vietnam zu verfrachten, als nur die Innenaufnahmen hier zu drehen und die Kulissen hier aufzubauen. Wenn sie doch dort schon vorhanden sind«, erklärte Tom managerhaft und Grace überkam das Gefühl, wirklich ein kleines Mädchen zu sein, in diesem großen Raum.

»Hier ist die Verschwiegenheitsklausel, irgendetwas nach außen dringen zu lassen. Datenschutzerklärung, Krankenversicherungsunterlagen«, Grace bekam einen Packen an Papier in die Hände gedrückt, von Tom. »Und wenn du das alles durchgelesen und unterschrieben hast, dann kommst du wieder und bekommst den Ablaufplan des Drehs«, lächelte Tom hochnäsig.

»Oh, Scheiße. Ist es hier warm«, entkam es Grace laut, als sie aus dem Flughafengebäude schritten. Wieder kratzte sie sich an den Einstichstellen der Impfungen. So viel sie jetzt an Anti-Körpern und Serum in sich hatte, könnte sie mit offenen Wunden in einen Behälter randvoll mit Gülle gefüllt fallen und würde nicht erkranken. Aber die blöden Einstichstellen juckten immer noch und gestern meinte sie kurz vor Abflug, dass sie ein Schnupfen heimsuchen würde. Vielleicht war es auch nur einfach die Aufregung gewesen.

»Der Superstar fährt natürlich Auto mit Klimaanlage«, motzte Mike vor sich hin und nahm zu seinem Gepäck auch noch Graces auf. Die protestierte lautstark, doch Mike ließ sich nicht beirren. Schon im Flieger, als sie sich gegenseitig vorstellten, als Assistentin der Marketingabteilung und Chefkameramann, verströmte er einen Eifer, den er ihr gegenüber an den Tag legte, angefangen beim Bestellen von Getränken, hin zum Drapieren ihrer Wolldecke, dass Lucas` Augenbraue gefährlich nach oben wanderte, wenn er zu den beiden hinübersah. Aber sie war nicht Lucas` Häschen, nur musste sie das dem toughen jungen Mann noch beibringen. Wohl mit viel Spitzengefühl und das war bekanntlich nicht so Graces Stärke. Angefangen mit der Emanzipation hatte sie jedoch schon, als sie um ihren eigenen Bungalow gebeten hatte. Lucas legte ihre Liaison als das aus, was Grace vermutet hatte, wie Lucas das Ganze sehen könnte. Selbst unter lauten Beteuerungen, konnte Grace Lucas` Wut nicht zähmen. Es tat ihr noch immer weh und sie schämte sich, dass sie dafür verantwortlich war. Wieder hatte sie sehr kopflos gehandelt und nicht über Konsequenzen nachgedacht. »Wer ist das?«, mehr als ein Hauchen kam nicht über Graces Lippen. Mike sah in die Richtung, in die Grace starrte.

»Megan Houston«, sprach Mike langsam, als wollte er die Silben ganz besonders betonen. »Kennst du sie nicht? Sie wird mit Cole zusammen drehen.«

Verstohlen sah Grace zu der Blondine. Sie schien noch sehr jung zu sein, ihre Augen versteckte sie hinter einer großen dunkelbraungetönten Sonnenbrille und um ihren Kopf war ein rotes Seidentuch drapiert. Doch das Lächeln konnte sie nicht verstecken, als sie zu Julian ans Auto schritt und ihn rechts und links küsste.

»Wetten, die werden ein Paar?«, fragte Mike schief lächelnd und hievte ihre Koffer in den Bus, der für die Crew bereitstand.

Der Regisseur wirkte nicht schmierig, war eigentlich recht nett anzusehen. Doch Lucas hatte ihr versichert, wie hysterisch und anmaßend er sein konnte. Aber er war eine Koryphäe auf seinem Gebiet und dadurch so gut wie unantastbar. Ein Genie, das von seiner inneren Grausamkeit leben musste, um hervorragend arbeiten zu können. Um Welten auf die Leinwand zu bringen, die andere mit all ihrem Sein aufzusaugen bereit waren. Und mit ein paar Dollarnoten oben drauf.

Als Grace ihn jetzt so beobachtete, lächelnd mit seinen Mitarbeitern ruhig und gesittet sprechend, überlegte Grace, was ihn wohl auf die Palme bringen könnte.

Ein kleines blondes Ding stahl sich in ihren Sichtkreis und Grace sah im gleichen Moment das Gesicht des Regisseurs sich verdunkeln. Und Grace war genau in dem Augenblick bewusst, dass sich ihre Frage gerade selbst beantwortet hatte. Das arme Ding, war alles was Grace noch denken konnte und gleichzeitig den Mann von Regisseur zutiefst verachtete.

Dieser Gesichtsausdruck war es aber auch, der sie dazu bewog, sich neben Mike zu stellen und durch die blonde Person selbst zu erfahren wie sie hieß und welche Funktion sie hier innehatte: Leslie, die Set-Runnerin.

»Mädchen für alles. Aber ich brauche diesen Job. Mein Studium ist sehr teuer und meine Eltern können sich die weitere Finanzierung nicht leisten, als vor ein paar Jahren das mit dem Hurrikan Katrina passiert ist, haben sie fast alles verloren. Du weißt doch noch, oder?«

Irgendwann schaltete sich Grace aus dem »Gespräch« aus. Nett, aber viel zu redsam, war Grace sofort klar und jetzt auch bewusst, warum sich das Gesicht des Mannes wohl sogleich verdunkelte, als Leslie den Mund aufgemacht hatte. Graces Augen wanderten wieder zu dem Regisseur. Er stand wohl eher auf kurze, knappe Aussagen und teilte bestimmt Anweisungen auf die gleiche Art und Weise aus. Sie würde es sich merken. Von Leslie bekam sie fröhlich lächelnd ein Glas in die Hand gedrückt. Ihr wurde auch sogleich erklärt, was für ein Reiswein das sei, denn es gäbe sehr viele, sehr unterschiedliche Arten. Wieder klinkte sich Grace mental aus und wieder tat es ihr irgendwie leid.

»Also wünsche ich uns allen eine tolle Zeit und geniale Szenen im Kasten, wenn wir wieder nach Hause kommen«, rief der Regisseur freudig aus. Lächelnd hob auch Grace ihr Glas und prostete den anderen, für den Erfolg zu. Ein kurzer Blick zu Lucas genügte, um einschätzen zu können, dass er heute ganz bestimmt nicht mehr gewillt war, Grace alles Gute zu wünschen, geschweige denn mit ihr zu reden. Also wanderte Graces Blick umher und blieb an einem Ventilator hängen, der nichtstuend an der Holzdecke des sehr schönen Holzhauses montiert war – still und einsam, wie auch sie gerade.

Wie ihr von Lucas noch in L.A. erzählt wurde, handelte es sich hier um ein Haus aus der Dynastie von Hoy, oder war es Hi gewesen? Das »Gespräch« fiel in die Phase des »Nicht-bekleidet-sein«. Nein, das Gebäude kam aus der Zeit der Nguyen-Dynastie. Na, wie auch immer, jedenfalls war es das eigentliche Haupthaus des Parks und für einige Innendrehs vorgesehen. Der ganze Park war nur für sie gemietet und die Bungalows mit der Crew belegt. Grace setzte sich auf eine Stufe der Holztreppe, ließ ihre Finger ehrfurchtsvoll über das dunkle Holz wandern. Die Streben des Handlaufs, die wohl erst durch die Hände von Künstlern, so wunderbar geschnitzt und geformt wurden, verliehen dem Ganzen eine besondere Note und plötzlich war Grace bewusst, wo sie sich befand und war zum ersten Mal, seit Lucas das Job-Angebot vorschlug, auch froh darüber, hier zu sein.

»Ich hätte nicht gedacht, dich je wiederzusehen.« Julian Cole setzte sich zu ihr. Überrascht, dass er sie überhaupt bemerkt hatte und noch mehr verwirrt, dass er doch tatsächlich das Wort an sie richtete, räusperte sie sich. Lieber wäre ihr gewesen, er hätte sie einfach links liegen lassen. »Wie gefällt dir Vietnam?«

»Ich habe noch nicht viel gesehen. Aber bis jetzt ganz gut. So komplett anders als daheim.«

»Kambodscha ist interessanter«, erwiderte Julian. Grace zuckte mit den Schultern.

»Mag sein. Ich war noch nie auf einem anderen Kontinent«, gab Grace schüchtern lächelnd zu. Drehte ihr Glas zwischen den Fingern hin und her.

»Aber die ganze Welt verstehen wollen«, lächelte Julian zuckersüß. Wieviel davon geschauspielert war, brauchte Grace sich nicht auszurechnen – nämlich nichts davon. Gedemütigt warf sie ihre Locken über eine Schulter und schloss zu Mike auf.

Um was geht es hier eigentlich wirklich?

Ein Soldat der französischen Armee, der sich zur Zeit Französisch-Indochinas in der Stadt Hanoi, in die Tochter eines niederländischen Tropenarztes verliebt. Verwirrungen und Irrungen in Zeiten der Besatzung, Mord und eine Portion schöne Landschaft, im fruchtbaren Delta des roten Flusses. Garniert mit zwei schönen Hauptdarstellern, dessen Chemie wohl auch außerhalb des Sets gut funktioniert.

Grace konnte sich ein Schmunzeln nicht verkneifen, als sie die Seiten des Drehbuches durchblätterte, hie und da an Dialogen hängenblieb. Wirklich etwas Neues schien der Film nicht bereitzuhalten. Zumindest wurde nicht das Rad damit neu erfunden. Aber das hatten die Macher des Films wohl auch gar nicht vor, überlegte Grace bitter. Die Filmindustrie war schon lange zu dem verkommen, was viele Kritiker ihr schon vor Jahrzehnten vorwarfen: Drehen nach den Wünschen des Publikums. Bevorzugt das Verfilmen von Bestsellern und historischen Ereignissen, in Kombination mit viel nackter Haut oder Blut. Wenn möglich beides zusammen. Innovation war in Hollywood schon vor langer Zeit ein Fremdwort geworden.

Aufstöhnend nahm Grace einen Schluck aus dem Glas. Das Wasser war angenehm kühl und ihr Blick wanderte hoch zum Ventilator. Lief der gerade wirklich noch auf der höchsten Stufe? Hoffentlich konnte sie heute Nacht etwas besser einschlafen, als gestern. Durchschlafen wäre auch eine schöne Option.

Warum war sie nur hier?, überlegte sie zweifelnd, als sie ihre Haare zu einem Dutt zusammenband und ihre Brille fester ihren Nasenrücken nach oben schob. Sie machte hier genau das, was sie vor Julian Cole vor ein paar Monaten noch so vehement abgelehnt hatte. Mischte in einem Industriezweig mit, der ihr ganz und gar nicht zusagte. Auf den sie sogar herablassend geblickt hatte und der Blickwinkel, musste sie ehrlich zugeben, hatte sich nicht wirklich verändert.

Das hatte sie auch Lucas gebeichtet, der nur lapidar meinte, man sollte Chancen nutzen, wie sie kommen. Was genau er damit jedoch gemeint hatte, dazu hatte Grace keine Gelegenheit mehr zu fragen, weil ihr die Lippen im nächsten Moment auch schon von seinen geschlossen wurden. Damit war auch die Versöhnung besiegelt.

Sollte sie die Realität realistisch darstellen oder verdrehen? Was wollten die zukünftigen Kinogänger sehen? Was die Yellow-Press? Was wollte sie nur hier?

»Nein!«

Dieses eine einzelne Wort, hart und harsch gesprochen, war der Grund, warum der nächste Schluck Wasser nicht ihren Mund traf, sondern auf ihrem Tanktop-Ausschnitt landete.

Verstohlen sah sie sich um und lachte im nächsten Moment laut auf, als sie sich darüber im Klaren wurde, dass sie doch gerade tatsächlich angenommen hatte, jemand wäre in ihrem Bungalow. Aber ob sie auch wirklich abgeschlossen hatte, überprüfte sie trotzdem lieber noch einmal. Den Schlüssel zwischen den Fingern, schon halb umgedreht, zog sie den kleinen Vorhang des Türfensters bei Seite.

Cole und Tom standen sich gegenüber. Keine fünf Schritte von ihrer Tür entfernt. Was sie miteinander sprachen, konnte Grace jedoch nicht hören, dafür waren sie doch noch zwei Schritte zu weit weg. Aber sie meinte die Gesten deuten zu können, zumindest wirkten sie nicht freundlich. Ihre Augen blieben auf Julian hängen. Er wirkte etwas konfus und im gleichen Moment hoffte Grace, dass nicht der Grund für diesen Zustand der war, was sie vor ein paar Stunden über ihn im Internet gelesen hatte. Wild fuhr sich Tom durch die Haare und deutete immer wieder in Richtung Megan Houstons Bungalow. Cole schüttelte den Kopf. Erschrocken ließ Grace den Vorhang fallen und gleichzeitig auch den Schlüssel, der hart auf ihrem Zeh landete.

»Verdammter Mist, aber auch«, fluchte sie murmelnd. Humpelnd ließ sie sich auf das Bett fallen. Spürte wie sie errötete und hoffte im gleichen Augenblick, dass Julian, als er in dem Moment in der er in ihre Richtung sah, sie nicht bemerkt hatte. Dunkel genug war es ja, aber nicht in ihrem Häuschen, überlegte Grace missmutig.

Kurz zuckte sie zusammen, als ein kleines Tierchen die Bambuswände nach oben huschte, oder vielleicht doch nach unten?

Mit einem lauten Ausschnaufen zog sie das Moskitonetz um ihr Bett zu und versuchte nicht weiter auf das Suren des Ventilators zu hören.

Der erste Drehtag wurde überschattet von einem Platzregen und Grace hatte das Gefühl, als sie sich mit einem Tuch über das schweißnasse Dekolleté strich, dass die Luft noch erdrückender wurde.

Mike hatte ihr erklärt, wie sie mit der Kamera umzugehen hatte. Wie sie das gefilmte Material auf den Computer übertrug, wie sie mit dem Programm Cuts setzen konnte, wie sie ... und so weiter. Grace hatte irgendwann nicht mehr zugehört.

Nicht die geringste Lust verspürend, nahm sie jetzt wieder ihre Kamera auf und filmte drauflos. Egal was, alles schien interessant zu sein, alles konnte interessant sein und am Abend würde sie dann das Beste zusammenschneiden und online stellen. Schon jetzt schien das neue Konzept große Anhänger-Massen im World Wide Web anzuziehen. Und auch so diverse Medienmitglieder.

Gähnend beobachtete sie den Regisseur, wie er mit Cole über eine Szene sprach, schwenkte zum Kameramann Mike, der ihr zuzwinkerte. Lächelnd schwenkte sie wieder zu Julian, den wollten schließlich alle sehen. Nachdenklich wirkend blickte er in die Ferne, als sich der Regisseur entfernte und Grace zoomte sein Gesicht ganz nah. Fragte sich, was gerade in seinem Kopf vorging. Als er plötzlich zu ihr sah und ihr ein umwerfendes, verschmitztes Lächeln schenkte. Seine Augen strahlten regelrecht und Grace fragte sich nicht zum ersten Mal, wieviel ein Schauspieler wirklich in eine Rolle legen konnte, ohne sich selbst aufzugeben. Wieviel er jedoch auch ablegen konnte, um seinen Mitmenschen nicht immer etwas vorzuspielen und sich nicht in einem Kreislauf verlor, in dem Ehrlichkeit keine Rolle mehr spielte. Wieviel er von sich selbst jedes Mal aufs Neue gab, dass er nie wieder bekommen würde und es durch andere Rauscherfahrungen wiederzufinden erhoffte.

Als sie die Kamera leicht nach unten sinken ließ, erschrak sie so sehr, dass sie unweigerlich zusammenzuckte, als Megan Houston neben ihr hell auflachte und Grace realisierte, wem diese leuchtenden Augen gegolten hatten.

Das Märchen beginnt ...

Aus dieser Perspektive fragte sich Grace gerade ernsthaft, was sie je dazu verleiten hat können, Lucas nicht ständig in einem gemeinsamen Häuschen um sich zu haben.

Unangenehm verdrehte sie den Kopf. Sah durch ihre Beine und zuckte sofort wieder nach oben, als sie Julians grinsendes Gesicht dabei erblickte, wie er mit Lucas Liegestütze machte. Natürlich nur auf einer Faust, die andere auf dem Rücken. Bei der Aktion fielen ihr auch beinahe die Papiertüten aus den Armen.

Gestern hatte sie bei einem gemeinsamen Spaziergang versucht Lucas` Hand zu fassen. Und bei einem Versuch blieb es auch. Das hatte Grace mächtig irritiert und auch die Nacht über kaum schlafen lassen. Angespannt sah sie noch einmal über die Schulter. Das könnten die zwei Super-Schönen doch auch woanders verrichten, überlegte Grace mürrisch, als sie den Ventilator anstellte und damit begann, das Gemüse klein zu schnippeln. Lucas würde heute Abend vorbeikommen und Grace wusste ein paar Stunden später auch wieder, als Lucas die Tür hinter sich zugezogen hatte, warum sie einen eigenen Bungalow dem gemeinsamen Nest vorzog. Frei atmete sie aus und ließ sich auf die Couch fallen.

»Grace, warte bitte.«

Außer Atem kam Megan neben Grace zum Stehen, die verdutzt ihre Sonnenbrille in die Locken schob.

»Können wir reden?«

Jetzt schob Grace noch eine Augenbraue hinterher. »Sicher«, gab sie verunsichert von sich. Ihr Gehirn ratterte los, was die schöne Megan Houston wohl von ihr wissen wollte. Jene trat verlegen von einem Fuß auf den anderen.

»Es geht um Julian«, fing sie murmelnd an. Und Grace musste noch einmal nachfragen, um sicher zu gehen, richtig gehört zu haben und in der nächsten Sekunde sich zu wünschen, nicht richtig gehört zu haben. Denn wenn das hier ein Frauending werden sollte, war sie, Grace, wirklich die Falsche für so etwas. Sie wollte nicht heute mit Megan damit anfangen. Sie hatte nur sehr oberflächlichen Kontakt zu den meisten ihrer weiblichen Bekannten und das hatte auch seinen Grund. »Wenn es um Cole geht, dann solltest du lieber mit Tom, seinem Berater und Manager, sprechen«, winkte Grace ab und wollte sich schon wieder in Bewegung setzen, als Megan eine Hand auf ihren Arm legte.

»Du weißt doch, dass wir eine Liebesszene drehen müssen«, plapperte Megan einfach drauflos, als hätte sie Graces Einwand gar nicht gehört. »Und na ja, ich weiß nicht so recht …«

»Hast du noch nie mit einem Mann geschlafen?«, rutschte es Grace verdutzt heraus. Megans Augen wurden kugelrund, sie lief rosa an und sah sich hektisch um.

»Du bist ganz schön direkt. Aber nein, das ist es nicht. Ich habe aber trotzdem …«

»Dann mach das mit deiner Persönlichen Assistentin«, sprach Grace gelangweilt und zupfte an den Spitzen ihrer Haare. Sie musste unbedingt gleich zum Frisör, wenn sie wieder zu Hause war. Die Luftfeuchte machte ihre Haare splissig und stumpf.

»Ich habe keine PA dabei.«

Tiefe Falten machten sich auf Graces Stirn breit. Was Megan kurz heiter auflachen ließ. Langsam schob sie die langen blonden Haare über eine Schulter.

»PAs sind eigentlich nie am Set dabei, außer …«, sie ließ den Satz ins Leere laufen, doch Grace meinte zu verstehen. »Es ist so, dass Julian und ich …«

»Sprich am besten mit Cole selbst darüber«, fiel ihr Grace ins Wort. Megan nickte verhalten und sah auf den staubigen Boden.

»Es ist ja nicht so, dass ich ihn nicht attraktiv finde, ganz im Gegenteil …«

»Sprich mit ihm.«

Wieder nickte Megan nur und Grace war froh, dass die Blondine zum Set gerufen wurde, für die nächste Szene.

»Scheiße, Lucas. Es ist drei Uhr nachts. Ich kann kaum schlafen, dann bin ich endlich mal eingeschl…«, verwirrt hielt Grace inne und wischte sich die klebrigen Haare aus dem Gesicht. Sah neben Lucas Julian Cole auf dem staubigen Boden sitzen. Sah an sich hinab und wollte sich am liebsten die Haare wieder ins Gesicht schmieren, um niemanden sehen zu müssen. Ihre Mutter würde im Erdboden versinken, wenn sie wüsste, wie sich ihre Tochter gerade vor zwei Männern präsentierte, mitten in der Nacht. Aber nicht doch, ihre Mutter vermutete wohl noch viel schlimmere Dinge von ihr und auch da lag ihre Mutter wohl nicht so ganz falsch, mit ihrer Einschätzung.

Verlegen räusperte sich Grace und verkreuzte die Arme vor der Brust, damit ihr durchsichtiges weißes Top nicht mehr allzu viel preisgab. Sah schnell weg, als Lucas sie mit einem Hauch von männlicher erregender Arroganz angrinste.

»Das Wettsaufen verloren, Cole?«, giftete sie in Julians Richtung. Der winkte nur ab und sah weiterhin auf den Boden. Würgte einmal und Grace war froh, dass es so finster war, dass sie seine aufgedunsenen Wangen und blutunterlaufenen Augen nicht sehen musste.

»Du kommst doch alleine klar, oder?«, fragte Lucas über die Schulter und schob Grace im nächsten Moment, mit seinem Körper durch die Tür.

»Moment, du kannst ihn nicht so einfach da liegen lassen«, echauffierte sich Grace und wollte sich an Lucas vorbeischieben.

»Glaub mir, der liegt da morgen nicht mehr«, lachte Lucas auf und ein Schwall Alkohol hüllte Grace ein. Aber nicht davon wurde ihr schlecht. Rabiat machte sie sich von ihm frei und stolperte die Stufen nach unten. Versuchte Julian nach oben zu helfen. Irgendwann gelang es auch. Und irgendwann noch später schnarchte er in seinem eigenen Bett. Nach links und rechts blickend, huschte sie über den Platz. Die Tür zu ihrem Bungalow war immer noch offen. Auch hier schnarchte ein Mann. Grace schob Lucas etwas von ihrem Laken, damit sie sich zudecken konnte und schon umschlang Lucas ihre Hüfte mit seinem Arm. Schwer lag er dort, als könnte er sie erdrücken. Grace wusste nicht, woher diese Eingebung kam, aber sie konnte es auch nicht abstellen.

»Weißt du Grace, das Problem ist, dass du zu leicht zu haben warst.«

Entgeistert sah sie zu Lucas. Dessen Gesicht sie selbst durch den Schein der Straßenlaterne von außen, nicht ausmachen konnte. Sie erwiderte nichts und hoffte, er möge wie alle Männer, morgen nicht mehr wissen, was er im Suff von sich gegeben hat. Der bittere Beigeschmack blieb jedoch haften. Vielleicht grad der Wahrheit wegen.

Die Augen lagen glänzend auf Julian. Es war ganz eindeutig, dass Megan hier nichts spielte, mal davon abgesehen, dass es eine Drehpause war und sie nichts spielen musste. Grace drückte auf die Standby-Taste. Megans Hand lag auf Julians Arm. Sein Arm um ihre Hüfte. Lachend lag Megans Kopf im Nacken.

Schief grinsend sah Grace auf den Bildschirm. Ein wunderbarer Happen, den sie da gefunden hatte. Tom würde zufrieden mit ihr sein. Schließlich ging es hier um seinen Schützling, für den er sie Publicity erhoffte. Die anderen Schauspieler waren ihm eigentlich egal. Wie Grace auch, sie grüßten kaum und Grace hätte nicht behaupten können, dass sie den alten Herrn mit Hut oder die noch recht junge Dame, die Megans Mutter spielte, als wirklich sympathisch empfand. Diese Dame jedoch fand Cole wohl ganz interessant, schmunzelte Grace und setzte einen neuerlichen Cut hinter der entsprechenden Szene. Spulte wieder zu ihrer Ausgangsfrequenz von Megan und Cole zurück.

Die Zwei teilten eindeutig mehr, als nur das Filmset und das Drehbuch. Das wurde in der Internet-Community auch schon heiß diskutiert. Die Idee der direkten Vermarktung durch das Internet schien wirklich von Erfolg gekrönt zu sein. Die Zahl der angemeldeten User stieg immer weiter an und damit auch das Geld auf dem Konto der Produzenten. Die Kosten für die Produktion waren schon zur Hälfte wieder eingenommen, wenn sie den Worten von Tom trauen durfte.

Fasziniert stellte Grace fest, dass besonders die Liebesgerüchte ihre Wirkung nicht verfehlten. Natürlich wurde nichts bestätigt, aber dementiert natürlich auch nicht. Lucas hatte alle Hände voll zu tun, die Fragen abzuwehren und verfluchte Grace nicht nur einmal dafür. Wenigstens sprach er jetzt wieder mir ihr und sie schliefen nicht nur miteinander. Auch wenn es nur Anschuldigungen waren.

Ein Rascheln ließ Grace umdrehen.

»Julian«, entkam es ihr überrascht. Ohne gebeten worden zu sein, trat er über die Türschwelle. Schnell schaltete sie den Monitor aus und sammelte Unterwäsche auf.

»Tut mir leid, für das Chaos. Ich habe niemanden erwartet«, rechtfertigte sie sich, drehte sich einmal um sich selbst, mit zwei BHs zwischen den Fingern und übersah dabei vollkommen Julians Grinsen. Schwer ließ er sich auf die hölzerne Bank fallen und streckte die Füße von sich.

»Es ist wahnsinnig anstrengend«, sprach er und musterte Grace bei ihrem Tun. Sie wirkte abwesend, als wäre er nicht hier und das kannte er so nicht. Eigentlich hörte ihm immer jeder zu und wenn er einen Raum betrat, besaß er sogleich die volle Aufmerksamkeit der Anwesenden.

»Was?«, fragte sie verwirrt und lächelte zu übertrieben, als sie alles Zusammengesammelte in das Schlafzimmer, auf das Bett, schmiss und sich schwungvoll zu ihm umdrehte. Vorsichtig tastete sie nach ihren hochgesteckten Haaren.

»Ich hatte keinen Besuch erwartet«, wiederholte sie leise murmelnd und schob ihre Brille weiter die Nase hoch.

»Das ist ein richtiger Job«, sprach Julian ernst und musterte die mit Bambus geflochtenen Wände.

»Ich habe nichts anderes behauptet«, Grace war sich nicht sicher ob sie sich jetzt rechtfertigen musste, oder ob er sie wirklich angriff und Verteidigung die bessere Alternative wäre.

Auf seinem Gesicht erschien nur ein kleines Schmunzeln.

»Wollen wir was essen gehen?«, fragte Julian und stand schwer auf. Schnaufte laut aus und Grace fragte sich unweigerlich, was ihn gerade so zu schaffen machte. »Was ist los?«, rutschte es aus ihr heraus.

In die Leere starrend, zog Julian eine Augenbraue in die Höhe. Ihr war es, als würde er über etwas nachdenken, sprach dann jedoch: »Nichts. Wollen wir?«

Als sie aus dem abgezäunten Gelände traten, rief ein junger hübscher Vietnamese, aus dem angrenzenden Café, in ihre Richtung: »Grace, willst du später wieder mitfahren?«

Grace lehnte lächelnd ab und hatte beim fragenden Blick von Julian das Gefühl, sich rechtfertigen zu müssen. »Mir ist der Weg zum Markt und in die Innenstadt manchmal zu weit, da fahr ich auf dem Moped mit.«

»Und das findet Lucas in Ordnung?«

Darauf ging sie nicht näher ein. Es war ihm nicht recht, aber Grace würde sich das nicht verbieten lassen. Und schon gleich zweimal nicht mit Julian Cole ausdiskutieren.

»Nur Suppe?«, fragte Grace ein paar Minuten später, in einem Straßenlokal verwirrt nach und fand es gerade mächtig unpassend, dass sie einen Teller voll Essen bestellt hatte. War Julian sogar irgendwie böse, dass er sie so bloßstellte.

»Ich bin auf Diät«, murmelte Julian und löffelte in sich hinein.

»Auf Diät?«, lachte Grace frei heraus. »Aha. Wie lange dauert das eigentlich, so nen Körper zu haben?«, lächelnd schob sie sich einen Wan Tan zwischen die Zähne und aß ihn genüsslich langsam vor sich hin. Sie sah ganz genau, wie eifersüchtig Julian auf sie war, dass sie essen konnte, was sie wollte. Nein, konnte sie eigentlich nicht, aber sie hatte gerade eben halt richtig Lust auf diese Teigdinger gehabt.

»Es ist mein Job. Gehört eben dazu, Diäten zu halten und Gewichte zu stemmen. Die Fans wollen was sehen und ich ... na ja ...«, zuckte mit den Schultern und schlürfte weiter.

»Du willst das Geld«, vollendete Grace lächelnd. Auch Julian lächelte, bevor er ernst in seine Suppe sah.

»Ich habe nie etwas anderes gewollt, als vor der Kamera zu stehen. Nie etwas anderes gelernt.«

»Du bist mit sechszehn in London in einem Klamottenladen entdeckt worden und dann als Model groß durchgestartet«, zählte Grace seine ersten Stationen auf. Julian schüttelte den Kopf.

»Nein, das steht in meiner offiziellen Bio. Ich bin mit dreizehn von zu Hause ausgerissen und habe die Agenten von Hollywood einen nach den anderen abgeklappert. In Suppenküchen gegessen und ihn Notunterkünften geschlafen.«

So viel Ehrlichkeit hatte sie nicht von ihm erwartet und als sie über die grünen vietnamesischen Felder sah, war ihr auch nicht wohl. Sie wollte so viel Ehrlichkeit von ihm nicht.

»Ich habe meine Eltern danach nur noch einmal gesehen. Sie verstehen immer noch nicht, warum ich das getan habe.«

»Du erzählst mir so etwas, obwohl du weißt, dass ich Reporterin bin?«, fragte sie milde lächelnd und Julian sah sie nur ernst an. Ihr wurde mulmig, wenn sie daran dachte, dass gerade sie ihn darauf aufmerksam gemacht hatte und er erst jetzt realisierte, was das heißen könnte.

»Ich würde dir zum Beispiel nicht erzählen, wenn ich schwul wäre.«

Verschluckend an der Hitze und den Tränen nahe, sah sie ihn überrascht an. Julian grinste frech zurück und löffelte weiter.

»Das ist schade«, sprach sie immer noch räuspernd.

»Ja, aber leider die harte Realität. Die Menschen wollen das nicht sehen.«

»Die Glaubwürdigkeit ginge verloren, wenn sie eine Rolle mit einem Mann besetzen, der eine Romanze mit einer Frau eingeht, aber jeder weiß, dass er schwul ist. Obwohl er vorher immer den harten Kerl gespielt hat und ihn alle dafür liebten.«

»Nein, die Menschen wollen das nicht sehen«, bekräftigte Julian seine Worte noch einmal hart. »Sie können nicht trennen, zwischen Realität und Fiktion.«

»Aber das wollt ihr doch gar nicht«, konterte Grace gelassen.

»Es sind einfach nur Geschichten, die wir erzählen. Können vielleicht bei einigen Menschen den beschissenen, grauen Alltag vergessen machen.«

Den Kopf auf die Seite gelegt, dachte Grace ein bisschen darüber nach. Wenn sie ein Buch las, machte sie eigentlich auch nichts anderes, als sich eine andere Welt, eine andere Realität vorzustellen. Im günstigen Fall sogar eine bessere.

»Du hast studiert?«, neugierig sah er sie an und geschockt realisierte Grace, dass sie doch tatsächlich normal mit diesem Bastard reden konnte. Sie nickte nur. Na ja, vielleicht sollte sie es weniger als Schwäche auslegen.

»Hätte ich vielleicht auch gemacht. Mein Vater ist Akademiker, Kinderarzt, aber mein Leben lief halt anders«, zuckte nichtssagend mit den Schultern.

»Mit viel mehr Geld, als wenn du studiert hättest.«

»Aber mit weniger Hirn«, rührte in seiner Suppe und Grace überlegte, wie er das gemeint haben könnte.

»Es gibt nicht mehr so viele Frauen die Grace heißen«, griff er unvermittelt ein ganz anderes Gesprächsthema auf. Zunächst wusste sie auch nicht, was darauf erwidern.

»Stimmt, ist ein alter Name. Nicht mehr in Mode. Aber es gab Grace Kelly zum Beispiel.«

»Na, das du die kennst. Ach stimmt, die war ja nicht nur Schauspielerin«, frotzelte Julian und auch Grace konnte sich ein Lächeln nicht verkneifen. Verdrehte jedoch die Augen, was ihn auflachen ließ.

»Eine klasse Frau«, nickte Julian und nahm einen Schluck, von seinem Tee. »Es gibt nicht so oft Frauen, die gleichzeitig Eleganz und Sexappeal in sich vereinen. Das eine tritt meistens für das andere in den Hintergrund.«

»Ist wohl so, ja«, gab Grace zu.

Es war brütend warm und Grace zerging in ihrer Leinenhose, aber sie lachte und sie strahlte. Die Sonne ging unter. Es ging ihr gut und Grace öffnete sich mehr. Erzählte von ihrer Familie.

»Rutschen im Hochsommer in Georgia sind nicht zu empfehlen. Sie hat sich so den Hintern verbrannt.«

»Das kann nicht sein. Wie kann man nur so was machen?«, frei lachte Julian heraus und nicht nur eine Person drehte sich zu ihnen um.

»Doch, das stimmt wirklich, du kannst meine Schwester fragen. Sie hat bestimmt noch eine Narbe davon«, lachte auch Grace und stopfte sich noch einen Wan Tan in den Mund. Mit der Erwähnung ihrer

Schwester, war Grace jedoch wieder in der harten Realität angekommen. Ihr war klar, dass Julian nie ihre Schwester nach etwas fragen würde und ihr war klar, dass ihre kleine Schwester sie wohl nie wieder um einen Rat bitten würde.

»Du bist gar nicht so übel.«

Grace verschluckte sich erneut und trank hastig mit ihrem Tee nach. Räusperte sich und lächelte schüchtern vor sich hin.

»Das ist nett von dir.« Etwas noch dümmlicheres wäre ihr bestimmt auch eingefallen, wenn sie noch weniger Zeit zum Überlegen gehabt hätte.

Julian lächelte vor sich hin und rührte im dürftigen Rest seiner Suppe. »Wollen wir gehen?« Legte ein paar Geldscheine auf den Tisch und war schon aufgestanden. Grace folgte ihm eilig, hastete noch einmal zurück und stopfte sich den letzten Wan Tan in den Mund. Lächelte den Ladenbesitzer an, verabschiedete sich freundlich, mit gefalteten Händen und einer angedeuteten Verbeugung. Zündete sich unterm Gehen eine Zigarette an.

»In L.A. ist alles überladen von Lichtern. Lichtersmog in der Nacht, nenn ich das immer«, überlegte Grace laut und ging neben Julian einher, die Nase in der Luft, gen Sternenhimmel. Julian lächelte sie an, schüttelte den Kopf. »Pass auf«, hielt sie auf, gegen eine kleine Mauer zu laufen.

Locker, mit einem ehrlichen Lächeln auf den Lippen, verabschiedeten sie sich und Grace musste unweigerlich daran denken, wie wenig ihm doch der Bart stand, den er sich für diese Rolle wachsen lassen musste.

»Mike?«

»Wenn du so süßlich meinen Namen aussprichst, bezweifle ich, dass es um mich geht«, lächelnd verdrehte Mike die Augen. Ein Schlag auf den Oberarm ließ ihn zusammenzucken.

»Ich bräuchte deine Fotokamera«, mit einem koketten Augenaufschlag setzte sich Grace neben Mike, vor das Verpflegungszelt. Die Drehpause tat gerade allen sehr gut.

»Wann?«

»Ich will bald zu den Steinfelsen und ein paar Erinnerungsfotos schießen.«

»Von mir aus«, die Schultern zuckend, zog er an seiner Zigarette, reichte Grace eine und zündete sie ihr an.

»Selfietime«, lächelte Grace munter und Mike verdrehte die Augen, lächelte jedoch seicht in die Linse.

»Hab ich es nicht gesagt?«

Grace folgte seinem Fingerzeig. Julian saß zusammen mit Megan auf einer Bank und sie schienen sich angeregt zu unterhalten. Mehrmals gestikulierte sie wild und Julian legte die Stirn in tiefe Falten. Den Kopf leicht zur Seite geneigt, versuchte er ihr ehrlich zu folgen. Ein kurzes Lächeln huschte über Graces Lippen. Holte sich einen Teller Essen aus dem Verpflegungszelt und bot Mike etwas davon an, aber der lehnte lächelnd ab.

»Sie sind doch ein schönes Paar«, murmelte Grace vor sich hin, während sie sich eine Teigtasche in den Mund stopfte.

»Sie ist schön, aber dumm«, gab Mike zurück und lächelte sie von der Seite an, als er einen Schluck von seiner Getränkedose nahm. Grace nahm sie ihm ab und trank ebenfalls daraus.

»Das ist gemein. Sie ist noch jung. Vielleicht ein bisschen naiv, aber bestimmt nicht dumm«, verteidigte Grace die schöne Megan und fragte sich im nächsten Augenblick, ob das so ein Frauending war, andere Frauen vor einem Mann schützen zu wollen. Wahrscheinlich lag es wohl eher am Altersunterschied und das stieß Grace mehr als auf. Den Rauch gen Himmel pustend, trat sie ihre Zigarette aus.

»Andere sind auch jung, wirken aber nicht so naiv«, lächelte Mike süß und Grace verdrehte die Augen.

»Danke, aber ich ... na ja, ich bin ... eben nicht mehr soooo jung.«

Er zuckte mit den Schultern. »Deswegen darf ich aber trotzdem mit dir flirten.«

Grace entkam ein kleines Lächeln, als schon im nächsten Moment ihr Handy vibrierte.

»Dein Freund?«

Grace nickte geistesabwesend und tippte zurück.

»Wessen Freund?«, Julian trat an ihre Seite und nahm sich ebenfalls eine Teigtasche.

»Ihr Freund«, nickte Mike in Graces Richtung.

»Kein Freund«, Grace verdrehte genervt die Augen.

»Ich dachte, du bist auf Diät?«, runzelte Grace die Stirn, als sie weitertippte, aber kurz aufsah zu Julian.

»Und ich dachte, du würdest Lucas vögeln«, lächelte Julian verschmitzt und kaute dabei kräftig weiter.

Mikes große Augen ignorierte sie geflissentlich. Signalisierte Julian dagegen mit ihrem Gesichtsausdruck, dass er das irgendwann zurückbekommen würde. Entfernte sich während sie schrieb und bemerkte nicht, wie Megan sich an Julians Seite drückte und ihn von ihrer kleinen Gruppe wegzog.

Irgendwann ist es an der Zeit, über eine Beziehung nachzudenken. Dann wenn sich Missverständnisse häufen, wenn man sich nicht mehr blind vertrauen kann oder das Gefühl hat, es nie zu können und es nie tat. Wenn man die Zärtlichkeiten des anderen nicht mehr genießen kann. Wenn man nicht alles für den anderen geben würde.

War sie wirklich glücklich?, überlegte Grace verzweifelt. Sie glaubte, es wäre endlich Zeit dafür und schritt mit dieser Schwere im Herzen an die Tür, um dem klopfenden Lucas aufzumachen. Und als sich Lucas auf die Couch setzte, wusste Grace, dass sie das Richtige tat. Trotz der

Leere, die sie in sich fühlte. Wohl eher gerade wegen dem unausgefüllten Platz, gestand sie sich selbst endlich ein. Vielleicht, wenn sie wieder bei Philipp war … vielleicht wäre dann wieder alles anders.

»Lucas, ich wollte mich noch einmal aufrichtig entschuldigen. Es ist mir ein großes Anliegen, dass du weißt, dass es nicht so geplant war. Es war schön … ich …«, ihr fehlten die Worte.

Wie sollte man jemanden sagen, dass man ihn mag, ihn nicht verletzen will, aber doch keine tiefschürfenden Gefühle für ihn entwickelt hat? Wie, die schonungslose Wahrheit verheimlichen, die doch gerade jetzt so wichtig wäre?

Vor dieser Aufgabe stand Grace nun und es war eine mehr als schwere. Und es schien ganz so, als ob Grace dem Ganzen nicht gewachsen war.

Es war ja nicht so, dass sie noch nie verliebt gewesen war und generell schlief sie mit niemanden, den sie nicht sympathisch fand. Mist, diese Worte hörten sich schon im Kopf mehr als unmöglich und unpassend an, also versuchte Grace gar nicht erst, sie auch laut zu formulieren.

»Seien wir doch einfach ehrlich«, bat Lucas und sein ansonsten so herausforderndes Lächeln, wurde durch einen bitteren Mundzug abgelöst.

»Es war nie die große Liebe«, sprach Grace leise und sah es auch Lucas an, dass er das gleiche dachte. Dafür war er viel zu sehr der Casanova, der sich keine Ketten anlegen lassen wollte. Und Grace wollte das auch gar nicht. Er hatte die Zeit auch mit ihr genossen, davon war Grace fest überzeugt, aber die Zeit war sehr kurz gewesen.

Doch Lucas sagte Nichts. Es musste nicht noch einmal gesagt werden. Sie hatte nicht mit Lucas geschlafen, um einen Job zu bekommen. Daran hatte sie nicht im Entferntesten gedacht. Vielleicht ganz kurz, am Anfang ihres Treffens. Aber nur in die Richtung, dass er vielleicht einen Kontakt für sie hat. Nicht mehr und nicht weniger. Aber sie sah ein, dass es genau so aussah und sie wohl Lucas jetzt alles Mögliche sagen könnte, um sich zu rechtfertigen und doch würde immer dieser bittere Beigeschmack haften bleiben. Nicht nur bei ihm.

Aber wenn sie Philipp eine wirkliche zweite Chance geben wollte, dann ging es gar nicht anders, als sich von Lucas auf Distanz zu begeben. Denn darum hatte er keine zwei Stunden vorher in einem langen Telefonat gebeten. Es waren immerhin acht Jahre. Die verbrachte man nicht einfach so mit einem Menschen, ohne dass nicht etwas blieb. Aber trotzdem gab es da immer noch dieses »Andere«, das Grace immer noch nicht begriff.

»Schon gut, ich glaube ich habe verstanden«, gab Lucas leise von sich. Die Lippen zu Strichen geformt, die Augen niedergeschlagen auf seine Finger gerichtet und er wirkte in diesem Moment zum ersten Mal, als hätte er den Kampfgeist aufgegeben. Vielleicht war es auch wirklich so und Grace war über sich selbst zutiefst angewidert, als sie realisierte, dass dieses Aufgeben wohl nicht die schlechteste Option war und ihr damit viel in nächster Zeit abgenommen wurde. Vor allem das sich »Erklären müssen«.

Traurig, mit Tränen in den Augen, lehnte sich Grace, wenige Minuten später, gegen den Türrahmen und zündete sich eine Zigarette an. Als sie den Rauch gen Himmel blies und die Augen mehrfach zuzwickte, sich die schmerzenden Schläfen reibend, sah sie dabei zu, wie Leslie und eine weitere Set-Runnerin eine große Holzbank an ihr vorbeitrugen und sie fröhlich grüßten, wie ein Pferd sich nur widerwillig am Halfter vorbeiführen ließ und wie Julian Cole gelangweilt auf den Treppen seines Eingangs lungerte und teilnahmslos in den Himmel sah. Gähnend und beschließend ein kleines Nickerchen zu halten, fiel sie keine zehn Sekunden später in ihr Bett.

»Ich will nicht, dass du mich hier filmst. Die Leute bekommen genug im Kino zu sehen«, meckerte Julian und Grace verdrehte die Augen. Die Tränensäcke waren heute wieder beängstigend dick und seine Augen feuerrot. Entweder er hatte die ganze Nacht durchgeheult, oder er hatte wieder mächtig tief ins Glas gesehen. Grace schloss Möglichkeit Nummer eins mal logisch aus.

»Grace«, bellte er und hielt die Linse der Kamera zu, als Grace sich in seinem Bungalow herumdrehte.

»Du warst beim Essen netter«, beschwerte sich Grace, mit einem Schmollmund und lächelte vor sich hin, als Julian ihr die Zunge ausbleckte, während er sich die Turnschuhe band. Sie filmte einfach weiter. Selbst als sie eine SMS an Philipp tippte. »Lieber ein Selfie?«, lächelte sie seicht und war schneller mit dem Knipsen fertig, als Julian sie hätte aufhalten können. Lächelnd brachte sie sich außerhalb seiner Reichweite. Lehnte sich lässig, mit der Hüfte, gegen die Küchenzeile. Lächelte herausfordernd. »Ich habe noch keins, mit dir und mir und die Leute wollen dich sehen.«

Es klopfte an der Tür.

»Megan«, entkam es Julian erstaunt, als er die Tür öffnete. Zu hastig, zu atemlos, zu guttural. Grace schaltete die Kamera aus. Aufnahmen von privaten Gesprächen zwischen den Darstellern waren verboten.

»Ich wollte ... wegen gestern ...«, fing Megan an - zu leise, zu schüchtern, die Finger ineinander verwrungen. Julian sah bittend zu Grace und erst jetzt sah Megan auch Grace. »Stör ich?«, fragte die Blondine forschend, die Augen zu Schlitzen geformt, nach. Julian schüttelte den Kopf und zog sie beim Arm nach Innen. Ohne ein weiteres Wort verschwand Grace und hätte sich nicht noch einmal umdrehen sollen. Die Vorhänge des Fensters waren offen und Grace sah schnell wieder weg. Als Julian Megan auf die Anrichte gehoben und ihren Topträger nach unten geschoben hatte, bevor er ihre nackte Schulter küsste. Und es war genug für ihre Augen. Das Gerücht war also wirklich kein Gerücht.

.•:*¨¨*:•.☆★★★☆.•:*¨¨*:•.

»Sie muss eine Verschwiegenheits- und Datenschutzerklärung unterschreiben«, der Line Producer rief seinen Assistenten, der Grace die Unterlagen überreichte. Verdutzt blätterte sie die Seiten durch.

»Sie darf nicht mit aufs Set? Aber sie soll doch bei mir im Bungalow schlafen«, rief sie empört aus.

Der Assistent zuckte nur mit den Schultern. Sein Vorgesetzter dagegen lachte laut auf und fand die richtigen Worte: »Bestimmt und mit ihrer Handykamera macht sie dann kleine, feine Aufnahmen von den Darstellern und verkauft sie für tausende von Dollar an die Meute von Journalisten.«

Das würde Helen nie machen, überlegte Grace mürrisch, das war eher Maries Metier. Aber im Endeffekt blieb ihr wohl nichts anderes übrig, als Helen die Papiere vorzulegen. Die Vorwarnung seitens Grace kam schon über das Telefon und es blieb bei der Vorwarnung. Helen würde nicht nach Vietnam kommen. Grace konnte sie durchaus verstehen. Wenn sie selbst hier nicht arbeiten würde, hätte sie nie etwas unterschrieben, was ihr im Nachhinein vielleicht irgendwann zum Nachteil gereichen konnte. So etwas konnte man in der heutigen Welt nicht mehr ausschließen.

»Ernsthaft? Ich komm mit«, rief Mike laut freudig aus und schob sich an Leslie vorbei, aus der Tür von Graces Bungalow. Diese verdrehte nur die Augen und las in Leslies bittenden Blick, was sie ihr nicht verweigern konnte, ohne nachhaltigen Schaden an ihrer Bekanntschaft zu hinterlassen. Es war schon genug dicke Luft zwischen der Crew und das nicht zuletzt, weil Lucas und sie sich nur noch schnitten. Irgendwie übertrug sich das auf alle, in diesem kleinen Konglomerat an Menschen. Obwohl bis vor kurzem so gut wie niemand am Set gewusst hatte, was Grace und Lucas wirklich verband.

Gefrustet stahl sich Grace aus dem heißen Häuschen und wischte sich den Schweiß von der Stirn. Diese Luftfeuchte war einfach unerträglich. Kurz schnupperte sie an ihren Achseln. Wenigstens hielt das Deo, was es versprach. Hörte Leslie mit Mike über irgendetwas lachen und erschrak über den Gedanken, dass sie nicht bei Leslie, sondern jetzt bei Marie stehen sollte. Mit ihr über alte Geschichten lachen und über noch ältere weinen sollte.

Die Hitze trieb ihr das Blut in den Kopf. Verstohlen sah sie Megan dabei zu, wie sie ihre Finger in die von Julian schob. Graces Augenbraue wanderte langsam nach oben. Soviel Öffentlichkeitsarbeit hätte sie Julian gar nicht mehr zugetraut. Das sah er wohl in ihrem Gesicht geschrieben und wandte ihr den Rücken zu.

Dieser Feigling, dachte sich Grace höhnisch lächelnd.

»Ich hab mit Mike fünf Uhr ausgemacht, morgen«, kam Leslie die Stufen überspringend, vor Grace zum Stehen.

Megan sah bei dem Gepolter zu den beiden rüber.

»Sicher«, murmelte Grace zähneknirschend.

»Ihr geht aus?«, lächelte Megan schüchtern und machte sich auch schon auf den Weg zu den beiden. Mikes Kopf lugte aus der Tür.

»Yep«, Grace stemmte ihre Hände in die Hüften, »ach was, kommt doch auch einfach mit, ihr zwei. Ist doch viel netter, so viele zusammen«, höhnte sie weiter. Doch leider verstand niemand diesen Hohn.

Mit Entsetzen begriff Grace, wie es das kleine blonde Ding Megan geschafft hatte, sich gerade selbst einzuladen und jetzt selbstzufrieden freudig erregt in die Hände klatschte. Gequält schloss Grace die Augen.

»Wer weiß, wo der uns hinführt. Julian, warum vertraust du so jemanden?« Megans Stimmchen überschlug sich fast, trotz des Hauches ihrer Worte. Denn mehr brachte die schöne junge Blondine gerade nicht zustande.

Grace hätte Julian gerne dieselbe Frage gestellt, aber er antwortete schon nicht seiner Freundin, warum sollte er dann ihr eine Antwort geben. Denn was sie genauso wenig verstand, wie Megan, war die Tatsache, dass Julian einen Einheimischen mitten auf der Straße gefragt hatte, wo hier das beste vietnamesische Essen serviert wurde. Freudestrahlend verschwand der ältere Herr erst einmal in seinem Häuschen, bevor er wiederkam und der kleinen Gruppe an Hungrigen andeutete, er würde es ihnen zeigen. Jetzt folgten sie also einem Einheimischen, der wohl jeden Winkel dieser Gassen nicht nur einmal besucht hatte. Der sich hier bestens auskannte. Mit ihnen anstellen konnte, was er wollte. Diesen Gedanken teilte Grace auch Mike mit. Doch noch bevor er ihr antworten konnte, wandte sich Julian lächelnd an Grace: »Du fährst mit Wildfremden auf Mopeds durch die Gegend. Aber jetzt Schiss haben? Wird schon nicht so schlimm sein. Fünf Menschen bringen die bestimmt nicht auf einmal um und Vietnam ist nicht dafür bekannt, Weiße zu entführen und dann Lösegeld zu fordern. Wir sind schließlich nicht in Südamerika«, sprach er sehr entspannt wirkend zu Grace. Das beruhigte die Brünette jetzt nicht wirklich.

»Julian«, flüsterte Megan noch einmal, aber wieder reagierte er nicht auf sie.

Sie wurden nicht ermordet, sie wurden auch nicht ausgeraubt. Es sah sie nicht einmal jemand schief an, soweit Grace das in diesem diffusen Licht beurteilen konnte. Irgendwann war sie an einem Punkt angekommen, so wohl auch Leslie und Megan, dass sie den Männern vertrauten. Eingeschlossen dem Einheimischen. Belohnt wurden sie rund zwanzig Minuten später, mit Reiswein und einer Karte, die keiner identifizieren konnte. Als Megan die Runde darauf aufmerksam machen wollte, fiel ihr Mike nur ins Wort: »Ihr wolltet doch typisch vietnamesisch essen gehen. Ich glaube hierher verirrt sich kein Tourist so schnell.«

Wie auch?, überlegte Grace angesäuert. Sie würde selbst bei Tageslicht nicht mehr in ihren Bungalow-Park finden.

Zu essen bekamen sie ... okay, keiner konnte es identifizieren, versichert wurden ihnen jedoch vom Koch, dass es sich um Krokodil handeln würde.

»Ich muss mal«, flüsterte Leslie Grace zu. Ihre bittenden Augen sprachen Bände und Grace war nicht so viel Unmensch, dass sie dieser stummen Bitte nicht nachgekommen wäre.

Irgendwann war es Grace so, als wäre das kleine Grüppchen eine gute Gemeinschaft. Ausgeglichen und sich die Waage haltend. Wobei Leslie und Megan für das Reden zuständig waren und die Männer eher für das Schweigen. Die Waagenmitte würde Grace wohl gut beschreiben, denn einmal kippte sie in die eine Richtung und ein andermal in die andere. Was beidem wohl dem Reiswein zugeschrieben werden konnte.

»Philipp«, wiederholte Mike. Dehnte den Namen unnötig in die Länge.

»Wer ist Philipp?«, fragte Leslie, lehnte sich vertraut zu Megan. Julian fing schallend das Lachen an und Grace konnte sich ein Augenverdrehen nicht verkneifen.

»Ihr Freund«, deutete Mike, mit dem Finger auf Grace.

»Wir haben eine Pause«, winkte Grace locker ab.

»Ja, das machen viele mal durch«, winkte jetzt Leslie ab und damit schien das Thema für sie vorbei zu sein. »Aber du hast ja tollen Ersatz für die Zeit gefunden«, lächelte Leslie weiter. Gut, das Thema war für sie noch nicht vom Tisch.

»Was ist Philipp von Beruf?«, fragte Megan und Grace zog eine Augenbraue nach oben. Sie hätte nicht gedacht, dass Megan wirklich irgendetwas hinterfragen würde.

»Er ist Schriftsteller – philosophische Texte. Wir haben uns bei einer seiner Lesungen kennengelernt. Sind seit acht Jahren ein Paar und er hat mich mit meiner ehemaligen besten Freundin betrogen«, zählte Grace sachlich nüchtern auf und sie wunderte sich nicht wirklich, wie ihr das so gekonnt gelang. Die Zeit der Trauer war schon lange vorbei. Und trotzdem schrieb sie fast täglich mit ihm. Sie konnte sich selbst nicht verstehen, aber seitdem das mit Lucas so komisch lief, war das irgendwie ein Anker gewesen, wie Philipp das schon so viele Jahre an ihrer Seite war. Eine Konstante, die Grace nicht missen mochte.

»Aber da war doch was mit Lucas, oder?«, lächelte Megan süßlich und Grace war sich nicht sicher, ob nicht der Reiswein daran Schuld trug, dass sie Megan gerade in einem ganz anderen Licht kennenlernte.

»Wir hatten eine Affäre, ja«, bestätigte Grace genauso sachlich, wie zuvor.

»Affäre«, Leslie malte Gänsefüßchen in die Luft, »so kann man das natürlich auch nennen«, nuschelte sie weiter in ihr Glas.

»Das gleiche wollte ich auch gerade sagen«, gähnte Julian und Grace fragte sich unweigerlich, ob ihn das Thema Lucas und sie so nervte, dass er gleich müde davon wurde.

Als sich Grace sicher sein konnte, dass die anderen wieder mit sich selbst, dem Essen oder anderen beschäftig waren, wandte sie sich leise an Julian.

»Hast du was von ihm gehört? Seit gestern hab ich ihn nicht mehr gesehen.«

»Ich soll nicht mit dir darüber sprechen«, nuschelte Julian in seine Hand und fuhr sich fahrig über das Gesicht.

»Wie, du sollst nicht mit mir darüber sprechen?«, fragte Grace verwirrt nach und lehnte sich vertrauter zu ihm vor. »Hat er das gesagt?«, höhnte sie und zuckte leicht zusammen, als Julian sich ruckartig zu ihr drehte.

»Ich hab darauf keinen Bock, verstanden?« Seine Augen glühten regelrecht und Grace war zu sehr irritiert, als dass sie etwas erwidern konnte. Verstohlen beobachtete sie ihn dabei, wie er zwei rosa Pillen aus dem Döschen in seine Handinnenfläche fallen ließ. Und sie mit dem Sake seine Kehle hinabspülte. Grace stopfte sich ein neues Stück Krokodil in den Mund.

»Pillen mit Alkohol, ist das eine gute Kombi?«, fragte sie mit gerunzelter Stirn. Julian schob das Döschen wieder in seine Jeanshose.

»Krokodil mit Wasabi, ist das eine gute Kombi?«, lächelte er dicht gegen ihr Gesicht. Ein Schwall der Härte des Alkohols traf sie und Grace spürte im gleichen Moment, wie sie feuerrot anlief. Schnell schob sie sich von ihrem Stuhl und hustete in ihre Serviette. Hörte Julians unterdrücktes Lachen in ihrem Rücken und stampfte wütend mit dem Fuß auf. Dieser Mistkerl, er hätte sie doch vorwarnen können, was das für ein grünes Zeug auf dem Fleisch war.

Ihre Kehle brannte wie Feuer und aus ihren Augen rann ihr die heiße Flüssigkeit. Leslie reichte ihr ein Glas Wasser. Julian dagegen hielt ihr eine Schale Reis vor die Nase. Es half wenigstens ein wenig und damit schraubte er sich wieder ein oder zwei Punkte in der Beliebtheitsskala bei Grace nach oben.

Räuspernd schob sie sich wieder auf ihren Stuhl. Megan erkundigte sich nach ihrem Wohlbefinden, doch das kleine höhnische Lächeln sah Grace durchaus.

»Ihr hättet eh nicht zusammengepasst«, lächelte Julian noch immer und lehnte sich lässig auf den Tisch. Sah sie von der Seite an und Grace war sich gerade nicht sicher, ob er sie in die Irre führen wollte oder es wirklich ernst meinte.

»Ehrlichkeit?«, fragte sie verwirrt nach. Ihr Blick wanderte schnell zu Megan, doch die schien von Mike in Beschlag genommen worden zu sein. Die beiden lachten frei und herzlich offen, als Mike die Stäbchen geschickt durch seine Finger gleiten ließ, wie ein Drummer seine Sticks.

Den Kopf leicht zur Seite gelegt, sah Julian zunächst nur auf seine Finger. »Ich war bis jetzt immer ehrlich mit dir.«

»Heilige Scheiße«, hörte Grace Leslies unterdrückten Ausruf. Doch als sie sich zu ihr umdrehte, da beschäftigte sich ihre Freundin mit den Stäbchen und einem Reisbällchen, das partout nicht in ihren Mund wollte. Verlegen band Grace ihre Haare zusammen.

»Selfie«, rief Leslie plötzlich aus und Grace sah erst beim nächtlichen Durchgehen der Bilder, dass sich auch Megan auf das »Frauenbild« geschummelt hatte.

»Grace, du machst hier keinen Urlaub, verstanden? Du warst letzte Woche schon unterwegs«, polterte Tom lautstark, doch Grace zog die Schulter kurz nach oben.

»Ich will nur einen verdammten Tag frei bekommen. Die Menschen vorm Computer werden nicht gleich sterben. Ich schneide einfach andere Szenen zusammen, von gestern. Wenn Helen hier am Set wohnen dürfte, dann hätte ich Zeit mit ihr verbringen können. Dann hätte ich auch frei bekommen.«

»Von wem?«, fiel ihr Tom höhnisch lächelnd ins Wort. Laut ausschnaufend stampfte sie mit dem Fuß auf. »Wenn ich …«, doch weiter kam sie nicht. Lautstark fiel ihr Tom dazwischen: »Ich, ich, ich. Was anderes hör ich von niemandem hier. Ihr geht mir alle gewaltig auf den Senkel. Verdammt, das Leben ist kein Wunschkonzert. Sei froh, dass …«, doch jetzt brach er selber ab.

»Dass was?«, fragte sie sofort alarmiert nach. Aber nicht Tom antwortete ihr.

»Dass du Lucas vögeln konntest und er dir den Job besorgt hat.«

Erschrocken fuhr Grace herum und sah Julian lässig im Türrahmen gelehnt, mit einem feinen Lächeln, dass sein ganzes Gesicht erhellte. Lange sah sie ihn nur an. Die Fröhlichkeit, die sie gerade noch in sich getragen hatte, diese Vorfreude auf einen ganzen Nachmittag allein, löste sich langsam immer mehr auf. Aber als sie den kleinen Zuckerer im Mundwinkel von Julian erblickte, war wieder alles da.

»Pass auf, Cole. Du solltest die Latte nicht allzu weit nach oben legen. Du wirst irgendwann selbst darüber springen müssen«, gab sie lässig von sich und strich sich eine Strähne über die Schulter, als ihr war, als wollte Julian sie mit der Hand aufhalten, an ihm vorbeizugehen. Doch er ließ den Arm sogleich wieder sinken.

Den Ausflug gönnte sie sich trotz allen Protestes von Tom. Er war schließlich nicht ihr direkter Vorgesetzter. Die Halong-Bucht war jedoch nicht das erträumte paradiesische Ziel, von dem in allen Touristenführern die Rede ist. Die fast zweitausend Kalkfesten hatten ihren Reiz, das konnte Grace nicht verleugnen, aber die »Bucht des untertauchenden Drachens« hätte ihr beinahe das Leben gekostet. Die Touristenboote waren mehr als nur veraltet und so war Grace mehr als froh, noch am Leben zu sein und Mikes Kamera gerade noch vor einem Tauchgang retten konnte, aber mehr als angesäuert, als Leslie laut auslachte, als sie ihr davon berichtete.

Gemeinsam zündeten sie sich eine Zigarette an und schlenderten durch den Bungalow-Park. Es war angenehm einen Menschen um sich zu haben, dem sie soweit vertrauen konnte, offen mit ihm zu reden. Mike war immerhin ein Mann, der verstand nicht alles. Aber mit dem nächsten Satz von Leslie war Grace klar, dass eine Frau vielleicht mehr sah, als ein Mann. »Ihr flirtet schon sehr stark miteinander.«

Überrascht hob Grace eine Augenbraue.

»Julian Cole und du.«

Das fand Grace jetzt eigentlich nicht.

»Und diese Megan bemerkt das durchaus. Ist lustig wie sie versucht, sich immer wieder zwischen euch zu drängeln. Ob mit Worten oder Taten«, lachte Leslie amüsiert auf und flocht sich ihre Haare zu zwei kleinen niedlichen Zöpfen.

»Sie mag Cole schon sehr, glaube ich. Jedenfalls errötet sie sehr leicht, wenn er in der Nähe ist«, müde fuhr sich Grace über die Augen.

»Schlafen sie miteinander?«

»Ja.«

»Woher weißt du das?«

»Das weiß doch jeder hier. Sag nicht, du hättest das nicht auch schon vermutet.«

Beide sahen lange nur auf die Landschaft. Es dämmerte schon arg und Grace wusste mittlerweile aus Erfahrung, dass sie dieses schöne Schauspiel nur noch eine gute halbe Stunde genießen konnten. Also setzten sie sich in das Gras und lauschten der Stille.

»Ihr scheint füreinander geschaffen«, sprach Leslie irgendwann ernst. »Wie füreinander bestimmt.«

»Hast du doch zu viele Kräuterzigaretten abbekommen?«, lächelte Grace. Sah jedoch schnell wieder in die Ferne, als Leslies Gesichtsausdruck nicht weicher wurde. Im Gegenteil: Sie hob eine Augenbraue.

»Das sagen mir die Karten. Aber es steht noch vieles zwischen euch. Ihr werdet beide einen langen Atem brauchen und viel Trauer ertragen müssen.«

»So was liest man alles in einfachen Karten?«, lächelte Grace seicht. Wollte nicht herablassend wirken, aber manchmal kam ihr Leslie schon ein wenig anders vor, als die anderen hier. Langsam zupfte Grace ein paar Grashalme aus dem Boden. Legte sie an ihre Nase, um den reinen Duft einzuatmen. »Wenn es so wäre, sollten es dann nicht beide wissen?«, fragte sie leise und legte ihren Kopf auf ihre Knie. Zog ihre Beine enger an sich.

»Ich denke, du solltest es ihm mehr zeigen, dass du ihn magst. Dann wirst du schon merken, dass er ...«, doch weiter kam Leslie nicht. Wild ausschnaufend schmiss sich Grace auf den Rücken, alle Viere weit von sich gestreckt und starrte in den Sternenhimmel. »Ich meinte jetzt nicht ihn, sondern mich.« Verstohlen wanderte ihr Blick zum Farmhaus. Dort brannte noch Licht. Sie fragte sich, ob Mike noch arbeiten würde.

»Was ist eigentlich mit Philipp?«

Verkniffen sah Grace zu ihrer Freundin. »Darüber will ich jetzt nicht sprechen.« Grace war froh, dass Leslie nicht noch weiter darauf einging.

»Wo gehst du hin?«

Tom eilte auf sie zu. Super, Tom. In Kombination mit diesem mehr als mürrischen Gesichtsausdruck – bei dem sich Grace unweigerlich fragte, was Julian schon wieder ausgefressen haben mochte – und den großen Schritten auf sie zu, wäre es Grace am liebsten gewesen, eine Öffnung im Boden hätte sich vor Tom aufgetan – just in diesem Moment - groß und dunkel.

»In die Apotheke. Ich darf mich vom Set entfernen – allein«, betonte sie ganz explizit. Ja, selbst das war in ihrem Vertrag geregelt worden.

»Sehr gut«, Tom kramte in seiner Tasche, »dann kannst du das gleich mitnehmen. Die Kosten kriegst du von mir im Büro heute Abend zurückerstattet.«

Verwirrt sah sie auf ein rosa Scheinchen. Konnte die Schriftzeichen nicht identifizieren.

»Was ist das?«

Tom winkte beiläufig ab. »Etwas für Julian.« Das war keine Antwort und schon gleich zweimal keine brauchbare. Doch dieses Mal hinterfragte sie die Dinge nicht und steckte den Zettel einfach ein.

Es war unglaublich, wie viele Mittel es gegen Stechmücken gab. Verstohlen rieb sie einen Fußrücken gegen ihr anderes Schienbein und hoffte inständig, das neue Mittel würde in den Nächten besser helfen. Lang und breit erklärte ihr der Apotheker, was gegen was im Stande war zu helfen. Nicht im Mindestens sich daran störend, dass hinter Grace drei weitere Kunden warteten. Aber als sich Grace umdrehte, lächelte ihr eine Frau, mit rundlichem Gesicht nur zu und entblößte ihre Zahnlücke. Die Menschen hier hatten wirklich etwas mehr als entspannendes an sich. Am Ende entschied sich Grace für ein Allround-Mittel, das sie schon zu Anfang des Gesprächs in den Händen gehalten hatte. Nicht unbedingt, weil sie es für das beste hielt, sondern weil das Englisch des netten Vietnamesen mehr als unverständlicher Kauderwelsch war. Nicht einmal an Worten und Grammatik, sondern an Akzent und Betonung. Dann reichte sie ihm das Rezept von Tom.

Der Mann nickte nur und verschwand in das angrenzende Zimmer. Wieder sah sich Grace lächelnd schüchtern um, wieder bekam sie ein Lächeln zurück. Okay, jetzt machten ihr die Menschen hier langsam Angst. In Amerika wären die Leute schon von einen Fuß auf den anderen getreten und hätten hörbar aufgeschnauft oder die Augen verdreht. Vielleicht sogar leise irgendwelche unschönen Dinge vor sich hingemurmelt, aber laut genug, damit es auch ja jeder verstehen konnte.

Verwirrt schob sich Grace die Sonnenbrille in die Locken, als sie das Pillenröhrchen überreicht bekam. »Für was sind die?«

Zunächst sah sie der Herr irritiert an, denn er meinte wohl, sie wüsste, was sie hier besorgte. »Für den Kopf«, war seine schlichte Antwort. Das war wieder keine brauchbare Antwort. Aber dieses Mal ließ sie es nicht dabei bewenden.

»Und wenn die nicht mehr genommen werden?«, fragte sie zweifelnd. Drehte das Pillenröhrchen zwischen ihren Fingern hin und her.

»Dann kann es zu cholerischen Anfällen kommen oder schweren Einbrüchen in der Psyche«, erklärte ihr der junge Vietnamese freundlich.

Langsam ließ sie das Röhrchen in ihre Tasche wandern. »Ich brauch noch ein Mittel gegen Durchfall.« Beinahe wäre ihr die Bitte von Leslie entfallen.

Wieder ließ sie sich von einem jungen Mann auf seinem Moped mit zum Set nehmen. Die rosa Pillen gingen ihr jedoch nicht aus dem Kopf. Lächelnd abwesend bedankte sie sich und stampfte in Richtung Büro von Tom.

»Soll ich sie ihm selber geben, oder machst du das?«, sprach sie, als sie durch die Bürotür schlenderte und sogleich stehenblieb, als sie Lucas sah. Jener jedoch wich sofort ihrem Blick aus.

»Ich geb sie ihm. Hier ist das Geld«, damit reichte Tom ihr die Dollarnoten. Und damit war sie wohl für heute abgekanzelt.

»Das sind Psychopharmaka, oder?«

Gut, sie gab es zu, irgendwann konnte sie eben den Mund nicht mehr halten. Hinterfragen war nun einmal lange ihr Job gewesen. Doch Tom nickte nur und wandte sich wieder den Unterlagen zu, die Lucas ihm über den Tisch schob.

»Braucht er den Scheiß wirklich oder pumpt ihr ihn gerne so voll, damit er einfach funktioniert?«

Grace spürte, wie das Feuer in ihr anwuchs. Wie sie ahnte, was hier wirklich vor sich ging.

Lucas schüttelte den Kopf. »Lass es, Grace. Bitte. Es läuft alles gut, so wie es gerade läuft.«

Wütend pfefferte Grace das Pillendöschen gegen die Wand. Das Plastik zersprang und mit ihr flogen die rosa Pillen durch die Luft. Erschrocken zuckte Tom zusammen. Lucas verdrehte nur genervt die Augen und ließ sich in die Couch fallen.

»Ihr macht ihn abhängig«, knurrte Grace. »Da mach ich nicht mit.«

»Er war schon abhängig, lange bevor ich ihn traf. Es regelt seinen Tagesablauf besser. Er wird berechenbarer und ist nicht mehr so cholerisch«, sprach Lucas abgeklärt und Grace musste hart schlucken, denn ihr kam die Galle hoch.

»Du meinst, es macht deinen Tagesablauf besser«, giftete Grace zurück. Vorwurfsvoll sah sie zu Lucas, doch der konnte ihrem Blick mal wieder nicht standhalten.

»Er ist krank dadurch«, kam es heißer aus Graces Mund. Den Tränen so nahe, für einen Mann, den sie kaum kannte. Verständnislos den Kopf schüttelnd.

Mit klaren Augen und ohne etwas zu vertuschen, es gar nicht wollend, sprach Tom, ganz ehrlich zu ihr: »Ja, Grace. Er ist krank.«

Und jetzt sah Grace auch den Schimmer in seinen Augen. Doch es war so schnell wieder weg, dass Grace meinte einer Halluzination erliegen zu sein. Wieder reichte Tom ihr ein paar Dollarscheine. Doch sie schmiss sie auf den Tisch.

»Besorg ein neues Röhrchen, in der Apotheke. Bitte«, sprach er gequetscht durch die Lippen und sammelte mit Lucas die verteilten rosa Pillen vom Boden auf.

Mit hochgestrecktem Kopf, die Sonnenbrille auf ihre Nase schiebend, missachtete Grace das Geld und drehte auf dem Absatz um.

Der Raum für Ruhm 2.0 – das Internet

»Du hast mittlerweile 3000 Follower. Genial.«

Grace fand es erstaunlich, wie eine Zahl Leslies Laune nur so heben konnte. Das würde nur die Zahl auf ihrem Bankkonto schaffen, wenn sie wieder zu Hause war. Außerdem war mindestens ein Viertel davon gekaufte Accounts – vielleicht aber auch mehr.

»Tom meinte, es wären zu wenig«, missmutig schob sich Grace Reisnudeln in den Mund und wunderte sich, warum dieser Laden jeden Abend Musik aus den 1990er Jahren spielte.

»Was der immer meint«, Leslie verdrehte genervt die Augen. »Die meinen alle immer nur und eigentlich meinen sie gar nichts.«

Stirnrunzelnd, weitere Nudeln vertilgend, dachte Grace über diesen Satz nach. Auch, als sie schon im Bett lag und im diffusen Licht, dass durch die Straßenlaterne, durch ihre Vorhänge getragen wurde, den Ventilator bei seiner Arbeit beobachtete.

Ihr fiel selbst auf, wie sie Julian mehr und mehr beobachtete. Versuchte einzuschätzen, was Gründe für seine cholerischen Anfälle sein konnten und musste bald feststellen, dass erstens das Beobachten sie kirre machte und zweitens es gar keine Gründe geben musste. Doch sie stellte auch mit Entsetzen fest, dass sie Mitleid entwickelte und Grace war klar, dass dieses Gefühl keiner gerne empfand und noch viel weniger Menschen wollten, dass es ihnen entgegengebracht wurde. Nie hatte sie offen mit Julian über seine Sucht gesprochen. Und nicht zum ersten Mal stellte sie sich die Frage, warum gerade berühmte Menschen so anfällig zu sein schienen für Suchten jeglicher Art. Fiel es bei diesen Menschen einfach nur mehr auf, weil sie in der Öffentlichkeit standen? Waren sie vielleicht gar nicht so viel mehr anfällig, sondern sie fielen den Menschen an sich einfach mehr auf? Waren sie wirklich, wie es immer behauptet wird, einfach sehr viel sensibler veranlagt, um in andere Rollen schlüpfen zu können, wandlungsfähig zu bleiben?

Ein pinker Lutscher rutschte von einer Backe in die andere, während sie einen Cut bei einer Szene setzte und überlegte, ob es nicht einfach möglich war, den Druck nicht standzuhalten. Jeden Tag aufs Neue beweisen zu müssen, warum man in der Öffentlichkeit stand. Warum man das Geld – und zwar richtig viel Geld – verdiente, mit dem was man tat?

»Grace!«

Der Schrei ihres Namens ließ sie zusammenzucken. Verdammt, konnte sie eigentlich nie jemand einfach ihre Arbeit machen lassen? Warum wollten die Menschen ständig was von ihr?

Vorsichtig sah sie aus ihrem Fenster. Vielleicht würde sie derjenige ja nicht bemerken, wenn sie sich ganz still verhielt? Das mit dem nicht bemerken funktionierte nicht. Polternd kam Tom angelaufen.

»Ja?«, fragte sie eher vorsichtig. Und zog ihren Lutscher aus dem Mund. Lächelte schüchtern. Überlegte sofort, was sie möglicherweise falsch gemacht haben könnte. Außer nicht das Pillenröhrchen besorgt zu haben.

Er wirkte sehr abgehetzt und Schweiß stand nicht nur auf seiner Stirn. Er sollte ganz schnell sein dunkelblaues Hemd wechseln, überlegte Grace, oder war es erst dunkelblau geworden? Die Vorstellung ließ Grace die Nase rümpfen.

Ein Stapel Papiere wurde ihr in die Hände gedrückt.

»Das sind alle Presse-Agenturen, die mit uns in Kontakt stehen. Die nächste Pressekonferenz steht an und du musst sie informieren.« Sachlich gesprochen, ohne einen richtigen Tonfall in der Stimme.

Mit großen Augen sah sie ihn an. »Warum soll ich das machen?«

»Du hast mittlerweile genug Erfahrung mit der Presse.«

Noch immer ratterte Graces Gehirn. Tom drehte sich auf dem Absatz um. Alarmiert eilte sie ihm hinterher. Der Boden war extrem heiß und Grace verfluchte sich innerlich, weil sie immer barfuß lief. Trat von einem Fuß auf den anderen.

»Das ist Lucas` Job«, echauffierte sich Grace und warf ihre Locken von einer Schulter über die andere.

Tom tippte in sein Smartphone, eilte einfach weiter. »Der ist nicht mehr da.« So nebenbei gesprochen, dass Grace die Kinnlade herunterfiel.

»Was soll das heißen: Er ist nicht mehr da?«

»Was das heißt?«, fragte Tom mit einem mehr als sarkastischen Gesichtsausdruck und baute sich groß vor ihr auf. Was wirklich nicht schwer war, bei ihr als Gegenüber. Nicht nur körperlich. Tom schüchterte sie immer wieder mächtig ein. Und eigentlich war er der einzige Mann hier am Set, der das schaffte. Vielleicht der einzige Mann überhaupt, dem Grace je begegnet war. Ihren Vater mal ausgenommen.

»Das bedeutet, dass unser lieber Julian Cole im Moment keinen Persönlichen Assistenten hat, der ihm das Toilettenpapier aufs Klo nachträgt und ihm heimlich die Wodka-Flaschen in seiner Minibar kühl stellt«, höhnte er weiter. »Und wem haben wir das zu verdanken?«

Wütend leckte sich Grace über die Unterlippe. Na ihre Schuld war das bestimmt nicht. Doch sie brauchte nichts zu sagen und Tom brauchte seine eigene Frage nicht zu beantworten. Beide wussten, wieso Lucas weg war und beiden war klar, dass das Julian ganz bestimmt nicht gefallen würde.

»Du bist jetzt seine PA«, erklärte Tom kurz und knapp, mit den Schultern gezuckt und war von dannen. Mit offenem Mund sah sie ihm hinterher, bevor sie ihm nachrief: »Das kannst du dir wohin auch immer schieben.«

Doch Tom lachte trocken auf und winkte ihr über die Schulter zu. »Es ist deine Schuld. Du hast die Suppe angesetzt zum Brodeln, jetzt löffelst du sie auch aus. Und wenn du dir den Mund dabei verbrennst.«

»Das bedeutet mehr Geld«, brüllte sie ihm hinterher.

Aus dem Augenwinkel sah sie Julian. Die Finger um die Blätter gekrallt, stampfte sie einmal kurz auf, aber es reichte, um den Staub mächtig aufzuwirbeln.

»Von mir bekommst du kein Toilettenpapier und keinen einzigen Scheiß-Tropfen Alkohol«, schrie sie aufgebracht in Julians Richtung, der wie versteinert stehenblieb und die Stirn in tiefe Falten zog. Ihr verdattert nachsah, als sie mit großen Schritten davoneilte.

Lautstark landeten die Papiere neben ihrem Laptop.

»Du Mistding«, fluchte sie schreiend und versuchte ihren Lutscher von einem Blatt Papier zu bekommen. Laut riss das Papier und wieder fluchte Grace – dieses Mal mit Tränen in den Augen.

»Jetzt soll ich ernsthaft noch einmal eine Verschwiegenheitserklärung unterschreiben? Ist das hier der Standard-Ausdruck für ›Mitarbeit in der Filmindustrie‹?«, echauffierte sich Grace laut und schnaufte heftig aus, als sie mit ihrem Stuhl weiter nach hinten kippte, bis zwei Stuhlbeine nur noch gefährlich knapp Kontakt mit dem Holzboden hatten.

»Hast du es schon gehört?«

In ihrer Lektüre aufgeschreckt, den Stuhl nach vorne kippend und sich hart den Bauch an der Tischkante anstoßend, sah Grace in die hellblauen Augen von Megan Houston. Deren Augen richtige Funken schlugen, sie freudestrahlend anlächelten und Grace eigentlich keinen Schimmer davon hatte, warum erstens Megan hier war, was sie von ihr wollte und was hätte sie schon gehört haben müssen?

»Tokio«, war das einzige Wort und in die Hände klatschend trat Megan tiefer in den Raum, lehnte sich mit der Hüfte an ihrem Tisch an. Ein Wort, das alles erklären könnte, wenn Grace nur wüsste, von was die schöne Maid da sprach. Den Mund verzogen, rieb sich Grace über ihren schmerzenden Bauch.

»Du fliegst nach Tokio?«, mit gekrauster Stirn sah sie zu Megan auf und schob sich ihre Brille wieder höher auf die Nase.

»Nicht ich allein – wir«, frohlockte Megan und war auch schon wieder aus der Tür verschwunden.

Wer dieses »wir« beinhaltete, wusste Grace spätestens, als sie beim Boarding, am nächsten Tag am Flughafen, in der Schlange stand und darauf wartete durchleuchtet zu werden.

Verstohlen sah sie über ihre Schulter. Ein paar Papparazzi waren ihnen gefolgt und versuchten ihrer Arbeit nachzugehen. Hektisch und rufend, als Julian seine Hand auf Megans Rücken legte.

»Mach deine Arbeit«, knurrte Tom Grace von der Seite an. Verdutzt sah sie von ihm zu den Fotografen und wieder zurück. Was sollte sie machen? Als hätte Tom ihre Gedanken gelesen, schob er sie nur einen Schritt hinter das Pärchen. So nah, dass sie Julians Aftershave riechen konnte und zu nah, so dass sie unwillkürlich die nächsten Worte von Megan auffing: »Ich freu mich darauf, dich endlich mal länger für mich zu haben, als nur ein paar Stunden in der Nacht.«

Leise vor sich hinpfeifend schob Grace sich weiter in das Blickfeld der Papparazzi. Lächelte Julian übertrieben heiter an, als dieser verwirrt über seine Schulter sah, bevor Megan als Erste durch den Körperscanner schritt.

»Ich sitz neben Dir!«

Natürlich schlief sie in der Suite von Julian. So natürlich fand das Grace nicht, aber doch logisch, wenn sie länger als zwei Sekunden darüber nachdachte. Sie war jetzt seine PA. So zwecks Telefonaten entgegennehmen und der kürzeren Leitung, hatte Tom ihr eingetrichtert. Die kurze Leitung hatte er wohl selbst, sonst würde er sich nicht immer so daran antörnen müssen, andere zu schikanieren, überlegte Grace höhnisch und warf ihren Koffer auf das Bett. Legte sich daneben und wäre auch sofort eingedämmert, wenn nicht Julian im Nebenzimmer den Fernseher angestellt hätte.

Es gab nur zwei Schlafzimmer und Grace war auch nicht im Mindesten überrascht, als sie Megan dabei beobachtete, wie sie ihre Schuhe in die dafür vorgesehene Kleiderschrankebene stellte. Lächelnd sah sie zu ihr auf. Grace erwiderte es und war bei der ordentlichen, ja schon fast pedantischen Ader Megans unwirsch daran erinnert worden, dass sie auf Kurztrips eigentlich immer aus dem Koffer lebte. Während sie auspackte, wanderten ihre Augen immer wieder zu Megan, die im Schneidersitz auf dem Boden saß und ihre Shirts und Hosen sortierte. Wie alt sie wohl in Wirklichkeit sein mochte?, überlegte Grace. Sie wirkte so unglaublich jung gerade. Nicht geschminkt, die langen blonden Haare lose über die Schultern. Ein schlichtes, hellrosa Sommerkleid.

»Wie alt bist du, Megan?«

»Zweiundzwanzig«, lächelte Megan und legte ein pinkes Shirt zusammen. So viel Kleidung würde die Kleine nie brauchen, dachte sich Grace. Denn wenn sie an das Alter dachte und dann an ihr Alter ... nein, sie dachte lieber wieder an Kleidung.

»Im Internet steht siebzehn«, rief Grace vom Bett. Das wäre Sex mit einer Minderjährigen, überlegte Grace. Moment, in welchem Bundesstaat war das so geregelt, ab welchem Alter?

Aber sie bekam nur ein schlichtes Lächeln von Megan zurück. Sie wäre nicht die erste Schauspielerin, die bewusst damit spielte, älter zu sein, als sie in Wirklichkeit war. Wie paradox doch zu den Schauspielerinnen die Jahrzehnte später versuchten ihre Falten hinter ihren Ohren festzutackern.

Als Julian auf der Bildfläche erschien, sah Grace nur noch verstohlen zu den beiden. Der Kuss wirkte wie bei frisch Verliebten, überlegte Grace lächelnd. Die Erinnerung kam schlagartig: Auch sie hatte diese Lippen schon einmal berührt. Kurz sah sie aus dem Fenster, dann wieder zu den beiden, als sie Julians Blick auffing und schnell verlegen in ihrem Koffer nach etwas suchte, was sie eigentlich nicht suchte.

Nie hatte Julian ernsthaft ein Gespräch gesucht, wegen ihr und der Stelle als Persönliche Assistentin. Er hatte es scheinbar einfach so hingenommen und Grace mittlerweile auch, stellte sie fest.

Gerade wollte sie die Schiebetüren zwischen den zwei Räumen hinter sich schließen, als Julian meinte: »Lass die immer ein Stückchen offen, das hat Lucas auch immer gemacht.«

Verwirrt, aber nicht nachfragend, schob sie die Türen, bis auf einen kleinen Spalt, zusammen.

»Du meine Güte, ist das schön hier«, hauchte Megan ehrfurchtsvoll und Grace konnte ihr nur stumm zustimmen.

»Es ist gerade die Zeit der Rotfärbung der Kirschblütenbäume«, erklärte der alte Zen-Meister und entfernte sich etwas von seinen Gästen, um ihnen Zeit zu geben, die Schönheit dieses Naturschauspiels gebührend zu ehren und in sich aufzunehmen.

Tief atmete Grace die Luft ein und roch so vieles, das ihr so fremd erschien. Sie versuchte es mit Gerüchen die sie kannte zu vergleichen: süßlich nach Honig und scharf nach Zitronenminze. Es waren nur klägliche Versuche ihres Gehirns, die richtigen Deutungen zu finden.

Megan – der Name schoss Grace sofort in den Kopf, als sie in die Bäume sah, die übersät waren von rotgefärbtem Laub. Die mit jedem Windhauch sanft ihren Weg antraten, wohin er sie auch führen möge.

Ihr Blick wanderte zu Julian, der jedoch eine Sonnenbrille trug. Wieder einmal konnte sie nicht in seinen Augen lesen. Dafür beobachtete sie ein Blatt, wie es langsam zu Boden glitt.

»Es passt zu ihr, wie die Faust aufs Auge«, überlegte Grace etwas zu laut.

»Welches Auge?« Im Mundwinkel von Julian lag ein seichtes Lächeln. Grace ahnte, dass er genau wusste, wen sie gemeint hatte.

»Darf ich Sie bitten?«, riss sie der Meister aus der Trance und Grace folgte den anderen, in Richtung des Teehauses. Etwas unwohl fühlte sie sich schon, als sie sich in hockender Haltung auf die dünne Matratze begab. Schon nach ein paar Minuten taten ihr die Schienbeine weh. Lächelnd sah sie zu zwei japanischen Damen, in farbenfreudigen Kimonos gekleidet, die diese Schmerzen wohl schon ihr halbes Leben ertrugen. Mit einem Charme im Gesicht, dass es Grace sogleich peinlich war, über ihre Schienbeine innerlich gemeckert zu haben. Megan tat es den beiden eleganten Frauen gleich, also versuchte auch Grace aufrichtig locker zu wirken und streckte ihren Rücken durch, um aufrechter zu sitzen. Die Schmerzen bekam sie deswegen nicht weg. Im Augenwinkel sah sie, wie Julian schmunzelte. Verstohlen sah sie zu ihm. Seine Augen funkelten vor Spott. Der Mistkerl wusste genau, was sie dachte. Die Männer durften natürlich bequem auf ihrem Hintern Platz nehmen, im Schneidersitz. Wie ungerecht.

»Nicht jetzt ... nicht so«, hörte Grace Megan leise auf Julian einreden und im nächsten Moment das Geräusch von Rascheln, als würde jemand seine Kleidung ausziehen. Genervt, aber nicht angewidert, legte sie sich ein Kissen über das Gesicht und hörte sich selbst nur noch dumpf atmen. Sie würde ersticken, war ihr nächster Gedanke und hieß im nächsten Augenblick, die frische kühle Luft auf ihrem Gesicht willkommen. Atmete zweimal kräftig ein und aus und lauschte der Stille. Die wirklich still war und sie irgendwann auch in den Schlaf zog. Mitten in der Nacht überlegte sie dann, was für ein Pudding wohl morgen in der Früh in ihrem Zimmer stehen würde. So ein Roomservice war schon etwas sehr angenehmes. Sie dachte weiter über diverse Annehmlichkeiten, wie das Tragen ihrer Koffer durch Pagen bis hin zum Wäschemachen nach, als plötzlich etwas polterte. Angespannt lauschte sie weiter, blieb jedoch ganz steif liegen. Bis sie all ihren Mut und die Kraft ihrer müden Glieder zusammennahm, sich aus den Decken schälte und das diffuse Licht der Nachttischlampe anmachte. Um im nächsten Moment halb aus dem hohen Bett zu fallen. Entsetzt sah sie keine drei Schritt von ihrem Bett entfernt, einen halbnackten Julian Cole auf dem Boden sitzen.

»Komm, Grace. Setz dich zu mir«, lallte er und klopfte einladend auf den Platz am Boden, neben sich. Brachte sogar ein recht nettes Lächeln zustande.

Sie tat wie von ihr verlangt. Lange saß sie so neben ihm. Die Kälte im Rücken ignorierend. Gut, dass sie sich gestern noch Socken im Shop der Lobby gekauft hatte. Im Schneidersitz, die Arme vor der Brust verschränkt, das Muster auf dem Teppich Kante für Kante, Farbe für Farbe wohl für immer in ihr Gehirn eingebrannt. Als sie jedoch aufstehen wollte, hielt er sie am Arm fest, so dass sie wieder auf ihrem Hintern landete.

»Warst du wieder feiern?« Beim letzten Wort malte sie demonstrativ Gänsefüßchen in die Luft. Doch Julian gab ihr keine Antwort.

»Wo ist Megan?«, fragte sie forschender weiter, konnte ihn jedoch nicht ansehen. Seine Hand lag noch immer auf ihrem Arm. Fest entließ er Luft. Gähnte lautstark. »Keine Ahnung.« Legte sich dann doch tatsächlich auf den Boden und schloss die Augen.

»Geh ins Bett, Cole«, versuchte damit, ihn nach oben zu bekommen, doch er war viel zu schwer. Rührte sich nicht einen Millimeter. Störte sich aber auch augenscheinlich nicht daran, dass sie an ihm zog und zerrte.

»Es riecht nach ihr«, nuschelte er in den Teppich. Grace verzog angewidert das Gesicht, bei dem Gedanken, in was Julian da womöglich lag. Und hoffte, er möge das Bett und nicht den Teppich meinen. Wobei ihr klar war, dass er bestimmt schon in Schlimmerem gelegen haben könnte. Angewidert von dem Gedanken, rieb sie sich ihre Oberarme, um wieder etwas Wärme zu erzeugen. Starrte lange auf ihn hinab, abwartend was er tun würde.

Die Augen verdrehend, überließ sie ihn dann irgendwann in sein Schicksal. Schon im warmen Bett, trollte sie sich noch einmal raus und legte eine Wolldecke über ihn.

»Grace.«

Seine Stimme war weich und das war wohl auch der Grund, warum sie sofort, wie versteinert, stehenblieb. Langsam drehte sie sich zu ihm um. Wenn sie ihn nur angesehen hätte, wäre es unmöglich für sie gewesen, ihn auf die Schnelle zu erkennen. Julian trug einen Sturzhelm und unter seinem Hintern ratterte dumpf ein Moped. Blieb knapp vor ihr stehen.

»Was Schönes gefunden?«, fragte Julian lächelnd und deutete auf ihre Einkaufstaschen. Sie war gerade vom tiefsten Gewusel des Marktes aufgetaucht und hatte eine schöne Holzmaske gekauft, die, wie ihr vom Standbesitzer sehr redegewandt eingetrichtert wurde, eine echte Rarität zu sein schien. Zu dem Preis jedoch wohl nicht, aber hübsch anzusehen war sie trotzdem, befand Grace. Angenehm war jedoch, dass sie nie Geld zu tauschen brauchte. Der gute alte US-Dollar schien hier beliebter zu sein, als die einheimische Währung.

»Hier trägt niemand einen Helm«, lachte Grace auf. »Damit fällst du mehr auf als ohne«, überlegte sie laut und traf damit auch den Punkt, um den es beim Tragen des Helmes für Julian ging. Es war bestimmt nicht die Sicherheit.

»Du fährst doch gerne Moped. Komm«, damit deutete er lächelnd auf den Rücksitz. Doch sie setzte sich ganz spontan vor ihn. Die Irritation in seinem Gesicht und das Zurückzucken bemerkte sie zwar, aber ließ es nicht an sich ran, als er dann doch die Hände wieder auf das Lenkrad legte, sie regelrecht einschloss mit seinen Armen und sachte anfuhr.

Seit der Rückkehr vor drei Tagen aus Tokio, hatten sie kein Wort mehr miteinander gewechselt. Nicht, weil sie sich bewusst aus dem Weg gingen, zumindest hatte Grace nicht dieses Gefühl. Der Kurztrip war von Tom eine gute Idee gewesen, gestand Grace ihm zu. Denn Julian schien heute sehr viel entspannter zu sein.

Zusammen fuhren sie schlendernd an ein paar Ständen vorbei und hie und da blieb Julian für Grace stehen, wenn sie ihn darum bat. Um von Gewürzen zu kosten, die sie nicht kannte. Um mit Einheimischen ein Lächeln auszutauschen, die sie wohl nie wiedersehen würde.

»Schade, dass wir in drei Wochen schon wieder fliegen«, überlegte sie betrübt halblaut. Eigentlich hätte sie nicht damit gerechnet, dass Julian so geduldig auf sie eingehen würde, wirklich interessiert zu sein schien, was er da alles sehen und anfassen konnte und nicht einfach weitereilte. Und das alles auch noch in friedvoller Harmonie.

»Was ist das?«, rief Grace überrascht aus, als Julian über Bahngleise fuhr und sie beide nach rechts und links sahen. Die Gleise gingen schnurstracks durch ein Wohnviertel. Von weitem hörten sie das Horn einer Lokomotive und als wäre es ihr Zeichen gewesen, räumten die Einheimischen ihre Stände und Utensilien von den Gleisen. Julian hielt an und keine zwei Minuten später fuhr der Zug langsam an ihnen vorbei.

Grace schob sich höher auf den Sitz und lehnte sich gegen seinen Arm. »Einfach genial«, lachte sie strahlend und genoss es, den Fahrtwind in den Haaren zu spüren, als Julian schneller die Straßen der normalen Wohnviertel entlangbrauste.

»Grace, wirst du mir untreu?«, lachte der hübsche Vietnamese im Café, während er einen Tisch abwischte, als Grace von dem Moped am Eingang ihres Bungalow-Parks stieg.

»Könnte möglich sein«, lachte sie zurück und wartete auf Julian.

»Frauen mögen doch Blumen«, fing er irgendwann an, als sie durch die Bungalows schlenderten. »Für Entschuldigungen«, neugierig sah er zu ihr. Sie nickte lächelnd.

»Frauen mögen immer Blumen. Egal zu welchem Anlass. Wobei ein Streit kein schöner Anlass wäre.«

Julian lächelte auch, begleitete sie bis zu ihrem Bungalow. Er zögerte und Grace fragte sich unwillkürlich warum. Ihr Magen machte sich bemerkbar. Einem inneren Instinkt folgend, sprach sie die nächsten Worte: »Ich hab noch Instant-Nudelsuppen da, aber leider keine Cracker.«

»Die hab ich«, sprach er schnell und war schon in Richtung seines Häuschens verschwunden. Kam mit einer Packung Cracker zurück, die er freudestrahlend in die Höhe hielt, als wäre es ein ein Millionen-Dollar-Lottoschein.

Lächelnd ließ sie ihn eintreten.

Stumm machten sie das Wasser warm, für die Nudelsuppe. Stumm reichte sie ihm eine Gabel und stumm aßen sie nebeneinander auf dem Bett. Einträchtig stumm, dachte sich Grace und genoss es, nicht immer etwas sagen zu müssen. Nicht das Gefühl zu haben, sie müsse etwas sagen, weil die Stille sie erdrücken könnte. Es war einfach nur angenehm.

Stumm erhob er sich dann auch wieder und Grace wurde es flauer im Magen, als er noch einmal am Ende der Eingangsstufen stehenblieb.

»Was sind deine Lieblingsblumen?«, fragte er mit gekrauster Stirn.

»Gelbe Rosen«, gab sie ihm ehrlich Antwort. »Gute Nacht, Julian«, lächelte sie milde. Julian nickte nur und verschwand. Aber nicht in die Richtung seines Häuschchens und Grace versuchte nicht weiter darüber nachzudenken, wo er jetzt war, als sie sich ihr Nachthemd überzog und den Fernseher anstellte.

.•:* ¨ *:•.☆★★★☆.•:* ¨ ¨ *:•.

Flecken im Gesicht, ein Stich im Herzen und keine Möglichkeit zur Flucht

Der Tag verlief nicht gut und der Regisseur war mehr als nur angesäuert. In der Dunkelheit des Verpflegungszeltes sprachen drei Personen miteinander und Grace ging wieder rückwärts aus dem Eingang, als ihr klar wurde, wer da mit wem sprach. Und welche Stimme immer lauter wurde.

»Ich fliege danach heim und nicht nach Las Vegas. Ich brauche ein paar Tage allein.«

Irgendetwas schabte auf dem Boden und Grace sah einem kleinen grünen Leguan hinterher. Super, verkrümel dich nur, du Angsthase, dachte Grace angesäuert, als auch schon Toms helle Stimme schrill aus dem Zelt hallte: »Du promotest deinen letzten Film, in Las Vegas oder dieser Streifen wird dein letzter gewesen sein. Dein letzter Film war nicht gut, das weißt du selbst und wir brauchen jede Menge PR, für diesen hier. Habe ich mich gründlich genug ausgedrückt?«

»Scheiß auf die PR. Ich mach schon genug mit.«

»Was soll das heißen?«, kreischte Megan ungehalten und Grace zuckte unwillkürlich zusammen.

»Du machst genug mit?«, Tom lachte hysterisch auf. »Für elf Millionen würde ich Scheiße fressen, Mann«, brüllte Tom weiter.

Draußen lehnte sich Grace gegen die Wand und zog gerade an ihrer Zigarette, als sich ihr Smartphone meldete. Überrascht sah sie zu Julian auf, als er aus dem Zelt stürmte und kurz innehielt.

»Zigaretten bringen dich noch um«, lächelte er frech und eilte an ihr vorbei.

»Sollte ich lieber auf Koks umsteigen?«, fragte sie in seinen Rücken. Abrupt blieb er stehen.

»Du hältst die Klappe, verstanden?«

»Drohst du mir gerade?«, mit einer eleganten Handbewegung schmiss sie die Zigarette weg und trat sie aus. Überwältigt ihn sogleich vor sich zu haben, hielt sie kurz die Luft an. Schwer stemmte er sich neben ihrem Kopf ab. Er war zu viel Mann, dachte sich Grace schwer schluckend.

»Bist du in sie verliebt?«, hauchte sie. Wunderte sich darüber, warum sie gerade das fragte, wo ihr doch eine ganz andere Frage auf der Zunge lag. Und obwohl Megan noch immer im Zelt saß und schluchzte.

»Nein«, seine schlichte Antwort, bevor er endlich ging und Grace wieder normal durchatmen konnte.

Es war schwierig eine ruhige Stelle zu finden. Einen Platz ganz für sich allein. Das Security-Personal hatte ihnen gestern Abend verboten, alleine in die Stadt zu gehen, da schon zwei Überfälle am Rande ihres Bungalow-Parks verübt worden seien. Dabei betraf es nicht einmal Leute aus ihrer Crew, sondern Einheimische selbst, aber lieber auf Nummer Sicher gehen, so die Devise.

Dieser Mangrovensumpf war wirklich wunderschön, überlegte Grace und dachte an die traurigen Zeilen, in ihrem Reiseführer, der davon sprach, wie wenige es noch in Vietnam gab, da sie sich nicht selbst regenerieren konnten. Der Vietnamkrieg, mit den abgeworfenen dioxinhaltigen Herbiziden hatte zu viel Schaden, nicht nur in den Mangrovenwäldern, angerichtet.

Grace sah in das unwirkliche Gestrüpp von Wurzeln und Wasserlachen. Aber sie traute sich nicht über den Eingang des Waldes hinaus, tiefer in das Gewirr hinein. Ihr Orientierungssinn war wirklich nicht der beste, ermahnte sie sich selbst und schlenderte weiter. Bestimmt würde sie wieder jemand auf dem Moped mit ins Dorf nehmen, wie sie auch jemand hierher mitgenommen hatte, überlegte Grace noch verträumt, als sie innehielt.

Der kleine Weiher spiegelte das Licht der Sonne perfekt wider. Schade dass sie nicht daran gedacht hatte Mikes Fotoapparat mitzunehmen, dachte sich Grace wehmütig und stupste die Oberfläche leicht mit der Spitze ihres Turnschuhes an. Kleine Wellen breiteten sich aus.

»Scheiße«, rief sie wütend, als ihr Gleichgewichtssinn ins Wanken geriet und der Fuß komplett im morastigen Wasser stand. Angeekelt schüttelte sie den Fuß und hielt in ihrer Bewegung inne. Langsam drehte sie den Fuß von rechts nach links und wieder zurück.

»Was zur Hölle ist das?«, fragte sie ängstlich und drehte sich zu schnell um die eigene Achse, als sie auch schon auf dem Hintern landete. Verunsichert sah sie in die Richtung, aus der das raschelnde Geräusch kam. Die Security hatte auch vor Rindern gewarnt, die hier auf den Feldern frei herumlaufen würden. Dazu kamen die Blindgänger und Landminen, die noch heute hunderten von Menschen das Leben nahmen, wenn sie ihrer Arbeit auf dem Feld nachgehen wollten. Vor Spinnen wurde auch gewarnt und anderem Gedöns, dem Grace gestern Abend geistig nicht mehr gefolgt war. Hätte sie vielleicht besser tun sollen, gestand sie sich jetzt ein, als sie halb auf dem Bauch lag und gespannt der Stille lauschte, bis das Geräusch wieder auftauchte. Erleichtert atmete sie aus.

»Julian?«, Grace hielt die Hände hinter dem Rücken verschränkt und wippte auf ihren Fußballen hin und her. Sie wirkte normal und das ließ Julian stutzig werden.

»Kann ich dir helfen?«, fragte er daher äußerst vorsichtig.

»Ich hab da ein Problem.«

»Nicht nur eines, befürchte ich«, murmelte Julian leise vor sich hin. Nicht leise genug.

»Hilf mir einfach und rede nicht nur dummes Zeug«, fauchte Grace ihn an. Lächelnd drehte er sich um. »Halt«, rief Grace. »Tut mir leid, Julian. Bitte, bleib da.«

Ihre Bitte rutschte in verzweifeltes Flehen und Julian musste das Lachen unterdrücken. Als sie langsam ihr Bein drehte, erblickte er das Missgeschick und konnte sich erst recht ein Lächeln nicht verkneifen.

»Hilf mir«, hauchte sie und als Julian sich vor sie in die Hocke begab und ihr Bein in die Hände nahm, war es Grace als könnte jetzt alles wieder gut werden. Sie hatte so unsagbare Angst gehabt.

»Das ist nur ein Blutegel«, erklärte Julian ruhig und zupfte an dem Tier. Es ließ sich nicht so leicht entfernen. »Wenn er voll ist, fällt er von alleine ab.«

»Was?«, quiekte Grace. »Ich kann doch nicht warten bist das Mistding von mir abfällt. Es soll abhauen. Ich habe es nicht eingeladen an mir zu saugen.«

Julian lachte wieder laut auf. »Ich glaube sogar ein Vampir, den du einladen würdest, würde lächelnd dankend ablehnen, an dir zu saugen.«

Wütend, den Kiefer verkrampft, stoß sie Julian mit dem Fuß in die Seite, so dass er auf dem Hosenboden landete. Doch er lachte nur weiter.

»Ach, bist du ein Vampir?«, knurrte sie angesäuert zurück und Julian hielt für einen kurzen Moment inne, bevor er wieder schmunzelte.

»Dann frag ich halt Mike, ob er mir hilft«, murmelte sie, doch Julian ergriff ihren Fuß und zog feste an dem Tier, so dass Grace noch einmal quiekte. Die Stelle brannte wie Feuer. Grinsend hielt er das Tier nach oben zu ihr, als wäre es eine Trophäe, wie beim Angeln, ein dicker Fisch am Haken. Nur um den Egel dann in den Teich zu werfen. Das sollte so mancher Angler vielleicht auch öfters tun, dachte sich Grace.

»Das Hotel bei uns um die Ecke hat eine sehr schöne Poollandschaft, da fängst du dir nicht solche Dinger ein.«

»Aber bestimmt andere Dinger«, erwiderte Grace noch immer angesäuert.

»Nein, den Handlanger von Lichttechniker habe ich da noch nie gesehen«, gab Julian ernst zurück und Grace wusste zunächst nicht, was darauf erwidern.

»Mike ist kein Handlanger und er ist Kameramann ... der Chef.«

Julian zuckte nur mit den Schultern und sah sie weiterhin von unten herauf an. Machte keine Anstalten aufzustehen.

»Danke«, murmelte Grace und eilte an einer Gruppe von Menschen vorbei. Im regelrechten Vorbeiflug sah sie noch die blonden Haare von Megan und den Regisseur. Lief auf. Leslie quiekte. Entschuldigend umarmte Grace die kleine Blondine. Noch einmal drehte sie sich zu

Julian um, der noch immer locker auf dem Boden saß und ihr ernst nachsah.

»Ich wusste gar nicht, dass ihr hier dreht. Dann kann ich ja später mit euch wieder zurückfahren«, lächelte Grace unsicher.

»Sicher«, Leslie dehnte das Wort und sah zwischen Julian und Grace hin und her, bevor sie in ihre Unterlagen sah.

»Kaffee«, schrie Mike erleichtert aus und Grace lachte, als er zum Café sprintete. Doch er blieb so abrupt stehen, dass Grace auflief.

»Scheiße«, war alles, was Mike sagte, während sich Grace noch wütend die Nase rieb. Und dann das gleiche Unglück vor sich sah, wie Mike, der schon ein paar Meter weitergeeilt war.

»Warum macht er das?«, rief Grace verzweifelt aus und raufte sich die Locken. Den Tränen nahe, sah sie Julian dabei zu, wie er einen Vietnamesen anbrüllte. Grace erkannte ihn als den jungen Mann, der sie freundlicherweise öfters in die Stadt mitnahm.

»Keine Ahnung. Vielleicht hat er seine Tage, oder sein Pillenröhrchen ist alle«, höhnte Mike und Grace verzog den Mund. Sie fand es gerade mehr als unpassend, dass Mike so über Julian sprach. Als es so aussah, als ob Julian handgreiflich werden würde, lief sie im Sprint zu der kleinen Gruppe.

»Cole«, quetschte sie wütend zwischen den Zähnen hervor und legte eine Hand auf seinen Arm. Doch er entzog sich ihr und ging weiter auf den Vietnamesen zu. Sprach wütend auf ihn ein und zeigte ihm nicht nur einmal eine vulgäre Handbewegung. Mit Entsetzen sah Grace, wie ein paar junge Vietnamesen ihre Handys zückten. Scheiße, das war gar nicht gut. Doch Julian war immer noch zu sehr in Rage.

»Cole«, versuchte es Grace noch einmal nachdrücklicher. Auch Mike wollte ihn beschwichtigen. Die Kameras waren offen auf Julian gerichtet und Grace reagierte ohne weiter zu überlegen.

»Julian«, knurrte sie und schob sich in seine Arme. Zog seine Hände nach unten und umklammerte sie ganz fest, so dass er unweigerlich auf sie reagieren musste. Mit wutverzerrtem Gesicht sah er auf sie hinab. »Julian«, hauchte sie weich. Schnell hob und senkte sich seine Brust. Die stoßweißen heißen Lufthauche trafen immer wieder ihre Stirn. Und es war mit jedem Mal, als würde er sie damit schlagen. Seine Augen waren klar, aber auf seiner Stirn stand der Schweiß. Die Haare wild durcheinander. Seine Hände waren eiskalt.

»Du bist nicht du selbst«, sprach sie leise weiter. Rabiat machte er sich von ihr frei und stampfte davon.

Gut, sie würde es noch einmal probieren. Schließlich war auch sie nicht aus Eis und schließlich ging es hier auch um ihren Hintern. Und die Backen hatten die Namen nächste Miete und Essen.

In eine Hängematte gelümmelt, schien Julian zu lesen. Seine Augen waren zu leichten Schlitzen geformt, die Stirn in Falten gelegt und der

Mund bewegte sich leicht, als er die Zeilen leise mitsprach. Schien sie nicht bemerkt zu haben. Obwohl sie nicht im Mindesten gewillt war, den Herrn Superstar nicht in seiner ach so kostbaren freien Zeit zu stören.

»Es heißt ja so schön, jede Aufmerksamkeit, sei sie noch so negativ, ist gute PR. Aber das hätten wir uns wirklich sparen können«, fing sie sogleich an, auf den Punkt zu kommen und setzte sich auf die Treppen seines Bungalows. Die Beine ausgestreckt und ihn neugierig anblickend. Über sich selbst überrascht, ein »wir« verwendet zu haben, hielt sie kurz inne. Zupfte an ihrer Unterlippe.

»Tom macht mir die Hölle heiß, weil schon Clips von dir im Internet kursieren und sich viele deiner Fans fragen, was die letzte Entziehungskur gebracht hat oder sie stellen diese Kuren gleich ganz in Frage, ob sie denn jemals stattgefunden haben.«

Julian reagierte nicht im Mindesten. Dann versuchte sie es eben auf einen anderen Weg.

»Findest du das nicht beschämend?«

Keine Reaktion, nur ein demonstrativ, lautes Seitenumblättern. Gut, wenn er so wollte. Wieder neue Richtung einschlagen.

»Hast du Stress mit Megan?«

Julian hob nur eine Augenbraue, sah sie jedoch nicht an.

»Ich rede mit dir, Cole«, kam es jetzt schon sehr viel nachträglicher und angesäuert von Grace. Sie würde sich nicht wie all die anderen wie ein Stück Scheiße behandeln lassen. Als er wohl gewillt war, sie mehr als nur ein paar Sekunden anzusehen, sprach sie gefasster weiter:

»Du wirkst etwas konfus, die letzten Stunden. Nicht, dass mich das mit Megan und dir etwas angeht«, lächelte sie etwas zu übertrieben, streckte die Hände von sich, als müsste sie sich vor etwas wehren, »nur meinte Tom, es würde sich auf deine Arbeit auswirken und ich als deine PA ...«, gestresst fuhr sie sich durch die Locken, »ach verdammt, Cole. Mach es mir nicht so schwer. Ich kann den Job nicht und du weißt, warum ich ihn mache. Und das ist ganz bestimmt nicht dir oder Tom zuliebe.«

Mit zittrigen Fingern zündete sie sich eine Zigarette an und blies den ersten Rauch in den blauen Himmel. Wippte mit den nackten Füßen hin und her.

»Nein, für dich selbst. Weil du ein schlechtes Gewissen hast«, kam es irgendwann von Julian zurück.

»Ach, wollen wir jetzt damit anfangen?«, fauchte Grace aufgebracht. Doch ihr Zorn prallte regelrecht von ihm ab, denn er zuckte nur mit den Schultern und las weiter in seinem Buch. Ein sehr alt aussehendes grünes Buch, das unwillkürlich Graces Aufmerksamkeit auf sich zog. Die Buchstaben des Titels waren kaum noch golden. Die Zeit und wohl auch viele Leserhände hatten ihre Spuren nur zu deutlich an dem alten Einband hinterlassen. Blätternd in den vergilbten Seiten, blieben seine Augen immer wieder an einigen Stellen für länger hängen.

»Weißt du, es gibt eine Zeit, da wird man geliebt und geehrt. Die Leere kommt erst, wenn diese Zeit vorbei ist. Glaub mir, auch normale Menschen wie ich wissen, wie es ist so zu leben, aber noch mehr weiß ich, wie es ist leer zu sein.«

Die Worte kamen aus ihr, noch bevor sie den Mund hätte schließen können. Frustriert schmiss sie die noch brennende Zigarette zu Boden und stampfte davon. Langsam erhob sich Julian und trat sie aus.

Über ihre Schuler rief sie noch wütend: »Sieh zu, dass du morgen pünktlich zur Pressekonferenz erscheinst.«

Wahrheiten kommen ans Licht – oder doch nur Trugbilder?

»Wie stehen Sie zueinander?«

Grace platzte gleich die Hutschnur. Solche Fragen waren ausdrücklich nicht erwünscht. Das hatte sie in ihrem Memo doch klar zum Ausdruck gebracht. So wie Tom sie ansah, würde er ihr das eh nie glauben, selbst wenn er das Memo lesen würde. Julian hier, Julian da, ins Hotel einchecken für alle, die Flüge buchen für alle, das Essen organisieren auf Ausflügen – Grace war die Arbeit als Persönliche Assistentin zuwider. So viel Aufmerksamkeit für einen einzigen Menschen, das war nicht gerecht.

»Wir verstehen uns sehr gut. Sind alle zu einem super Team zusammengewachsen«, versuchte Julian den Karren aus den hohen Wellen zu manövrieren. Lehnte sich locker gegen das hohe Gatter. Streichelte demonstrativ bildgewaltig einem Maultier liebevoll über die Nüstern und sprach leise lächelnd auf das Tier ein. Und erreichte damit auch das, was er wollte: die volle Aufmerksamkeit der einheimischen und ausländischen Presse lag auf ihm allein und der Möglichkeit ein nettes Bild zu schießen.

»Miss Houston, es ist Ihre erste große Filmrolle. Sind Sie immer noch sehr aufgeregt?«

»Bei diesem tollen Umfeld ist es gar nicht nötig nervös zu sein, eventuell etwas falsch zu machen. Das geht gar nicht«, strahlte sie und Grace hätte wohl die Augen verdreht, wenn sie alleine gewesen wäre.

»Die neuen Medien fördern ungemein viele neue Möglichkeiten zu Tage«, fing ein Reporter an und Graces Herz begann einen schnelleren Takt anzuschlagen, als sie realisierte, dass die Augen des Mannes auf sie gerichtet waren. Diese Frage galt eindeutig ihr.

»Das Konzept der Direktvermarktung ist nicht neu, aber Sie bringen es auf eine neue Stufe.«

»Ich tue nur meinen Job«, lächelte sie schüchtern.

»Sie haben eine eigene Fanseite«, lächelte der Reporter zurück.

»Ja, das haben viele«, gab Grace abwinkend Antwort.

»Stimmt es, dass Sie schon eigene Angebote haben?«, war eine weitere Frage. »Bekommen wir in Zukunft mehr von Ihnen zu sehen?«

Zu verdattert, antwortete sie nicht gleich. Tom sprang für sie in die Presche und dieses Mal war sie ihm dankbar dafür. Lenkte wieder auf die Hauptdarsteller. Aber das nächste Thema war auch mehr als brenzlig.

»Mister Cole, um was ging es bei dem Streit?«

Das würde Grace jedoch auch brennend interessieren, aber wieder lenkte Julian die Reporter ab, indem er auf das Maultier stieg und seinen Soldatenhut zog, den er in letzter Zeit, auch außerhalb der Drehtage gerne trug. Grace fand ihn viel zu speckig und er stand ihm auch nicht besonders. Aber wieder erreichte er sein Ziel.

»Er hat doch nur Miss Houston vor Anpöbelungen gerettet. Das sagt er doch ganz deutlich. Ist auf dem Video zu sehen: ›Wenn du noch einmal so von ihr sprichst, dann wirst du nicht mehr Moped fahren können, geschweige denn mit einer Frau…‹, na den Rest kannst du dir doch denken«, lächelte ein Reporter den anderen an und machte die entsprechende Geste dazu. Graces Kopf schnellte in die Richtung der zwei, so auch Megans. Beide Frauen sahen sich kurz an und beide wussten, dass Megan nicht einmal annähernd in der Nähe war, als der Streit ausgebrochen war.

Mit klopfendem Herzen war Grace froh, als die Pressekonferenz sich ihrem Ende zuneigte. Noch einige Fragen von Nebendarstellern beantwortet. Nach und nach wurden die Kameras eingepackt.

»Gefällt dir das eigentlich, so im Mittelpunkt zu stehen?«, lächelte Julian süßlich. Lehnte selbstgefällig über dem Knauf des Sattels und sah auf sie hinab.

»Aufmerksamkeit gefällt doch jedem, oder warum wolltest du damals so unbedingt aus den Suppenküchen raus?«, konterte Grace genauso süßlich falsch lächelnd. Sah ihm nach, als er lachend die Straße entlangritt.

»Naives, kleines Ding. Cole sagt doch bestimmt zu keinem weiblichen Wesen, mit langen schlanken Beine, nein«, sprach Mike honigsüß vor sich hin und spritzte sich Wasser ins Gesicht. Grace folgte seinem Blick und beobachtete Megan dabei, wie sie mit einer Maskenbildnerin über etwas lachte.

»Eifersüchtig?«, grinste Grace und wischte sich Schweiß von den Armen. »Schon mal daran gedacht, dass sie nicht naiv ist«, gab Grace ihm zu bedenken.

»Meinst du, die Kleine ist so berechnend und unserem Julian nicht einfach so verfallen?«, lächelte Mike süßlich falsch. Grace zuckte mit den Schultern. Ihr Blick huschte wieder zu den beiden.

»Ich denke schon, dass sie ihn mag. Aber ich denke auch, dass dies hier eine große Chance für sie darstellt, neben einem berühmten Hauptdarsteller sich selbst ein bisschen mehr ins Rampenlicht zu rücken«, überlegte sie laut, »und das im richtigen Licht.«

»Seit Lucas nicht mehr sein PA ist, scheint Cole sich zumindest was das Feiern anbelangt, mehr unter Kontrolle zu haben«, plapperte Mike weiter und Grace konnte nur daran denken, wie es wäre, den ganzen

Kopf einfach so in den Wasserbrunnen zu tauchen und damit die Umweltgeräusche um sie herum nicht mehr wahrnehmen zu müssen.

»Schon gesehen?« Mike reichte ihr sein Smartphone und Grace brachte den Mund nicht mehr zu.

»Dafür bringt mich Tom um«, nuschelte sie Augen verdrehend. Warum tat Julian ihr das immer wieder an? Jetzt musste sie wieder die Kohlen aus dem Feuer holen. Und warum, verdammt, gab es überhaupt Kamerahandys? Mist. Julian war ganz eindeutig zu erkennen. Auch im diffusen roten Licht und es war auch ganz deutlich zu erkennen, was die barbusige, hübsche, kleine Vietnamesin auf seinem Schoß gerade trieb. Angefeuert von den vermeintlichen Freunden von Julian. Ganz vorne lautstark mit dabei: Lucas.

Gequält schloss sie die Augen. Sie sollte einfach abhauen, wie Lucas das gemacht hat.

»Brauchst du den noch?«, fragte Grace niedergeschlagen und nahm Mike einen kleinen gelben Schwamm aus den Fingern.

»Ja, eigentlich schon. Der ist für meine Kamera gedacht, weil ich dafür nicht jedes Putztuch benutzen kann und ...«, doch Grace hörte ihm nicht zu.

»Hast du ihn schon mal benutzt?«

»Nein.«

Flink tauchte sie den Schwamm in das Wasser und war sogleich betrübt, dass das Nass nicht angenehm kühl, sondern einfach nur handwarm war. Vielleicht sogar ein bisschen mehr, als nur handwarm.

»Okay, das kann man damit natürlich auch machen«, gab Mike schief grinsend zu und beobachtete Grace dabei, wie sie den Schwamm auf ihrer Schulter ausdrückte. Immer wieder über ihr Dekolleté fahren ließ. Ihre nackten Armen hinab. Am liebsten würde sie sich heute alles vom Leib reißen und in den Brunnen steigen.

Lucas hatte ihr heute Morgen eine SMS geschrieben und die erste Reaktion Graces war, ihr Smartphone einfach wieder wegzulegen. Ungelesen die Nachricht wegzudrücken. Sie hatte einfach kein gutes Gefühl dabei. Vor allem, weil es keine Antwort auf eine Frage Graces sein konnte, denn sie hatte ihm nie eine gestellt. Die Neugierde hatte dann doch gesiegt - vor gut zwei Minuten. Lucas würde nicht zurückkommen und er wollte bis auf weiteres auch keinen weiteren Kontakt zu ihr. Gut, hatte sich Grace angesäuert gedacht. Dann würde sie ihn in Ruhe lassen. Ihm die gewünschte Ruhe geben und ihre eigene Unruhe damit beruhigen lassen.

»Du kriegst ihn wieder«, beteuerte Grace, Mike lautstark nachrufend, als er zum nächsten Dreh ging. Doch dieser winkte lächelnd ab.

»Darfst ihn behalten.« Wirbelte Staub von den Straßen auf. Es hatte jetzt schon lange nicht mehr geregnet. Was sehr ungewöhnlich war. Viel zu warum für diese Zeit des Jahres.

Schwer lehnte sich Grace gegen den Rand des Brunnens.

»Wirklich, ein zu heißer Tag zum Arbeiten«, zwinkerte ihr Leslie zu. »Der Herr braucht Crashed-Ice«, erklärte sie und hob den Beutel mit zermahlenen Eiswürfeln in die Höhe, bevor sie um die nächste Ecke eilte und Grace ahnte, ohne hinzuhören und zu sehen, dass der Regisseur mit dieser Variante des Eises nicht zufrieden war. Leslie eilte wieder um die Ecke und Grace konnte sich ein Lächeln nicht verkneifen, als jene die Augen gen Himmel rollte und ein mehr als unanständiges Wort vor sich hinmurmelte.

Mit ein paar Handgriffen waren Graces schwere Locken gebändigt und auf ihrem Hinterkopf befestigt. Leicht drückte sie den Schwamm auf ihrem Nacken aus. Das Tanktop wurde sofort klebrig. Der Schweiß, gepaart mit der Hitze, bewirkte, dass sich der Stoff an ihre Haut legte, wie eine zweite Schicht. Schnell zog sie es über den Kopf. Doch das Bandeau klebte genauso. Wenigstens erfrischte der nächste Windhauch etwas, bevor Grace begriff, was diesen Hauch ausgelöst hat. Fest spannte sie ihre Finger um den Rand des Brunnens, als Julian neben sie griff und den Schwamm ins Wasser tauchte. Wie sie selbst zuvor, nur sehr leicht den Schwamm auf ihrem Nacken ausdrückte. Grace schloss die Augen, legten den Kopf mehr in den Nacken, als das warme Wasser die Vertiefung ihres Rückgrates nach unten lief. Sich am Bund ihrer Hose sammelte und nach und nach durch den dünnen Leinenstoff drang.

Sanft fuhr Julian die Konturen ihres Rücken-Tattoos nach.

»Warum ein Adler?«, fragte er leise und Grace schluckte schwer, als sie begriff, wie hart sich ihre Brüste gegen den dünnen Stoff des Bandeau spannten. Wie hart ihre Atmung wirklich wurde.

»Es ist das Symbol für Freiheit«, sprach sie, mit belegter Stimme und ließ den Kopf nach vorne fallen, als er ein weiteres Mal Wasser auf ihrem Rücken ausdrückte. Als Rinnsale über ihre Brüste liefen.

»Bist du nicht frei?«

»Wer ist das schon wirklich?«, sah über ihre Schulter. Doch Julian hatte eine Sonnenbrille auf und Grace konnte nichts in seinem Gesicht ausmachen. Langsam zog sie den Schwamm aus seinen Fingern und drehte sich wieder um.

Am nächsten Morgen fehlte am Set jede Spur von Julian und Megan beteuerte nicht zu wissen wo er sei. Grace kam die Galle hoch, bei der unehrlichen Art Megans. Da konnte die Kleine noch so eine gute Schauspielerin sein, aber Grace sah, was andere nicht sehen wollten. Unauffällig entfernte sie sich vom Team und eilte zu Julians Bungalow. Doch auch nach dem fünften Mal klopfen öffnete er nicht. Sie sah durch das Fenster, aber keine Spur von ihm. Vorsichtig öffnete sie die Tür und hielt kurz die Luft an. Er könnte mal wieder lüften, überlegte sie stirnrunzelnd, als sie auch schon ein Knäuel von weißen Laken und Mann auf dem Bett liegen sah.

»Julian?«, flüsterte sie und trat zu ihm ans Bett. Es klopfte an der Tür, doch Grace schickte Tom wieder weg. Das bekam sie schon alleine hin. Doch Julian hatte sich immer noch nicht gerührt. Ihr Blick fiel auf das Nachtkästchen und das Pillenröhrchen ließ sie gequält die Augen schließen. Sich auf die Bettkante setzend, strich sie ihm leicht über den nackten Rücken. Julian fing ihre Hand auf und schob sie unter seinen Arm. Irritiert schob sich Grace mehr auf das Bett. Lag unweigerlich an seinem warmen Rücken. Seinen regelmäßigen, ruhigen Herzschlag unter ihren Fingern zu spüren war befremdlich. Doch es gab ihr die Gewissheit, dass er da war, aber nicht mit seinem Sein. Was quälte ihn nur so?

»Warum tust du dir das an?«, flüsterte sie in die Stille, gegen seine heiße Schläfe. Strich sanft mit ihren Lippen darüber. Vergrub ihre Nase in seinen Haaren. Langsam drehte er sich zu ihr um. Die Augen leer und blutunterlaufen, die Lippen farblos. Die Köpfe auf dem gleichen Kissen gebettet. Ließ ihre Hand nicht los. Ließ nur seine Augen über ihr Gesicht wandern.

Der Stich traf Graces Herz unvorbereitet und schwer schluckend war ihr klar, was das zu bedeuten hatte. Verlegen sah sie zur Seite. Sie lief rot an und das mit Flecken.

»Julian«, bellte Tom, von der Tür aus, was Grace sofort in die Höhe schießen ließ.

»Verdammt, Mann. Halt die Klappe«, schrie Julian aufgebracht zurück und befreite sich aus den Laken. Woher er jetzt so schnell die Energie nahm, die ihm gerade noch zu deutlich gefehlt hatte, wusste Grace nicht.

»Ohne mich läuft doch eh nichts, also mach hier nicht so nen Terz.«

Die wütende Erwiderung von Tom bekam Grace nicht mehr mit, so schnell war sie geflüchtet.

Lächelnd schritt sie über die Ebene und blieb stehen. Sah hoch zu den Reisterrassen und fragte sich nicht zum ersten Mal, wie viel Arbeit wirklich dahinter stecken mochte, wie viele Entbehrungen und Schweiß, damit sie für ein paar Cent im Supermarkt ein Pfund Reis kaufen konnte.

Geraschel ließ sie sich umblicken und ihr Lächeln erstarrte. Megans Lächeln dagegen wurde breiter, als sie sich schnell umblickte und durch Julians Tür huschte. Fröstelnd sah Grace wieder auf die Reisterrassen.

»Frustessen, schon klar«, murmelte Grace vor sich hin, als sie wenig später die Tüte mit Keksen öffnete und mampfend durch die Bungalowlandschaft schlenderte. Im großen Holzhaus brannte Licht und neugierig zog es sie, wie die Motte zu diesem Licht.

»Mike, was machst du denn da noch?«, fragte sie überrascht, als sie in das Schlafzimmer trat. Lächelnd zwinkerte er ihr zu und nahm sich einen Keks, als sie ihm die Tüte darbot.

»Unser Superstar hatte heute Launen, du meine Güte«, lachte Mike Augen verdrehend und hantierte weiter an einem Scheinwerfer. Putzte sich die krümelverschmierten Finger an seiner Jeans ab.

»Nicht nur heute«, nuschelte Grace und stopfte sich noch einen Keks in den Mund. Platzierte sich auf den Regie-Stuhl und gähnte lautstark.

»Ich muss die Position vom Licht überprüfen und anpassen. Unser kleines Häschen Houston will sich nur in einem bestimmten Licht nackt zeigen. Kannst du dich mal aufs Bett verkrümeln?«, lächelte Mike Grace schief an. Vor Schreck verschluckte sie sich und hustete Keksstückchen auf ihren Rock. Verstohlen strich sie sie zu Boden und rutschte vom Regie-Stuhl. Mike stellte eine weitere Lampe ein, als sich Grace auf den Bettrand setzte. Kurz über das weiße Laken strich und den Gedanken zur Seite schob, dass hier morgen Julian liegen würde, mit seiner Filmpartnerin. Das er gerade wohl schon üben würde, mit ihr, in seinem Häuschen.

»Von nackt ist im Anweisungsbuch für den Dreh aber nicht die Rede«, überlegte Grace laut.

»Leg dich zurück«, bat Mike und sein Lächeln wurde breiter. Zunächst tat Grace wie von ihr verlangt, schnellte jedoch sofort wieder nach oben, als Mike seinen Fotoapparat in die Hände nahm.

»Nicht doch«, sprach er weich und drückte Grace wieder auf das Bett. Verlegen rutschte sie in die Mitte, doch Mike folgte ihr. Beugte sich über sie und Grace blieb nichts anderes übrig, als sich nach hinten zu legen. Sanft fuhr Mike unter ihren Rock und die Berührung von seinen Fingern ließ Grace dieses Mal nicht mehr zurückzucken. Langsam schob er den Stoff des Rockes weiter nach oben. Legte das Bein abgewinkelt über das andere. Beugte sich über Grace und legte ihre schweren Locken zu einem Kranz, um ihren Kopf.

»Nimm den Arm so«, flüsterte Mike und legte ihren Arm um ihren Kopf. Den anderen platzierte er auf ihrer Hüfte. Lächelnd schob er sich vom Bett und kniete sich davor.

»Sieh nicht direkt in die Kamera«, und schon knipste er das erste Bild. Grace schluckte hart, wusste nicht recht was tun. Mike wechselte schnell die Stellungen, aus der er sie fotografierte, gab ihr hie und da Anweisungen und sie befolgte sie stumm.

»Wenn ich bis drei gezählt habe, gehst du ruckartig in die Hocke.«

Sie tat wieder was er wollte und lächelte vor sich hin. Langsam gefiel ihr dieses Tamtam um sie, als Frau. Mehr Selbstvertrauen im Blut, wurde sie mutiger. Hob ihre Locken und versuchte keck in die Kamera zu lächeln. Knöpfte ihre Bluse auf und ließ sie zu Boden gleiten. Rollte sich auf dem Bett. Wie eine Raubkatze kam Mike auf das Bett geklettert und berührte leicht ihre nackte Schulter mit seinen Lippen. Wanderte hoch zu ihren Lippen und streifte nur leicht darüber. Übte keinen Druck aus. Seine Hand wanderte ihre Seite nach oben, zu ihrem Körbchen, legte sich schwer darauf. Lächelnd legte sie nur leicht ihre

Fingerspitzen auf seine Lippen. Er küsste die Kuppen. Das ließ sie grinsen.

Mike positionierte sich in ihren Rücken und Grace sah über ihre Schulter. Schob eine Hand in ihre Haare und ließ den BH-Träger leicht von ihren Schultern gleiten. Schloss genüsslich die Augen, als sie seine weichen Lippen auf ihrer Halsbeuge spürte. Sie stand auf dieses Gefühl, das nur Männerlippen dort hinterlassen konnten. Wollte gerade auf Mikes Schoß rutschen, zum zweiten Mal an diesem Abend jedoch erstarb ihr Lächeln. Hinter Mike, im Türrahmen gelehnt, stand Julian.

»Julian, wir haben nur …«, doch weiter sprach Mike nicht. Schnell schob sich Grace den BH-Träger über die Schulter und verfluchte Julian innerlich dafür, dass er ihr, nur mit einem einzigen Blick ein schlechtes Gewissen machen konnte.

»Schon gut, Mike. Ich such nur mein Manuskript, für morgen«, schritt zum Nachtkästchen und nahm den Stapel Papiere auf. Ihre Konzentration lag vollends auf dem Mann vor ihr und das hatte auch Mike begriffen. Sofort, als sie sich in seinen Armen versteifte, als Julian auf der Bildfläche erschienen war.

»Da hast du ja nicht viel Text. Noch nicht genug geübt?«, murmelte Grace vor sich hin. Zunächst grinste Julian nur, doch dann hob er seine Hand und berührte nur sehr leicht ihre weiche gewölbte Haut, oberhalb ihres BH-Körbchens. Ihre Brüste drückten bei jedem Atemzug schwer gegen den dünnen, durchsichtigen, roten Spitzenstoff.

»Hast du es wirklich so nötig? Er ist doch nur ein Handlanger«, flüsterte Julian und sah noch immer auf seinen Finger, der langsam hoch über ihr Schlüsselbein glitt. Ihre Finger verkrampften im Laken. Verletzt schloss sie die Augen. Spürte jedoch seine Wange an ihrer. Die Bartstoppeln, die rau gegen ihre weiche Haut gepresst wurden. Spürte schon leicht seine Lippen, auf ihrem Schlüsselbein. Streifte seine Wange mit ihrer Nase. Doch den Abstand zwischen ihren Körpern würde nicht sie überwinden, schwor sie sich. Grace wusste, dass es nicht zu einem Kuss kommen würde. Um im nächsten Moment erschrocken diesen Gedanken in die hinterste Ecke ihres Gehirns zu verbannen. Er hatte sie damals abgelehnt und Grace war nicht der Mensch, der zweimal den gleichen Fehler beging. Also blieb sie wo sie war.

»Wenn du so redest, könnte ich fast meinen, du wärst eifersüchtig«, flüsterte sie genauso leise und spürte in der nächsten Sekunde, wie Julian seine Hand wegzog. Als sie die Augen wieder öffnete, war sie alleine im Raum. Ließ sich nach hinten fallen und fröstelte, weil sie nicht Wärme umgab, sondern nur die Kälte des leeren Bettes.

Das richtige Licht

Knopf für Knopf wich aus der seidigen Umklammerung des Stoffes. Kleine Brüste, aber hoch und fest, war das erste, an das Grace nur denken konnte, als Megans Bluse zu Boden glitt. Peinlich berührt rieb sich Grace über den Nacken. Es war Toms Schuld, dass sie hier war. Dass sie hier auf einem harten Holzstuhl, in der Ecke sitzen musste. Ängstlich eingeschüchtert, nur nicht zu viel, zu laut zu atmen, damit die Szene nicht von ihr zerstört werden konnte.

Julian war doch nicht ihr Hündchen, auf das sie ständig Acht zu geben hatte, dass er nichts kaputt machen könnte, überlegte Grace mürrisch weiter und wischte sich angewidert den Schweiß von ihrem Dekolleté, als Julian sich seines Hemdes entledigte. Sanft legte sich das dünne Laken über die beiden nackten Körper. Das Licht zeichnete sanfte Konturen und machte die Illusion einer Vollmondnacht komplett. Innerlich lobte Grace Mike für dieses Werk.

Julian beugte sich über Megan und küsste zunächst nur ihren Mundwinkel, während seine Hand ihr Gesicht streichelte. Fuhr weiter vor, zu ihren Lippen. Legte sich auf den jungen Frauenkörper. Sie quittierte es mit einem recht aufreizenden Stöhnen, bog sich ihm mehr entgegen und mittlerweile war auch dem Letzten im Raum klar, dass die beiden im Bett das nicht zum ersten Mal taten. Dafür wirkten sie viel zu vertraut. Berührten sich zu innig. Bewegten sich zu sehr im Einklang.

Grace sah verlegen zur Seite und strich sich die Haare nach hinten. Jeder hier im Raum war Zeuge von etwas sehr Intimen und jeder hier im Raum war ein Mensch zu viel, für dieses Schauspiel. Jeder im Kinosaal wäre zu viel dafür, dachte sich Grace verlegen, während sie die Augen schloss, als Megan wieder ein kleiner Seufzer entkam.

»Lass die Kamera laufen. Das wird perfekt«, flüsterte der Regisseur Mike zu. Der Raum war gerade viel zu klein und erst als Mike »Was ist jetzt los?« laut ausrief, sah Grace wieder auf. Julian hatte sich ein Laken um die Hüften gebunden und spurtete am Kamerateam vorbei.

»Julian«, rief ihm der Regisseur wütend hinterher. Er blieb zu aller Verwunderung sogar stehen, drehte sich um und Grace sah in seine Augen, die kalt auf ihr lagen. Wie eine Sehne angespannt, eine Faust um den Knoten des Lakens verkrampft, zeigte er mit dem Finger auf Grace und sah finster zu seinem Regisseur.

»Ich will sie hier nicht haben. Nie wieder«, brüllte er und flog förmlich aus dem Raum. Verdutzt sah Grace von einem zum anderen, die sie alle betrachteten, als trüge sie Schuld an dem was gerade passiert war.

Sie war ja noch nicht einmal ansatzweise laut gewesen. Sie hatte sich ja gar nicht rühren können. Schnell flogen ihre Augen zu Megan, die ein Laken um ihren Körper gebunden hatte, ihre Finger darin verkrampfte und stur auf das Weiß des Lakens starrte. Räuspernd lächelte Grace schüchtern und zeigte in die Richtung, in die Julian verschwunden war.

»Ich spreche mal mit ihm«, versuchte sie es, doch keiner antwortete ihr.

Die Bungalows standen nicht weit weg und Grace wäre es gerade jetzt lieber gewesen, wenn der Weg weiter gewesen wäre und sie somit mehr Zeit gehabt hätte, über ihre nächsten Worte nachzudenken. Schon als sie die Faust zum Klopfen hob, wurde die Tür von innen aufgerissen.

»Habe ich mich nicht klar genug ausgedrückt?«, knurrte Julian sie an und verschwand im Inneren. Nicht wissend, ob wieder gehen oder sich dem Ganzen stellen, zog sie die Schultern straff und trat ein. Schloss die Tür hinter sich. Julian schenkte sich gerade etwas in ein Glas. Es war durchsichtig und Grace bezweifelte, dass es Wasser war. Doch genau so trank er es hinunter.

»Ich habe doch gar nichts getan«, begann sie leise und räusperte sich, bevor sie lauter und fester sprach: »Warum bist du so ausgeflippt? Ich bin doch nicht zum ersten Mal am Set.«

Er gab ihr keine Antwort. Graces Blick glitt über seine Schulterpartie zu seiner Hüfte. Wenn er sie damals in sein Bett gelassen hätte, hätte er sich dann auch so bewegt? Hätte er sie auch so geküsst? Ihr Blick blieb unweigerlich auf seiner Gestalt hängen, auf dem Muskelspiel seines Rückens, wenn er sich bewegte. Ein kurzer Blick über seine Schulter hätte Julian erahnen lassen können, woran die junge Frau gerade dachte, aber er war gerade zu sehr mit sich selbst beschäftigt. Geholfen hätte es ihm wohl keineswegs, ganz im Gegenteil. Die Stille trat zwischen sie beide und keiner wusste wie sie wieder brechen. Graces Blick fiel auf das Bett und die zerwühlten Laken. Und wieder kam dieser Stich so unvermittelt, dass es Grace alles zusammenzog. Und wieder wusste sie, was das zu bedeuten hatte.

Irgendwann räusperte sich Grace, doch Julian fing zum Sprechen an: »Ich will nicht mehr, dass du hier am Set bist.«

Grace nickte nur und ging. Hatte ihn nicht nach dem Grund gefragt und Julian war sich zu hundert Prozent sicher, dass er ihr eh eine Lüge aufgetischt hätte.

»Ken sucht sich immer Barbie aus«, sprach Grace gelassen und blickte nicht von ihren Unterlagen auf. Überreichte alles freundlich lächelnd einer Mitarbeiterin und schlenderte, mit Leslie im Schlepptau zu ihrem Häuschen. Ihr Blick huschte kurz zu Julians, aber es lag alles ruhig dar. Sie drehten gerade.

»Das Problem ist, dass du Barbie bist und es nicht siehst«, entgegnete Leslie, was Grace nur ein mildes Lächeln entlockte. Sicher, sie war

Barbie, dann war Leslie die heißeste Anwärterin auf die nächste Präsidentenwahl. Weiter auf sie einredend, wirbelte Leslie um sich, doch Grace hörte nicht was sie sagte. Packte ihre Kleidung so sorgfältig es ging, in ihren Koffer und legte sich auf das Bett.

»Würde es dir etwas ausmachen, mich für ein paar Stunden alleine zu lassen?«, fragte sie leise und Leslie verstummte augenblicklich. Schüttelte nur den Kopf und schmiss die Tür lautstark hinter sich ins Schloss. Ruhig sah Grace ihr durchs Fenster dabei zu, wie sie wütend zum Verpflegungszelt zurückstampfte. Die Augen schließend, zog sie sich die Bettdecke übers Gesicht.

»Das habe ich ihr auch schon gesagt.«

Grace riss es förmlich aus den Federn. Verwirrt strich sie sich die Locken aus dem Gesicht und schälte sich aus dem Laken. Sie hatte vergessen den Ventilator anzustellen. Die Kleidung klebte an ihr und angewidert zupfte Grace an ihrem Top. Leslie stand draußen, die Tür offen und diskutierte lautstark mit einer männlichen Person – Tom.

»Wir brauchen sie hier«, sprach er hart und Grace verdrehte die Augen.

»Für was? Als Promotionscheiße doch nur«, giftete sie zurück und trat zu den beiden nach draußen.

»Du kommst gut an. So läuft das nun mal. Kommst du nicht mehr an, bist du auch genauso schnell wieder weg«, gab Leslie eher gleichgültig zurück.

»Außerdem hast du einen Vertrag«, gab Tom knurrend zu bedenken.

»Ich scheiß auf den Vertrag«, rief Grace wütend aus. »Der Herr Superstar will mich hier nicht und eigentlich bekommt der Meister immer was er will. Also warum jetzt nicht auch?«

»Er will dich. Das bekommt er nicht, deswegen will er dich weghaben.«

»Leslie«, brüllte Grace und stampfte wütend auf. Leslie dagegen zuckte nur unschuldig mit ihren Schultern.

»Der Vertrag läuft noch bis Ende nächster Woche. Dann werden hier eh alle Zelte abgebrochen. Wenn du nicht mehr am Set selber sein sollst, na fein. Dann halt nicht, aber verdammt nochmal, du bleibst hier und machst deinen Job«, sprach Tom fest, jeder Widerspruch zwecklos und drehte sich damit schlagartig um. Mit offenem Mund sah Grace ihm nach.

Über Zugfahrten und das Zuspätkommen am Flughafen

Sie hatte Tom nur noch eine Woche, sprich sieben Tage zu ertragen. Das würde sie schaffen. Es waren nur noch sieben Tage, wiederholte sie immer wieder innerlich, als Mantra.

Angestrengt dachte Grace darüber nach, was noch für die letzte Kolumne ihres Internetblogs herhalten könnte, als sie auf die aufgeweichten Fleischbällchen in Tomatensauce blickte. »Die ganz bestimmt nicht«, murmelte sie vor sich hin und nahm sich nur einen Pudding, aus der Kühlung. Als sie sich umdrehte, sah sie in zwei dunkelbraune Augen. Schnell sah sie weg und eilte aus dem Verpflegungszelt.

»Grace«, rief Tom ihr hinterher und Grace verdrehte die Augen. Sie wollte Julian aus dem Weg gehen, aber das war hier verdammt schwierig, wenn sie denn nicht verhungern wollte. Langsam drehte sie sich um und setzte ein falsches Lächeln auf: »Bitte?«

Verstohlen sah sie kurz zu Julian, doch der hatte sich zum Kamerateam gesetzt und beachtete sie nicht. Mike auch nicht und Grace hätte beiden Männern gerade nur zu gerne den Pudding ins Gesicht geschmiert. Seit dem Vorfall im Haus, hatte Mike generell nur noch sehr wenig mit ihr gesprochen. Dieser feige Hund.

Tom reichte ihr Unterlagen, die sie doch bitte verschicken sollte. Grace nickte nur und schluckte hart, als Julian an ihr vorbei zum Buffet ging und dabei einen mehr als unnötigen Bogen um sie herum machte. Sauer trat sie neben ihn, an die Salatbar.

»Mich würde wirklich brennend interessieren, was ich dir angetan habe?«, knurrte sie ungehalten. Doch noch bevor Julian etwas erwidern konnte, rief Tom: »Könntest du das bitte gleich erledigen?« Ein mahnender Blick folgte.

Sicher, den Star durfte man nicht vergrämen. Angefressen platzierte sie lautstark ihr Puddingglas neben Julian und eilte davon.

»Wir haben uns wieder versöhnt.«

Grace hielt inne, als sie gerade in den Wagen für die Maske steigen wollte. Stellte sich neben die Tür, obwohl es eigentlich nicht ihre Art war zu lauschen, aber das war Megans Stimme gewesen und vielleicht gab es etwas, dass sie für ihre Kolumne benutzen konnte.

»Ja, das hat jeder am Set gesehen«, lachte die Maskenbildnerin.

»Der Streit am Mittwoch war brutal. Ich komm nicht damit klar, dass ich nicht mit anderen flirten darf, nur weil ich mit ihm schlafe. Ich meine, wir sind nicht einmal offiziell ein Paar. Darf er mir überhaupt Vorschriften machen?«

»Julian Cole ist ein Superstar, natürlich läuft immer alles nach seinen Wünschen.«

»So denkt er sich das wohl«, grummelte Megan. Graces Herz sank wieder. Am Donnerstag war Julian kaum fähig gewesen, am Set seine Pflicht zu erfüllen. Wie ein Häufchen Elend hatte er dort in seinem Bett gelegen und Grace hatte nicht verstanden, was er ihr mit seinen Augen sagen wollte. Um nur Minuten später freudig auf dem Pferd eine Jagdszene nachzustellen. Wie viele Pillen er wohl dafür gebraucht hatte? Er war am Abend nicht zu ihr gekommen, obwohl sie fest damit gerechnet hatte. Und jetzt konnte sich Grace auch denken, wohin er gegangen war.

»Hier bist du.« Tom sprintete abgehetzt auf sie zu. Schnell trat Grace von der Tür und tat so, als würde sie mit ihrer Kamera hantieren. Tom drückte ihr einen Strauß exotischer roter Blumen in die Hände. »Gib die bitte Megan«, und war auch schon wieder verschwunden. Kurz roch sie daran, bevor sie in den Trailer stieg. Begrüßte alle freundlich, mit einem aufgesetzten Lächeln.

»Die sind für dich«, überreichte Megan die Blumen. Mit einem glückseligen Lächeln öffnete Megan die kleine Karte, die zwischen dem Rot steckte und ihr Strahlen wurde voller - ehrlicher.

»Wieder alles gut?«, fragte die Maskenbildnerin und Grace sah durch den Spiegel, wie Megan nickte. Liebevoll über die Blumenköpfe strich. Nicht nur der schwere Duft drückte Grace aufs Gemüt.

»Die Leute hier sind sauer, wegen dem was Cole vor ein paar Wochen veranstaltet hat. Da nimmt uns kein Mensch mit zum Flughafen.«, erklärte ihr Mike, während Grace Leslie umarmte. Sie hätte nicht gedacht, dass die Verabschiedung so ein Drama werden könnte. So ein Gefühlschaos in ihrem Magen auszulösen im Stande war.

»Dann fahrt doch mit einem Taxi«, sprach Leslie fest.

»Die streiken – behaupten sie zumindest«, fuhr Mike sie ein bisschen zu harsch an. »Wir müssen mit dem Zug zum Flughafen.«

»Ich wünsch dir noch eine schöne Woche am Meer. Genieß sie«, lächelte Grace und ließ einen Luftkuss fliegen, für Leslie. Diese lächelte genauso traurig. Der Weg nach New Orleans dürfte keine große Hürde sein, wusste Grace und freute sich schon jetzt auf ein Wiedersehen, mit der kleinen, viel zu redseligen blonden Leslie.

Während sie ein letztes Mal hinter dem jungen, hübschen Vietnamesen auf dem Moped saß und ihren Koffer festhielt, ließ Grace das Dorf hinter sich. Mike, hinter einem dicken Mann sitzend, hinterher. Seinen Koffer nicht ganz so locker vor sich. Grinsend sah sie sich zu ihm um, um nur noch lauter zu lachen, als ihr Mike beleidigt die Zunge entgegenstreckte.

Der endlosen Hitze und der Luftfeuchte endlich zu entkommen, ließ Grace wieder lächeln, als sie später in den Zug stieg, der sie zum Flughafen bringen sollte. Gestern wurde noch lautstark der erfolgreiche Abschluss des großen Filmprojekts gefeiert. Grace hielt sich im Hintergrund. War bald schlafen gegangen. Julian hatte sie nicht gesehen, aber Megan auch nicht und sie konnte sich denken warum nicht.

»Verdammte Scheiße«, brüllte Julian, als er in den Wagon stieg. »Ist das euer Ernst? Ein Zug?«, drehte sich einmal um sich und blieb abrupt stehen, als er Grace im Abteil sitzen sah. Wie von der Tarantel gestochen eilte er den Gang hinunter. Als er wenig später wieder kam, hatte er eine Limonadendose in der Hand und ließ sich gegenüber von Grace in die dünne Polsterung fallen.

»Wenn du deine Klappe nicht immer so weit aufreißen würdest, wären wir schon am Flughafen«, murmelte Grace leise vor sich hin.

»Wo ist der Lichttechniker?«, lächelte Julian, nahm einen Schluck und Grace konnte nur ihren Blick von ihm wenden. Das süffisante Lächeln verschwand nicht, das sah sie selbst aus dem Augenwinkel.

»Wo ist Megan?«

»In einem klimatisierten Auto, auf dem Weg zum Flughafen.«

Verwirrt sah sie ihn an. »Sie meinte, sie würde alle Frauen vom Set einsammeln.«

Na fein, mit »alle« war Grace wohl nicht gemeint und vor ihrem geistigen Auge kam das kleine schiefe Grinsen Megans auf, als sie sich in diesem dunklen Lokal am Wasabi verschluckt hatte. Dieses Miststück!

»Ich mag schöne Frauen und Alkohol, dass kannst du mir nicht zum Vorwurf machen«, sprach Julian irgendwann und nahm einen weiteren Schluck. Ließ seinen Blick über Grace wandern, die auf die schnell an ihnen vorbeiziehende Landschaft sah.

»Dann hättest du dich ja nicht in dieses Abteil setzen müssen. Sind noch genügend frei«, gab sie trocken zurück. Sah ihn nicht an und Julian verstand nicht so recht, was sie damit meinen könnte. Mit einem Ruck hielt der Zug und Julian verschüttete die klebrige Limo auf seinem Hemd. Ein lautstarkes Fluchen folgte und unnötiges Putzen.

»Wo warst du gestern Abend? Auf der Party?«, fragte er wie nebenbei. Grace kramte ein Taschentuch aus ihrer Handtasche und reichte es ihm.

»Dort, wo Mädchen wie ich wohl hingehören: im Bett.«

»Da war ich auch«, lächelte Julian und schmiss Dose und durchweichtes Tuch in den Mülleimer.

»Sicher«, gab Grace trocken zurück und sah auf ihre Finger.

»Nicht mit Megan«, kam es sogleich von Julian.

»Mit wem dann?«, wollte sie fragen, doch biss sich stattdessen lieber auf die Lippen.

»Du musst dich vor mir nicht rechtfertigen.«

»Stimmt wohl«, Julian verkreuzte die Arme vor der Brust und musterte weiterhin Grace, die wieder aus dem Fenster blickte. Der Zug hatte sich noch immer nicht in Bewegung gesetzt und langsam wurde es unruhiger auf den Gängen.

»Wenn es nicht bald weitergeht, werden wir den Flug verpassen«, murmelte Grace vor sich hin und wollte Tom anrufen. Doch sie hatte zunächst keinen Empfang. Der Zug setzte sich wieder in Bewegung. Auch Julian probierte Tom zu erreichen, oder vielleicht auch nur Megan, überlegte Grace, wer wusste schon so genau, was in seinem Gehirn so vor sich ging.

»Nein, das ist nicht dein Ernst?«, stöhnte Grace laut auf, als sie endlich Tom am anderen Ende der Leitung hatte und die Hiobsbotschaft vernahm.

»Scheiße«, fluchte sie laut. »Ja, ich ruf dich an, wenn wir am Flughafen sind. Irgendwann, irgendwie. Nein, ich heul nicht«, schluchzte sie in den Hörer und pfefferte ihr Smartphone in ihre bunte Baumwollhandtasche.

»Was ist?« Es war klar, dass Julian eigentlich nicht fragen wollte. Mit geduckten Schultern, sah er zu ihr auf.

Mit wilden Augen starrte sie zurück. »Wir hätten gerade aussteigen sollen, wie das alle vom Team taten. Außer natürlich deine Megan und ihre Mädls, denn die sind ja schon am Flughafen«, mit jedem Wort wurde ihre Stimme höher und lauter. Mit fahrigen Bewegungen packte sie ihre Sachen zusammen und drückte sich an den anderen Passagieren auf den schmalen Gängen vorbei.

»Weißt du eigentlich irgendetwas?«, pfefferte sie Julian an den Kopf, als sie zusammen auf dem alten Bahnhofsgelände standen – mutterseelenallein, die Taschen und Koffer neben ihnen, wartend auf ein Taxi.

»Du hast es doch auch nicht gewusst«, wollte er sich rechtfertigen, aber begriff schnell, dass eine aufgebrachte Grace nicht mit logischen Schlussfolgerungen und schon gar nicht mit Konfrontation umgehen konnte.

»Du gibst ihm jetzt nicht einen Hundert-Dollarschein? Für das, dass er uns unnötig lange herumgefahren hat. Wir sind an diesem Denkmal dreimal vorbeigekommen und natürlich kann der Herr nicht wechseln«, war der erste zähneknirschende Kommentar, den Julian von Grace vernahm, seit sie in dieses muffelige Etwas von Auto gestiegen waren.

»Hast du denn was?»

»Nein, so viel nicht«, echauffierte sich Grace weiter.

»Ich habe nichts anderes und Kreditkarte nimmt er nicht«, rechtfertigte sich Julian lautstark.

»Tja, wo soll er die auch durchziehen?«, schrie Grace beinahe und Julian verdrehte nur die Augen. War froh, endlich dem Gestank entkommen zu können und atmete in der Vorhalle des Flughafens einmal kräftig durch.

Den Flug nach New York City schafften sie nicht mehr. Den Tränen nahe, weil sie keine Luft mehr vom Rennen hatte und weil ihre Hände und Schultern vom Tragen der Taschen und Koffer so wehtaten, setzte sich Grace im Schneidersitz auf den kalten Flughafenboden.

»Du weißt, was morgen für ein Tag ist?«, traurig sah sie zu ihm auf. Sie würde Helen schreiben, dass sie nicht zum Weihnachtsessen zu ihr kommen konnte. Sie würde irgendwo im nirgendwo Weihnachten feiern und wie es aussah mit einem Menschen, den sie nicht kannte und der sie wohl gar nicht mochte. Am liebsten hätte sie sich jetzt hingelegt und einfach den Tränen freien Lauf gelassen.

»Steh auf, du holst dir noch eine Blasenentzündung. Das ist verdammt schmerzhaft«, war Julians einziger Kommentar, die ganze Zeit, bis sie endlich in die nächste Maschine nach New York einchecken konnten. Wieder sah Grace nur aus dem Fenster und Julian brach dieses Mal nicht die Stille. Tiefer kuschelte sie sich unter die weiche First-Class-Decke und streckte ihre Beine aus. Beobachtete wie sich die Brust von Julian leicht hob und senkte. Er sah fern, hatte aber keine Kopfhörer auf. Sie wollte gerade zum Sprechen ansetzten, als der Kapitän ihr zuvorkam: »Es tut mir sehr leid, aber aufgrund des schlechten Wetters können wir noch nicht landen. Wir werden jedoch alles versuchen, damit unsere Passagiere mit Anschlussflügen keine Verzögerungen zu erwarten haben.«

Hatten sie leider schon.

»Jetzt komm schon«, rief Grace über ihre Schulter und eilte wieder von einem Terminal zum nächsten. Schon von weitem konnte sie die Anzeige sehen, doch sie wollte es nicht wahrhaben, also legte sie noch einmal einen Zahn zu. Julian beobachtete lächelnd andere Passagiere, die noch zum Weihnachtsfest pünktlich zu ihren Liebsten kommen wollten. Buntverpackte Geschenke in den Händen. Stress in den Gesichtern.

»Wir haben den Flug eh verpasst. Das war schon klar, bevor wir gelandet sind, also schallt mal nen Gang zurück«, rief Julian ihr hinterher und schlenderte langsam durch die Gänge.

»Wir haben jetzt nicht wirklich den Flug verpasst?«, zischelte Grace Julian entgegen. Der zuckte zunächst mit den Schultern und studierte die Anzeigentafel. Da stand es weiß auf schwarz. Der Flug nach Las Vegas war schon über den Boarding-Stand hinaus und geblockt. Tiefer zog er sich die Baseballmütze in die Stirn, als zwei junge Frauen an ihnen vorbeigingen und ihn schief musterten. Jedoch nichts sagten. Dafür war Julian ihnen doch sehr dankbar, denn Grace neben ihm, war schon rot wie eine Tomate angelaufen und würde gleich genug sagen.

»Du Vollidiot«, schrie sie los. Julian schloss entnervt die Augen. Super, so würden sie bestimmt keine Aufmerksamkeit auf sich ziehen, dachte er sich zynisch. Ein Blick über seine Schulter genügte, um sicherzugehen, dass jetzt nicht nur die zwei jungen Damen von gerade eben sich umdrehten.

»Der Herr musste ja defilieren, anstatt zu rennen.«

»Grace, bitte«, bat Julian leise und hob seine Tasche auf. Mit klappernden Absätzen folgte Grace ihm. Angefressen verzog sie den Mund.

»Wenn ich das planen hätte dürfen, wäre alles gut gegangen. Wenn ich gewusst hätte, dass der Flug eine halbe Stunde eher geht, als gedacht, dann hätten wir von Haus aus früher losfahren müssen. Wenn ...«, doch sie kam nicht mehr weiter. Julian blieb abrupt stehen: »Halt die Klappe.«

Mit großen Augen sah sie ihn an.

»Du solltest dich lieber entschuldigen, als mich zu beleidigen«, quetschte sie zwischen den Zähnen hervor, als sie aus dem Flughafengebäude traten. Hievte ihre Tasche auf eine Schulter. Lies die Tasche dann lautstark fallen und zog ihr Smartphone. Julian lehnte sich gegen die Glasfront und beobachtete sie dabei, wie sie sich mit zittrigen Fingern eine Zigarette anzündete. Es war wirklich saukalt.

»Wir haben den Flug verpasst ... mhm, ja keine Ahnung ... mhm, ja ich frag mal nach ob wir einen anderen Flug bekommen. Bye.«

Sie bekamen keinen anderen Flug, denn der Winter schlug mit seiner vollen unbarmherzigen Härte an der Ostküste ein. Und das innerhalb von einer Stunde. Sämtliche Flüge wurden gestrichen, für die nächsten sechs Stunden. Grace erkundigte sich nach weiteren Möglichkeiten aus dieser Eishölle auszubrechen, ohne mit Julian ein Wort zu wechseln.

»Das war wirklich ne Scheißidee. Ich hätte auf das Geld pfeifen sollen«, nuschelte sie immer wieder vor sich hin. Ignorierte Ratschläge und Ideen von Julian einfach. Bis es ihm zu blöd wurde und er sich den Kopfhörer aufsetzte und die Musik aufdrehte.

»Wir fahren«, bellte Grace und schmiss den nächsten Zigarettenstummel auf den Boden.

»Ins Hotel?«, fragte Julian hoffnungsvoll nach. Er war übermüdet und der Schädel brummte. Grace lachte kurz trocken auf.

»Sicher, ins Hotel. Dann kannst du aber den nächsten Film vergessen. Weil Tom ja meinte, noch einmal solltest du nicht fehlen. Erinnerst du dich, oder hast du dir die Erinnerung schon wieder rausgesoffen?«, höhnte Grace und verschränkte die Arme vor der Brust. Sein lautes Ausschnaufen ignorierte sie einfach.

»Wir fahren nach Las Vegas. Es geht schneller, als hier zu warten. Der nächste Flughafen von hier hat keine Flüge nach Las Vegas und hat auch seinen Betrieb vorerst eingestellt. Keiner weiß wie lange die Scheißkälte hier anhält und ob es morgen überhaupt weitergeht. Letztes Jahr dauerte der Ausfall drei Tage. Da sind wir mit dem Auto schneller.«

Drei Tage von New York City nach Las Vegas? Wow, das Mädchen legte einen straffen Zeitplan vor.

»Musste es unbedingt ein Sportwagen sein?«, fragte Grace schockiert, als Julian vom Mietwagenverleih zurückkam, besser gesagt angebraust kam und frech grinsend aus dem Wagen stieg.

»Sei nicht so eine Biedermeier-Tante«, lächelte er und Grace drückte die Backenknochen lieber fester aufeinander, bevor sie ihre Tasche auf die Rückbank pfefferte, die nicht einmal annähernd eine Rückbank war.

»Musst du so rasen?«, bellte sie nach der fünften Kurve, die sie gegen die Tür gedrückt hatte.

»Halt die Klappe«, war alles was er dazu sagte. Angefressen verkreuzte Grace die Arme vor der Brust und sah verbissen aus dem Fenster. Das Wetter wurde mit keiner Meile besser.

»Können wir anhalten?«, fragte sie irgendwann ruhiger.

»Ich dachte, du willst in drei Tagen in Las Vegas sein?«

»Soll ich auf den Sitz pinkeln?«, fauchte sie zurück. Als sie von der Tankstellentoilette zurückkam, öffnete sie nur die Tür und rief ins Auto: »Da ist ein Motel und ich hab uns zwei Zimmer gemietet.«

Wer trägt den Schmerz?

»Mein Rücken«, jammerte Grace murmelnd am nächsten Morgen immer wieder vor sich hin, als sie ihre Tasche zum Auto schleppte. Mit einem Piepen ging die Verriegelung auf und Grace sah, mit finsterem Gesichtsausdruck, zu Julian. Doch der hatte seine Baseballkappe so tief im Gesicht, dass sie nichts erkennen konnte.

»Soll nicht lieber ich fahren?«, fragte sie vorsichtig, doch Julian beachtete sie nicht und pfefferte seine Tasche ins Auto.

»Ich vernichte nicht immer die ganze Minibar«, grummelte Julian vor sich hin. Grace war entsetzt, das hatte sie nicht im Entferntesten andeuten wollen.

»Du hattest eine Minibar auf dem Zimmer?«

»Nein.«

Julian drückte sich die Kappe noch tiefer ins Gesicht, als er sich wenig später tiefer in den Beifahrersitz gleiten ließ. Ab und zu sah sie zu ihm rüber, doch er schien tief und fest zu schlafen.

Sie tauschten irgendwann wieder das Steuer und Julian stieß sich lautstark das Bein an.

»Verdammt.«

»Kannst du mal weniger fluchen?«, schimpfte sofort Grace und Julian stieß genervt Luft aus.

»Das ist der reinste Kindergarten hier«, murmelte Julian vor sich hin und gähnte. Ließ den Sitz einrasten.

»Hast du die Nacht nicht geschlafen?«, fragte sie und kramte in ihrer Tasche. Zog den Kamm hervor und begann, sich ihre Locken auszubürsten. Ruckte nach vorne, als Julian abrupt am Seitenstreifen anhielt.

»Ernsthaft?«

Grace sah ihn verwirrt an, begriff dann was er meinte und begann demonstrativ weiter ihre Locken zu entwirren. Lächelte ihn zuckersüß an.

»Wenn wir nicht annähernd durchgehend fahren, werden wir es nicht rechtzeitig nach Las Vegas schaffen«, kämmte weiter. »Also muss ich solche Dinge im Auto erledigen«, sprach sie zuckersüß weich weiter und schenkte ihm ein offenes Lächeln, als sie den Lidstrich aus ihrer Tasche zog und den Spiegel aufklappen ließ. Julian mahlte mit den Backenknochen und Graces Lächeln wurde immer breiter. Ohne sie aus dem Blick zu lassen, ließ er den Motor wieder an.

»Sieh lieber auf die Straße. Übrigens Merry Christmas.«

Nach ein paar Stunden, bat sie Julian gähnend anzuhalten, damit sie das stille Örtchen aufsuchen konnte. Einen Kaugummi kauend, stieg sie wieder zu ihm ein.

»Das ist, als würden drei Kühe neben mir stehen und kauen«, beschwerte sich Julian irgendwann angewidert, als sie zum wiederholten Male eine Blase platzen ließ.

»Die hatten keine Kippen, also brauche ich ein anderes Ventil«, giftete Grace zurück und zog sich ihr dünnes Jäckchen fester über die Brust. Sie hatte nicht daran gedacht, wie kalt es in den USA sein würde, wenn sie wieder zurückkehren würden. »Scheißwetter«, fluchte sie murrend.

»Für was ein Ventil? Bist du so nervös in meiner Nähe?«, grinste er frech und sah im Augenwinkel, wie Grace die Augen verdrehte.

»Kannst du mal aufhören diesen Macho zu spielen und einfach nur du sein? Wir drehen hier keinen Film.«

Darauf erwiderte er dieses Mal nichts. Vor allem nicht, als er aus dem Augenwinkel wahrnahm, wie sie verstohlen, mit einem Taschentuch ihre Augen trocknete. Regelrecht auf ihr Handy starrte.

»Ich bekomm das nicht hin«, murmelte sie, in ihr Taschentuch und drückte sich stärker gegen die kalte Scheibe. Ihr Kopf schien gleich zu explodieren.

Auch wenn Julian wusste, dass sie mit sich selber gesprochen hatte, hatte er auch das Gefühl, jetzt etwas sagen zu müssen.

»Was?«

Lange sagte sie jedoch nichts.

»Das mit den Beziehungen. Schon rein platonisch nicht, Familie nicht und so weiter.« Wieder wischte sie verstohlen mit dem Taschentuch über ihre Augen. Die Finger verwrungen, sah sie zu Julian. »Hast du mit Lucas Kontakt?«, mehr als ein Hauchen kam nicht über ihre Lippen. Er nickte nur. Gab ihr jedoch keine weiteren Informationen und Grace hatte das zu akzeptieren. »Megan …«, fing Grace genauso leise an, doch dieses Mal fiel Julian ihr halb ins Wort: »Wir telefonieren, sie weiß Bescheid.«

Grace nickte nur.

»Du simst gar nicht«, überlegte er laut.

»Na und?«, gab sie schnippisch zurück.

»In Vietnam hast du ständig SMS geschrieben. Mit Philipp?«

Ein kurzer Blick zu ihr genügte, um anhand ihrer roten Augen zu sehen, dass es irgendwie mit diesem Kerl zu tun hatte.

»Auch wenn es dich nichts angeht, aber ja, habe ich. Und jetzt nicht mehr, weil er meinte, ich wäre zu viel unterwegs und unsere Liebe würde das nicht aushalten.«

»Was für ein Bullshit«, knurrte Julian vor sich hin. »Er hat dich doch betrogen.«

Fest biss sich Grace auf die Unterlippe. Wollte etwas Harsches erwidern, aber Julian kam ihr zuvor: »Ich denke eher, er kommt nicht damit zurecht, dass du gerade so viel Aufmerksamkeit bekommst.«

Verdutzt runzelte sie die Stirn. »Es ist wohl eher so, dass wir beide nicht gerade ehrlich waren, in unserer Beziehung. Da blieb irgendwann, irgendwie immer etwas haften. Durch jede neue Situation«, sprach sie ehrlich und offen.

»Wenn du jemanden wirklich liebst, hältst du alles Mögliche aus.«

»Auch den Schmerz?«, fragte sie leise und wischte wieder über die Augen.

»Gerade den.«

Wieder sprachen sie lange nichts.

»Hast du Angebote bekommen?«, stellte Julian irgendwann eine Frage in den Raum. Und Grace war es, als wäre es eine sehr wichtige Frage für ihn.

Grace nickte. »Ich weiß nicht so recht, es sind Modelaufträge. Ich bin zu alt, um nochmal neu anzufangen. Außerdem bräuchte ich erst einmal einen Manager, oder so was.«

»Wie wäre es mit Tom?« Bei Graces entsetztem Gesichtsausdruck, die Augen kugelrund, den Mund zu einem kleinen »Oh« geformt, musste Julian unweigerlich laut lachen.

»Kannst du nochmal halten? Bitte«, sie sprach sanft und Julian war es, als wäre gerade irgendetwas zwischen ihnen passiert, das schon längst überfällig war.

Auf das Lenkrad klopfend, wartete er auf Grace. Folgte den Scheibenwischern mit den Augen, wie sie immer wieder das Wasser verdrängten und sinnierte darüber nach, wann er sich eigentlich ernsthaft in Grace verliebt hatte. Räuspernd richtete er sich wieder auf, als sie ins Auto stieg. Sich nasse Haarsträhnen von den Wangen strich.

»Die haben keinen Kaugummi und keine Zigaretten. Sind die hier verboten?«, murrte Grace und drückte sich in den Sitz.

»Wir sollten Sex haben.«

Vor Schreck schaltete Julian in den falschen Gang, was beide nach vorne rucken und den Motor unnötig laut aufheulen ließ.

»Was meinst du?«, fragte er lieber noch einmal nach, bevor er noch etwas falsch verstand und fragte sich ernsthaft, was sie da auf der Toilette vielleicht noch so genommen haben könnte.

»Sex«, gab sie schlicht zurück. »Es bringt die Hormone wieder ins Gleichgewicht und beruhigt die Nerven.«

Tat er das?, fragte sich Julian stirnrunzelnd.

»Ist das auch so ein Ventil?«

Grace sah kurz zu ihm und verkroch sich dann wieder hinter ihrem Jäckchen. Sie hatte eindeutig nicht die richtige Kleidung für dieses Wetter dabei.

»Damit wir wieder besser miteinander auskommen«, nuschelte sie in die Wolle.

»Warum gibst du nicht einfach zu und gestehst dir ein, dass du mit mir schlafen willst, anstatt so eine Überlegung vorzuschieben?« Sein schiefes Grinsen war zu dreckig und Grace hätte es lieber nicht sehen wollen.

»Habe ich ja, du nicht«, gab sie lässig zurück und zuckte mit den Schultern.

Julian schnaufte genervt laut aus. Fuhr sich fest durchs Haar und ließ noch einmal den Motor aufheulen, als er Gas gab, um ein Auto zu überholen.

»Ich wollte nicht, weil ...«, er brach ab und sah lange nur auf die Fahrbahn. Der Radiosender spielte Country und Grace legte ihren Kopf gegen die Fensterscheibe. Sah ihrem eigenen Atem dabei zu, wie er die Scheibe beschlug und wieder klärte. Es wurde dunkler.

»Wir sollten einkehren«, sprach sie irgendwann und Julian nickte nur. Tippte im Rhythmus des Liedes auf das lederne Lenkrad und drückte sich den Nasenrücken. Seine Augen brannten mittlerweile. Beim nächsten Motel-Schild bog er ab.

»Oh, nein, nein«, lächelte Grace, als Julian zu ihr an die Rezeption trat und sich neben sie stellte. Der Mann hinter der Theke war jung. Sehr jung und eindeutig ein Kind seiner Umgebung.

»Wir nehmen nur Bares«, lächelte er Grace an und die sah zu Julian auf.

»Hast du noch Geld dabei?«

Julian kramte in seinem Portmonee und gab ihr einen Zehn-Dollar-Schein. Geschockt sah sie zu ihm auf.

»Mehr hast du nicht?«

»Falls du es vergessen haben solltest, ich musste einen stinkenden Taxifahrer bezahlen. Kann man hier auch nicht mit Karte bezahlen?«

Grace entließ langsam Luft. »Kann man wohl nicht und die zwei Einzelzimmer sind zu teuer. Ich habe nicht so viel Geld dabei.«

Julian sah zu dem jungen Kerl. »Haben Sie nur die Zimmer?«

Der Junge schüttelte den Kopf. »Nein, aber die Lady wollte unbedingt zwei Einzelzimmer. Wir haben ein Doppelzimmer für dreißig Dollar.«

»Zwei Betten?«

Der Junge nickte nur lächelnd. »Mit Frühstück?«, fragte Julian lächelnd freundlich weiter. Der Junge nickte wieder. Julian sah fragend zu Grace. »Hast du dreißig Dollar?« Grace nickte und Julian stieß sich vom Tresen ab. »Was ist dann jetzt das Problem? Nimm das Zimmer«, damit verschwand er nach draußen. Sich die Lippen leckend und einen erneuten Wutausbruch unterdrückend, legte sie die dreißig Dollar auf den Tresen. Der Junge nahm das Geld lächelnd und reichte ihr einen Schlüssel.

»Ist das ...?«, fing er schüchtern an. Doch Grace winkte ab. »Nein, ist er nicht«, damit ging auch sie.

Julian parkte das Auto vor ihrer Tür und trug eine Tasche hinein. Als Grace aus dem Bad kam, sah sie sich stirnrunzelnd um, als Julian seine Tasche öffnete.

»Wo ist mein Koffer?«, fragte sie zähneknirschend nach.

»Vermutlich dort, wo du ihn vor ein paar Stunden ins Auto gepfeffert hast«, gab Julian cool zurück und schaltete den Fernseher an. Setzte sich auf den Rand des großen Bettes. Er würde ihren Koffer nicht holen. Er machte nicht einmal ansatzweise Anstalten in diese Richtung. Nein, sie würde jetzt nicht schon wieder einen Streit vom Zaun brechen. Auch wenn sie mehr als müde war. Mit Schwung setzte sie die Tasche auf ihrem Bett ab. Julian sah ihr nicht dabei zu und zappte im Programm herum. Hatte die Schuhe ausgezogen und es sich auf einer Seite des Bettes gemütlich gemacht. Bevor Grace nach ihrem Nachthemd griff, überlegte sie, ob sie es überhaupt anziehen sollte, oder doch lieber das alte Shirt von ihrem College. Als sie wieder aus dem Bad kam und Julian sie kurz stirnrunzelnd ansah, wollte Grace eigentlich sofort wieder ins Bad stürmen und sich das alte Shirt überziehen.

»Ich versteh nicht, warum alle Frauen in L.A. meinen, sie müssten sich ihre Brüste operieren lassen. In Europa ist das wieder total out.«

»Na, wenn dich das so stört, dann geh doch wieder nach England«, giftete sie beleidigt zurück, weil sie sich angegriffen fühlte. Was wusste er schon davon, warum sie sich ihre Brüste hatte machen lassen. Megans Brüste waren nicht gemacht, schoss es Grace in den Kopf.

»Ich habe nicht gesagt, dass sie nicht schön sind. Soweit ich das beurteilen kann, mit Stoff.«

»Das ist ein Seidennachthemd«, murmelte Grace wichtigtuerisch, weil sie das Gespräch irgendwie mächtig irritierte.

Mit dem Rücken zu ihm, versuchte sie einzuschlafen. Doch der Fernseher flackerte in der Dunkelheit und die Stimmen halfen auch nicht wirklich Ruhe zu finden.

»Willst du nicht auch schlafen?«, fragte sie in das etwas muffige Kopfkissen. Sie hasste Motels eigentlich. Wollte sich gar nicht vorstellen, was hier schon alles in diesem Zimmer und vor allem in diesem Bett geschehen war und wie selten die Decken wohl wirklich gewaschen wurden. Die Matratze bestand wohl schon, seit es dieses Motel gab, so durchgelegen wie sie war. Ihr Magen knurrte und Grace freute sich schon jetzt auf das Frühstück.

Julian schaltete den Fernseher tatsächlich aus und Grace hörte es in ihrem Rücken rascheln, als würde er sich ausziehen. Dann stockte ihr kurz der Atem, als ihre Matratze nachgab.

»Ich wollte damals nicht mit dir schlafen, weil …«, fing Julian an, in die Dunkelheit zu sprechen.

»Weil?«, fragte sie leise nach und hielt den Atem an. Verkrampfte ihre Finger stärker im Laken.

»Weil ich nicht die schnelle Nummer suche«, raunte er mit belegter Stimme, »nicht mit dir«, sprach er gegen ihr Ohr und Grace erschrak zutiefst, als sein warmer Atem auf ihre nackte Schulter stieß. Ruckartig schoss sie nach oben und stieß dabei an Julians Nase.

»Scheiße«, nuschelte dieser zwischen den Fingern, als er seine Nase hielt und sich auf seine Bettseite fallen ließ.

»Du weißt eindeutig was du zu sagen hast, damit du eine Frau rumkriegen kannst. Das gebe ich gerne zu. Nehme mich da nicht aus«, höhnte Grace, als sie sich aufrappelte und das Nachttischlicht anstellte. Gequält schloss er die Augen und richtete sich wieder auf. Blinzelte und überprüfte ob er blutete. Es fühlte sich verdammt nach einem Bruch an. Vorsichtig betastete er seine Nase.

»Du wirst mir nie etwas glauben, was ich sagen werde, oder?«

Unmut machte sich in ihm breit und auch etwas anderes – Enttäuschung. Nicht Enttäuschung sie anscheinend nicht rumzukriegen, wie so viele andere vor ihr viel zu schnell. Sondern über die Art, wie sie mit ihm umging. Als wäre er etwas Minderwertiges. Gut, er war vielleicht nicht so intelligent wie sie und auch nicht so gebildet. Aber trotzdem hatte sie kein Recht, ihm das immer wieder vor Augen zu führen, durch ihre Gesten, ihren Kommentaren, ihren abweisenden Augen.

Sie saß aufrecht im Bett. Ihre Brust hob und senkte sich schnell. Auf die Knie gestützt, tastete sie dann seine Nase ab und Julian bekam eine wunderbare Aussicht in ihren Ausschnitt präsentiert.

»Geht's wieder?«, fragte sie weich und wollte sich aus dem Bett schälen. »Ich hol Eiswürfel.« Doch Julian hielt sie am Handgelenk fest, was sie irritiert zu ihm aufsehen ließ. Sah an die Wand, an das Ende des Bettes, auf den Fernseher, bis er ihren Kopf zu sich drehte.

»Ich wollte mit dir schlafen, weil damals alles so schief lief und es mir selbst beweisen wollte, dass ...«, entkam es ihr mit belegter Stimme. Doch Julian wollte nicht mehr hören. Schüttelte den Kopf.

»Super, und da soll man sich nicht als reines Lustobjekt fühlen. Sag mal, ist dir eigentlich klar, dass du genau das machst, was du immer so verurteilst?«

Das verstand Grace jetzt nicht.

»Du willst was Schnelles. Ich will angeblich auch nur immer was Schnelles. Bist du wirklich so viel besser als ich?«, half er ihr überheblich auf die Sprünge und stand auf.

»Warum sollte ich besser sein als du?«, fragte sie verwirrt nach und drehte ihn zu sich um. »Und schnellen Sex oder One-Night-Stands habe ich nie verurteilt«, rechtfertigte sie sich weiter. Im Gegenteil, sie hatte ihm vor nicht einmal vier Stunden sogar so etwas vorgeschlagen und seitdem konnte Julian sie nicht mehr ansehen, ohne sich dabei vorzustellen, wie ihre nackten Brüste wippen würden, wenn er sie einfach so nehmen würde - schnell und hart.

»Aber Groupies«, knurrte er und machte sich eine Wasserflasche auf. Nahm einen Schluck.

»Na ja, also ...«, fing Grace Achselzuckend an, »die sind ja auch nur auf eine Nummer aus, aber nicht wegen dir an sich, sondern damit sie damit prahlen können, mit dir geschlafen zu haben und so was mag ich nicht.«

»Würdest du nicht?«, fragte er grinsend nach und nahm noch einen Schluck. Sie schüttelte vehement den Kopf.

»Nein, warum sollte ich? Es geht mir dabei nicht darum, ein Idol im Bett gehabt zu haben, sondern ...«, sie brach ab. Sah ihn intensiv an, musste den Satz nicht mehr vollenden. Mit zwei Schritten war er wieder bei ihr und nahm etwas zu roh ihr Gesicht in seine Hände. »Um was dann?«, fragte er weich nach. Was so konträr zu seiner Handlung stand und noch viel weniger zu seinen funkelnden Augen passte. Augen, die nach Wahrheit verlangten.

»Ich finde dich attraktiv, als Mann. Nicht als die Figuren, die du vielleicht in deinen Filmen verkörperst. Nicht die Rollen, die du nur spielst.«

Sie legte ihre Hände auf seine Hüften, küsste ihn - leicht und sanft, nicht viel fordernd. Er stieg darauf ein. Hob sie auf seine Hüften und trug sie zurück zum Bett. Begann ihren Hals zu liebkosen und Grace schloss die Augen. Gab sich dem Gefühl seines warmen Körpers über ihr hin. Seinem heißen Atem, auf ihrer weichen empfindlichen Haut am Hals und seinen Händen, die langsam begannen unter ihr Hemd zu fahren. Den Rand ihres Slips entlang. Grace schälte sich aus der Seide. Ihr entkam ein Keuchen. Sie spürte den nassen Stoff ihres Slips, den Stoff seiner Unterhose an den immer empfindlicher werdenden Innenseiten ihrer Oberschenkel, den harten Griff seiner Hände um ihre Pobacken und seine Härte an ihrer Scham. Grace stöhnte laut in seinen Mund, nahm den Biss in ihre Unterlippe nur wage wahr.

»Wirst du Lucas wieder in dein Bett lassen?«, fragte Julian recht unvermittelt. Sein Blick forschend, als würde er auf ein Signal von ihr warten. Sie schüttelte nur den Kopf. Konnte kaum einen klaren Gedanken fassen. Wie kam er jetzt auf Lucas? »Und dieser Lichttechniker oder Philipp?«, fragte er weiter und wieder schüttelte sie den Kopf.

»Ich habe nicht mit Mike geschlafen.«

Grace versuchte wieder seine Lippen einzufangen, doch er entzog sich ihr. Sie dachte nicht darüber nach. Nicht jetzt, nicht hier. Griff hart in seinen Nacken und zog ihn zu sich nach unten. Drückte ihn dann in die Matratze.

»Rasierst du dich immer, oder nur wenn du filmst?«, fragte sie irritiert nach, fuhr langsam über seine nackte Brust, die keinerlei Haar zierte.

»Gefällt dir das nicht?«, stellte er schelmisch grinsend die Gegenfrage.

Sie zuckte nur mit den Schultern und fuhr mit den Fingern über seine Brust. Beugte sich nach unten und nahm eine Brustwarze in den Mund. Biss leicht hinein, was ihn dazu veranlasste, fest in ihre Haare zu greifen. Nach und nach wanderte sie Zentimeter für Zentimeter mit dem Mund über seine warme Haut. Über sein Sixpack und Grace stöhnte innerlich auf. Er sah verdammt perfekt aus und wieder kamen ihre alten Zweifel auf, warum er gerade sie attraktiv finden sollte. Den Beweis, dass es jedoch wohl so war, hatte sie aber jetzt in der Hand und der Beweis war ...

»Achtzehn?«, grinste sie schelmisch. Julian schluckte hart, als er sich nach hinten fallen ließ.

»Wenn ich die Wahrheit gesagt hätte, hättest du vielleicht Panik bekommen«, sprach er grinsend und Grace schüttelte lächelnd den Kopf, bevor sie wieder von ihm in die Matratze gedrückt wurde. Doch sie hielt ihn noch einmal auf.

»Hast du ein Kondom?«

Sein Kopfschütteln war eigentlich ihr Stopp-Signal. Ihn jedoch Haut an Haut zu spüren war überwältigend und atemraubend. Es war eigentlich Qual und die Augen zu schließen half nicht vor der Realität zu fliehen. Spürte seine unkontrollierte Atmung an ihrer Schläfe und das war ungemein erregend. Nicht der Zweisamkeit willen, nicht des Höhepunkts willen. Die Erregung in sich aufkeimen zu spüren, weil ein Mann so auf sie reagierte.

»Sag, dass du den Job nur angenommen hast, um in meiner Nähe zu sein.«

Irritiert sah sie auf. Suchte in seinem Blick den Hinweis, dass er gerade wieder die alte Macho-Nummer abzog. Sie so mehr in die Enge treiben wollte. Aber all das fand sie nicht darin, wie in so vielen Momenten zuvor. Nicht dieses verschmitzte Lächeln, das ihr unterbewusst signalisierte, sie wäre auf der sicheren Seite, weil er bewusst mit ihr spielte. Die sichere Seite war das, was sie hier taten, ganz bestimmt nicht. Die Wärme, die Grace gerade noch umhüllt hatte, wurde schlagartig durch Kälte abgelöst und ihre Kehle schnürte sich zu. Panik das Falsche zu sagen, überkam sie. Aber konnte man in solch intimen Momenten überhaupt je das Richtige sagen? Also hielt sie den Mund. Verteilte kleine Küsse auf seiner Schulter. Fuhr mit seiner Hand zwischen sie beide. Julian keuchte gegen ihre Haare auf. So hatte er das gern. Ein Mädchen, das wusste was sie wollte und auch nicht zu schüchtern war, es zu zeigen. Jeder berührte Fleck ihrer Haut verwandelte sich in Sekundenschnelle zu einem Hort von tausend Ameisen, als sein Bart ihre weiche Haut entlang strich. Presste seine Lippen auf ihr Ohr, säuselte Dinge, die Grace nicht verstand. Flüsterte selbst Worte, von denen sie nicht wusste, nicht einmal ahnte woher sie kamen. Ihr Liebesspiel wurde immer intensiver, seine Berührungen sanfter. Aber vielleicht bildete sie sich das alles auch nur ein. Legte sich auf den Bauch und keuchte verhalten auf, als Julian sich über sie schob. Sich mit den Ellbogen abstützte, damit er nicht schwer auf ihr lag. Sie im Nacken und auf das Schulterblatt küsste. Spürte, wie Julian ihre Haare zur Seite schob und ihre Halsbeuge sich entlangküsste. Kurz hineinbiss, um dann sanft darauf zu pusten. Die Kälte prickelte herrlich auf ihrer erhitzten Haut. Küsste sich die Vertiefung ihres Rückgrates hinunter, bis zu der Mulde über ihren Pobacken. Berührte nur leicht die Enden der Flügel des Adlers mit seinen Lippen. Fuhr mit einer Hand unter ihren Bauch und drückte etwas nach oben. Ihr Pulsschlag beschleunigte sich automatisch. Sie verstand. Hob leicht ihr Becken an. Mit einem Lächeln im Mundwinkel, beobachtete er ihre Reaktion, ihr Aufstöhnen, ihre Finger, die sich in der Bettwäsche verkrampften, ihre Augen, die ihn verschleiert über die Schulter ansahen. Ihr leicht geöffneter Mund. Grace keuchte gegen die Matratze, als er ihre Beine noch einmal ein Stück öffnete. Biss in das Laken. Seine Brust an ihrem Rücken. Seine warmen Hände auf ihrer prickelnden Haut. Sie fühlte nur ihn. Er war bei ihr.

»Das habe ich jetzt wirklich gebraucht«, lächelte sie gefühlte Stunden später, als sie glaubte ihre Stimme wieder lauter benutzen zu können und ihre Stimme war noch immer überlagert von dem gerade Erlebten. Der Schweiß stand ihr auf der Stirn. Sie meinte nicht: »Ich brauche dich für meinen inneren Seelenfrieden« - weil er der Mann war, in den sie sich verliebt hatte. Julian ließ sich schwer neben sie auf das gleiche Kissen fallen und zog sie sofort an sich. Schwer ruhte seine Hand an ihrer Wange. Warm und erdrückend, kam es ihr in den Sinn. Grace konnte den Blick nicht deuten. Er küsste sie nicht noch einmal und sie forderte es nicht von ihm. Drehte sich in seinem Arm und versuchte einzuschlafen.

Sie würde nicht darin vergehen, ihm beim Schlafen zuzusehen und sie würde auch nicht hier schlafen, beschloss sie nur wenig später. Vorsichtig schälte sie sich aus seinem Arm, der auf ihrer Hüfte lag und rutschte in Richtung Bettkante. Suchte im Halbdunkeln verzweifelt nach ihrer Kleidung und fand auch alles nach und nach. Mit den Pumps in der Hand, sah sie noch einmal zum schlafenden Julian und ihr Herz krampfte kurz. Was sie hier tat, war genau das, worüber sie am Abend noch gesprochen hatten. Aber es hatte keinen Zweck. Das hier war eine Illusion. Warum also nicht weiterträumen und die harte Realität, des nächsten Morgens und dem sich-verlegen-in-die-Augenblicken auslassen und einfach gehen. Aber jetzt war es zu spät. Was sie getan hatten war nicht mehr rückgängig zu machen. Wollte sie das überhaupt?

Wie schnell würde sie bei ihm vergessen sein, wenn sie heute auseinandergingen und sie gekündigt hatte?, fragte sie sich unwillkürlich, als sie ihr Jäckchen fester um sich zog und ihren Kaffee, in dem kleinen Foyer des Motels schlürfte. »Verdammt«, entkam es ihr laut, als die heiße Flüssigkeit ihre Lippen verbrannte. Mit einer Serviette fuhr sie sich darüber und hielt kurz inne. Julian hatte sie sanft geküsst. Nicht viel gefordert. Gerne gegeben und irgendwie hatte sie ihn so nicht eingeschätzt. Grace war froh, dass nicht noch andere Reisende beim Frühstück anwesend waren und beschämt ließ sie wieder die Serviette in ihren Schoß gleiten. Gerade hatte sie nur notdürftig auf der Toilette Katzenwäsche betrieben. Geistesabwesend wanderte ihr

Blick über die schäbige Weihnachtsdekoration des Motels. Tränen kamen in ihr auf, wenn sie daran dachte, dass sie jetzt auf ihrer Couch zuhause sitzen und mit Helen all ihre Erlebnisse austauschen könnte. Ein Blick aus dem Fenster genügte, um zu sehen, wie Julian ihre Taschen und Koffer einlud. Hastig machte sie sich auf zu ihm.

»Willst du nichts frühstücken?«, fragte sie verwirrt nach, als Julian einstieg und den Motor anließ. »Du hast dich rasiert«, lächelte sie bemüht und nach reiner Bemühtheit fühlte es sich auch an. »Soll nicht ich mal fahren?«, fragte sie weiter, als sie sich anschnallte, aber Julian hatte die Baseballkappe nur tief in die Stirn gezogen und bog rasant um die nächste Kurve, so dass es Grace gegen die Tür drückte.

»Ich würde gerne im ganzen Stück in Las Vegas ankommen«, lächelte sie und rappelte sich wieder auf. Doch Julian starrte stur auf die Straße. Bog auf den Highway ab.

»Kann ich den Radio anmachen?«, fragte sie nach gefühlten zwei Stunden, obwohl sie erst dreißig Minuten unterwegs waren. Doch sie wartete keine Antwort ab und schaltete den Radio einfach an. Stellte auf seichte Musik ein und lehnte sich in den Beifahrersitz zurück. Folgte der Landschaft, die schnell an ihr vorbeischoss. Das Stückchen Erde, das sie gerade durchquerten, war wirklich schön, dachte sie lächelnd. Auch wenn es nicht recht viel wärmer wurde.

Als Julian zu ihr sah, fragte er sich unweigerlich, was sie gerade zum Lächeln brachte. Als er heute Morgen aufgewacht war, tastete er nach Grace. Aber sie war nicht mehr da. Zuerst dachte er, sie wäre im Bad, aber das war leer. Danach dachte er wirklich sie wäre ohne ihn gefahren, aber das Auto stand noch vor ihrer Tür. Dann sah er sie in der Lobby sitzen und einen Kaffee trinken. Es war ganz eindeutig, dass sie ihm aus dem Weg gegangen war.

»Es war eine blöde Idee gewesen«, murmelte Grace vor sich hin und streckte sich ein wenig.

»Was?«, fragte er leise nach und Grace sah ihn lange nur an.

»Die Sache mit dem Sex. Gedacht war es doch so, dass wir normaler miteinander umgehen und jetzt können wir uns nicht einmal mehr offen in die Augen sehen und miteinander reden. Da war das Streiten irgendwie angenehmer.«

Im Stillen gab Julian ihr recht.

Es lag keine Nacht mehr vor ihnen und Grace war froh darüber. Im Einzugsgebiet von Las Vegas würden sie zwar wohl überall Kreditkarten akzeptieren, aber sie wollte sich nicht mehr als nötig der Peinlichkeit der Stille aussetzen. Denn Julian hatte augenscheinlich kein Interesse daran, mit ihr zu kommunizieren. Ihr war durchaus klar, warum Julian so reagierte. Er war ein Mann, der es kaum ertragen konnte, wenn er Kontrolle aus der Hand geben musste. Da waren sie sich grundsätzlich schon mal sehr ähnlich. Julian musste es als persönliche Beleidigung ansehen, dass er gestern verloren hatte. Das freute sie einerseits, dass sie ihn soweit hatte bringen können, es verwirrte sie aber auch sehr, weil sie es selbst so dringend gewollt hatte. Er tat es wohl nicht einmal mit Absicht, es war einfach sein Naturell. Aber ihres auch und gerade über ihr eigenes Herz sollte sie die Kontrolle wohl behalten.

»Ja, ist gut ... Nein, musst du nicht, Philipp. Es ist nicht nötig, dass du heute noch ...«, schwer hievte sie ihre Tasche und den prallgefüllten Koffer durch die Eingangshalle und presste sich an zwei Pagen vorbei, das Handy am Ohr, sich nach Julian umblickend. Doch der schien plötzlich von der Bildfläche verschwunden zu sein. Nur das große Premierenschild am Hoteleingang zeugte davon, was hier heute Abend stattfinden sollte. Die Pressekonferenz wurde in einem großen Saal abgehalten. Jeder wollte Julian Cole sehen und keiner interessierte sich dafür, was für eine Mordstour er unternommen hatte, nur damit er pünktlich erscheinen konnte, um jetzt die dummen und langweiligen Fragen zu beantworten. So kam es zumindest Grace vor und sie musste gähnen. Leise schlich sie sich wieder aus dem Saal.

Regisseur, Dramaturgist, Hauptdarsteller – alle stellten sich vor ein großes Werbeplakat und ließen sich grinsend fotografieren. So sah es am Abend auch nicht anders aus. Nur vor dem Plakat war jetzt ein roter Teppich und über den sollte Grace laufen. Sie war doch tatsächlich ganz offiziell für die Weltpremiere des Films eingeladen worden und irgendjemand aus Julians Stab hatte sich die Mühe gemacht, sie mit einem großen Fresskorb, den sie heute Nachmittag, nach einer ausgiebigen Schwimmrunde im Hotelpool, samt Einladungskarte, in ihrem Zimmer zu überraschen.

Im Innenpool hatte sie sich lange nur auf dem Rücken dahintreiben lassen. Die Arme weit von sich gestreckt. Die Ohren unter Wasser. Die Augen geschlossen. Julian hatte sie seit ihrer lapidaren Verabschiedung, aller »Wir sehen uns«, kurz bevor sie aus dem Auto ausgestiegen waren, nicht mehr gesehen. Geschweige denn etwas von ihm gehört. Überrascht war sie nicht gewesen, als sie Lucas auf den Gängen erblickt hatte. Er sie wohl nicht und das war auch gut so. Er würde wohl wieder ihren Platz einnehmen, hatte ihr Tom vor nicht einmal einer halben Stunde unumwunden, ohne große Vorrede, ohne einen wehmütigen Blick, ohne Bedauern und schon gar nicht mit Dank für die letzte Zeit, an den Kopf geknallt.

Heiß liefen die Tränen über die Wangen, bevor sie untertauchte und alles von sich wusch.

Um was geht es hier wirklich?

Das rote Satinkleid hatte sich Grace extra gekauft. Es war nicht teuer gewesen und die Shoppingtour durch die Läden der Hotels hatte richtig Spaß gemacht. Vor allem, als sie die schwarze Zahl auf ihrem Bankkonto sah. Die war schließlich lange genug rot gewesen. Hieß also, nur noch drei weitere Kreditkarten in die schwarzen Zahlen zu bringen.

Den Lärm hatte sie ehrlich gesagt nicht erwartet, als sie am nächsten Abend in die Lobby schritt und auch nicht mit dem nächsten Ereignis: »Miss Kapplan, bekomme ich ein Autogramm?«

Schüchtern sah sie eine junge Frau an, die mit ihren beiden Freundinnen, im Innenbereich des Hotels, hinter einer Absperrung warteten. Überrascht sah sich Grace von einem Gesicht zum nächsten um. Gab das Autogramm und wurde in der nächsten Sekunde davon überrascht, dass noch mehr ihre Unterschrift auf Eintrittskarten verewigt haben wollten. Wegen ihr an sich, oder das sie damit prahlen konnten, jemand angeblich sehr Wichtiges hätte unterschrieben, wagte Grace nicht einzuschätzen.

»Drehen Sie sich. Sehen Sie über die Schulter. Schönes Lächeln«, riefen ihr die Fotografen zu, als Grace kurz vor dem Kino auf dem roten Teppich stehenblieb. Schüchtern strich sie ihre Haare hinters Ohr und lächelte. Winkte kurz und ging weiter.

Julian musste schmunzeln, als er von einer Ecke aus Grace beobachtete. Sie war heute Abend wunderschön, in ihrem knielangen Kleid und mit diesen blutroten Lippen.

Als Julian und seine Filmpartnerin nur eine Minute später, sich der Meute an Pressemenschen präsentierten, drehte sich Grace um. Wie konnten die Menschen nur so ausflippen? Es waren doch nur Menschen, die eine Rolle spielten. Grace sah wirklich keine große Besonderheit darin. Aber sie sah, wie Julian die Hand auf den nackten Rücken seiner Filmpartnerin legte, als er über seine Schulter sah, doch als er Grace erblickte, sah diese sofort weg und verschwand im Kinosaal.

Applaus brandete auf, als die Lichter im Kinosaal sich wieder erhellten. Auf der Bühne wurden die Verantwortlichen beglückwünscht und vorgestellt. Blumensträuße und viele höfliche Floskeln wurden verteilt. Von Julian jedoch fehlte weit und breit jede Spur. Grace unterdessen holte sich beim Stehempfang schon etwas zum Trinken und stopfte sich ein Tintenfisch-Schnittchen in den Mund.

»Sind die gut?«

Grace sah auf und Julian lächelte einen Kellner an, der ihm eine Champagnerflöte reichte.

»Geht so«, schluckte den großen Bissen hinunter und spülte kräftig nach.

»Glückwunsch«, sie reichte ihm die Hand, »guter Film.«

Julian ergriff ihre Hand und ließ sie auch nicht wieder los.

»Wie kannst du nur lügen, ohne rot zu werden?«, lächelte er schelmisch. Grace entzog sich ihm.

»Du warst nicht im Kino«, erkundigte sie sich und sah zu Tom und Megan. Dass Megan auch hier war, ließ darauf schließen, dass Julian die Beziehung heute wohl öffentlich bestätigte.

»Ich kenn den Film«, gab Julian nur lapidar Antwort und lehnte sich neben sie an die Steinsäule.

»Du solltest zu den anderen gehen. Sie schauen schon so komisch«, sprach Grace in ihr Glas und nahm noch einmal einen letzten großen Schluck, bevor sie das Glas auf einem Tablett abstellte und gehen wollte. Doch Julian hielt sie auf. Legte eine Hand auf ihre Hüfte.

»Sieh mich an«, bat er leise und weich. Sie kam seiner Bitte nach und schluckte hart.

»Hier sind viele Fotografen, Julian. Sei vorsichtig. Morgen könnten schon Dinge über uns in der Zeitung stehen, die ...«, sie brach ab.

»Die was?«, fragte er nach und entfernte seine Hand.

»Wieder irgendwelche Schlagzeilen über einen weiteren One-Night-Stand«, zischelte sie und sah in die mahnenden Augen von Tom. Sie hatte verstanden. Grace trat von ihm weg.

»One-Night-Stand?«, fragte er verbissen nach und fuhr sich durchs Haar.

»Was denn sonst?«, zischelte sie weiter und verkrampfte ihre Finger um ihr Abendtäschchen.

»Ich habe dich nie als einen bloßen One-Night-Stand gesehen«, wollte er sie beschwichtigen und es half auch. Sie kam etwas mehr zur Ruhe und lehnte sich gegen die Wand, in ihrem Rücken.

»Warum hast du mir dann das Gefühl gegeben?«, fragte sie mit belegter Stimme. Er sah ihr die Verzweiflung an, konnte die Angst in ihren Augen lesen, weil sie ihm selbst so vertraut war. Sie focht immer und immer wieder den gleichen innerlichen Kampf aus, dem auch er ständig ausgesetzt war.

»Verdammt Mädchen, akzeptier es einfach, dann ist es nicht mehr so schlimm«, dachte er sich zähneknirschend - denn verwirren würde es sie immer.

»Mit was bitte? Du bist doch abgehauen«, knurrte Julian und ballte die Hände zu Fäusten. Stopfte sie in seine Hosentaschen. Ihr fiel nichts auf seine harschen Worte ein. Aber er hatte den ganzen Tag danach nicht mit ihr geredet, bis er sich gerade eben dazu herabgelassen hatte. Dabei wusste er ganz genau wo sie sich aufhielt, in diesem scheißgroßen Hotelkomplex.

»Du solltest wieder gehen. Sie warten schon«, sprach sie leise und drückte sich den Nasenrücken.

»Warum hast du so Panik davor?«, fragte er sanft und seine Augen waren so weich, dass sie um ein Haar um seinen Hals gefallen wäre und sich in seine Arme schmiegen wollte.

»Vor was?«, fragte sie nach, obwohl sie ahnte was er meinte.

»Das alles hier«, Julian deutete auf sich und sie, »wir.«

»Wir?«, lächelte sie fragend und schüttelte den Kopf.

»Warum nicht?«, fragte er sogleich nach und Grace verstand nicht die Hartnäckigkeit, mit der er immer wieder am Ball bleiben wollte, bei ihr. »Wenn schon ein einfacher Mann fremdgeht und das tun wohl fast alle. Warum sollte dann ein Weltstar, dem wirklich alle zu Füßen liegen, nicht auch mal woanders naschen wollen?«

Julian zog eine Augenbraue in die Höhe. »Weil, wie du schon gesagt hast, nur fast alle so etwas tun. Über diese Phase bin ich hinaus.«

»Kann man das wirklich sein?«

»Nimmst du dich das selbst als Richtlinie?«, fragte er spöttisch und sie hätte ihm am liebsten eine gepfeffert. »Wenn man meint die Rich...«, doch er brach ab und schnaufte laut aus.

»Du tust es, Julian - regelmäßig. Ich war doch immer nur ein Lückenbüßer, als du wohl Streit mit Megan hattest, war ich gut genug neben dir zu sitzen auf dem kalten Fußboden, als du eine beschissene Phase mit Alkohol und Pillen durchgemacht hast, wohl wieder wegen Megan und dir, da lag ich am Morgen neben dir, in deinem Arm. Du hast mich um Rat gefragt, was du ihr wohl als Entschuldigung schenken könntest. Danach war ich der Lückenbüßer, als Megan nicht da war und ...«

»Du warst kein Lückenbüßer«, fuhr ihr Julian über den Mund.

»Du hast sie mit mir betrogen«, presste Grace zwischen den Zähnen hervor und sah wie Julians Adamsapfel hüpfte. Vielleicht sogar nicht nur mit ihr, überlegte Grace bitter, wenn sie an das Filmchen dachte, das ihr Mike gezeigt hatte. Sie hätten wirklich ein Kondom benutzen müssen.

»Das ist reine PR. Wir sind kein Paar.«

Graces Blick huschte zu Megan, die sie beide misstrauisch beäugte.

»Das sieht sie aber anders«, flüsterte Grace traurig.

»Und wie siehst du es?«, fragte er genauso leise. »Du hast auch betrogen. Und dir war es in dem Moment so scheißegal, wie mir auch. Als ich in dir war und du mir diese Dinge zugeflüstert hast, da ...«, Julians Stimme überlagerte etwas, das Grace nicht deuten wollte und bevor er weitersprach, legte sie ihre Finger leicht auf seine Lippen. Fragte fieberhaft ihr Innerstes, was sie ihm wohl alles gesagt haben mochte. Das ließ sie wieder hart schlucken. Strich sich eine Strähne hinters Ohr.

»Ich habe niemanden betrogen«, stellte sie klar, doch ihrer Stimme fehlte die Kraft.

»Ist dabei jetzt das Betrügen wichtig, oder was zwischen uns passiert ist?«, fragte Julian, schon mit sehr viel mehr Vehemenz in der Stimme. Unwillkürlich schüttelte sie leicht den Kopf. Setzte zum Sprechen an.

»Gracie, Liebes«, flötete eine männliche Stimme und Julian drehte sich erschrocken um.

»Philipp«, brach es überrascht aus ihr heraus und Julian wusste nicht, in welchem falschen Film er sich gerade befand, als Philipp Grace auf den Mund küsste.

»Ich sagte doch, du musst nicht kommen. Es ist alles gut«, flüsterte Grace. Sah im Augenwinkel, wie Julian einen Schritt nach hinten trat. Den Stich versuchte sie mal wieder zu ignorieren.

»Das hat keinen Sinn. Ich muss wieder zur Arbeit«, damit drehte Julian sich um und gesellte sich wieder zu dem kleinen Grüppchen von Fotograf und Crew.

»Übrigens, die Bilder sind der Hammer. Vielleicht sollte ich mich doch unters Messer legen.«

Leslies Stimme war das Lächeln durchaus zu entnehmen. Gerade hatte Grace sie angerufen, um sich zu vergewissern, dass die junge Frau wohlbehalten in ihr Hotel am Strand angekommen war. War sie und musste heftig lachen, als Grace ihr die ganze Geschichte ihrer Tortur der letzten Tage erzählte. Die Nacht mit Julian ließ sie vorsorglich jedoch aus. Sonst würde Leslie wieder von Seelenverwandtschaft und so einen Quatsch anfangen.

»Was für Bilder?«, schreckte Grace nach oben.

»Na, die auf deinem Account«, erklärte ihr die Freundin. Doch Grace sah das ganze Missgeschick schon auf ihrem Monitor. »Scheiße«, fluchte sie laut und kappte aus Versehen das Gespräch. Mürrisch sah sie in den Spiegel der Damentoilette, richtete sich eine Haarsträhne und rief Leslie wieder an.

»Irgendjemand hat meinen Account gehackt. Die hab ich nicht reingestellt«, rechtfertigte sich Grace, doch Leslie tat es als unwichtig ab. Hauptsache sie waren online und Grace hatte doch nun das, was sie immer wollte. Leslie sprach es so ruhig und nett aus, dass Grace ihr gar nicht böse sein konnte, diese Behauptung aufgestellt zu haben. Den Stempel bekam sie wohl nie wieder abgewaschen.

Wie lange wohl so eine Botox-Spritze halten würde?, überlegte Grace angesäuert, als sie wieder in den Spiegel sah und ihr Smartphone in der Tasche verstaute. Frischen Lipgloss auftrug und schon im Kopf ausrechnete, was ihre neue Brustoperation wohl kosten mochte. Zog den Ausschnitt etwas mehr nach unten. Eine Körbchengröße nur. Nur eine mehr.

»Klasse hinbekommen.«

Erschrocken fuhr sie herum. »Das ist die Damentoilette«, sprach sie überrascht und sah Lucas fest in die Augen. Er war eindeutig auf Krawall gebürstet. Die Unterlippe nach vorne geschoben, die Augen zu Schlitzen geformt, sah Lucas sie wütend an.

»Was?«, fragte sie hauchend. Beugte sich wieder weiter zum Spiegel vor. Selbst sie sah, durch den Spiegel, wie ihre Hand zitterte, als sie noch mehr Lipgloss auftrug, den sie gar nicht mehr benötigte.

»Das hättest du mir sagen können.«

Verwirrt runzelte Grace die Stirn. Stopfte den Lipgloss wieder in ihr Abendtäschchen.

»Du warst bei Lloyd zu einer Audition.«

Jetzt wusste Grace wenigstens um was es ging. Freier lehnte sie sich mit der Hüfte gegen das kalte Emaille.

»Das ist zehn Jahre her.«

Wild fuhr sich Lucas durch die Haare. So aktiv hatte Grace ihn schon lange nicht mehr gesehen. Er schien aufgewühlter, als an jenem Tag, an dem Grace mit ihm Schluss machte.

»Es ist egal, wann es war. Du hast es schamlos ausgenutzt.«

»Ich war bei ein paar Auditions, ja das stimmt. Aber ich konnte nie etwas ausnutzen, weil ich nie etwas erreicht habe, mit diesen dummen Vorstellungsterminen. Da hatte ich mich komplett in etwas verrannt.« In eine Vorstellung, selbstständig sein zu können. In die Vorstellung, endlich von ihren Eltern für etwas geachtet zu werden.

Betreten sah Grace auf ihre spitzen Schuhe, als ihr die eigene Wortwahl übel aufstoß. Hier stand ein Mann vor ihr, den sie ausgenutzt hatte. Durch den sie etwas erreicht hatte. Den sie betrogen hatte, mit ihrer bloßen Existenz.

»Woher weißt du davon?«

»Es ist im Internet«, antwortet Lucas wieder gefasst. Na klar, im Internet. Wann ihre Magenspiegelung wohl im Internet auftauchen würde? Immer wenn sie nicht wusste wie weiter, ging sie auf Konfrontation.

»Du hast das Filmchen von Julian und dieser Frau ins Netz gestellt, oder?«

Lucas schien ehrlich überrascht zu sein. Wohl weil sie ihn überführt hatte.

»Du bist eiskalt, wie alle hier«, giftete Grace kühl. Doch Lucas zuckte nur mit den Schultern.

»Wenn du oft genug deine Silikon-Dinger vor die Kameralinse gehalten hast, wirst du bald merken, wer deine Freunde sind und wer nicht.«

»Du ekelst mich an«, mit Tränen in den Augen, schüttelte sie den Kopf.

»So läuft das eben, Baby. Die Ratten wissen, wann sie das sinkende Schiff verlassen müssen. Und in diesem Fall bezeichne ich mich gerne so.«

Kurz hatte sie damals, nach dem Verschwinden Lucas` daran geglaubt, dass er wegen ihr gegangen sei. Dass er wirklich ein gebrochenes Herz hätte und schluchzend in einer Ecke saß und heulte. Der Gedanke war jede Sekunde eindeutig zu lang gewesen.

»Philipp Meyer.«

Der große Braunhaarige reichte Julian die Hand. Julian erwiderte seicht lächelnd den Händedruck. »Sie haben ja eine Mordstour hingelegt.«

Julian nickte nur und war froh, als ihn jemand ansprach, den er zwar nicht kannte, ihn aber trotzdem in eine Konversation verstrickte. Doch so leicht ließ sich Philipp nicht abwimmeln. Beharrlich wartete der Mann an seiner Seite, neuerlich ins Gespräch zu kommen und war auch noch dreist genug, locker in die Konversation mit einzusteigen. Und je länger er Philipp musterte, desto sicherer wurde Julian in der Annahme, dass er hervorragend zu Grace passte. Der preisgekrönten Journalistin, der adrett anzusehenden Brünetten, an ihrer Seite der intellektuelle Schriftsteller. Julian versuchte angestrengt bekannte Gesichter im Geiste durchzugehen. Doch ihm fiel beim besten Willen nicht der Name zu dem unbekannten Mann ein. War erleichtert, als er sich verabschiedete, jedoch wäre es ihm lieber gewesen, wenn der Philosoph gegangen wäre. Verzweifelt sah er sich nach Megan um, doch die schien wie vom Erdboden verschwunden zu sein.

»Ich weiß, dass Grace etwas mit Ihrem Persönlichen Assistenten hatte, aber hatten auch Sie das Vergnügen?«, fragte Philipp und Julian blieb der nächste Schluck im Halse stecken.

»Nein, und für andere kann und will ich nicht sprechen«, war seine spontane Antwort. »Sie sagte jedoch, sie würden eine Pause einlegen«, lächelte Julian hochnäsig.

»Ein Gentleman hätte das trotzdem nicht gemacht«, frotzelte Philipp, genauso falsch lächelnd.

»Na, da Grace auch keine Lady ist, passt es doch«, höhnte Julian und rechnete, noch bevor er den Satz vollenden konnte, mit der Faust seines Gegenübers an seinem Kinn. Aber der Philosoph schien von Handgreiflichkeiten nicht viel zu halten. Nur ein Lächeln hing in seinem Mundwinkel.

»Wenn Sie ihren Stammbaum kennen würden, hätten Sie das nicht gesagt.«

Vor Augen geführt zu bekommen, dass Julian eigentlich nichts aus Graces Welt wusste, nichts über ihre Vergangenheit, hinterließ einen bitteren Geschmack auf der Zunge, als er an seinem Glas nippte.

»Sie ist nicht dieser Typ Frau«, damit deutete Philipp offen auf Julians letzte Film-Kollegin, »auch wenn sie das gerne wäre. Grace will unbedingt Kinder haben.«

»Das will diese Frau vielleicht auch«, lächelte Julian seicht.

»Die Menschen hier scheinen mir nicht ... na ja, wie soll ich sagen ... dem häuslichen Typus Mensch anzugehören.«

»So erscheinen Sie mir auch nicht«, konterte Julian und wusste, dass er es nicht geschafft hatte, denn Philipp entkam nur ein recht gelangweiltes Schmunzeln.

»Aber ich weiß, wo meine Pflichten liegen würden, wenn es soweit wäre.«

Julian war klar, dass sein Gegenüber damit deutlich sein Revier abstecken wollte und zeigte ihm unmissverständlich auf, wem Graces Zukunft gehören sollte. Die Schauspiel-Szene sollte es wohl nicht sein. Und mit dem Erscheinen des Paares, hatte Grace ein klares Statement abgegeben.

»Wollen Sie Kinder?«

Julian schüttelte lächelnd den Kopf. »Lieber nicht. Dafür bin ich zu egoistisch veranlagt.«

»Wenn Sie so argumentieren, könnten Sie ja nie eine Beziehung führen«, lockte Philipp ihn.

»Na, dann haben Sie ja meine Schwachstelle ausgemacht«, sprach Julian möglichst gelassen und hörte selbst das Aufgeben in seiner Stimme, bevor er lautstark die Champagnerflöte auf das nächstbeste Tablett knallte, Lucas erblickte, wie er ihn winkend in das nächstbeste Hinterzimmer lockte.

Angst, Angst, keine Luft, Schnappatmung, Angst

»Du Mistkerl«, schrie Grace über den Musiklärm. Doch der Pegel ihrer Stimme verlor gegenüber dem Beat. War einfach nicht hoch genug. Wütend schob sie sich durch die Menge, bis sie an der Treppe aufgehalten wurde, als sie nach oben in den VIP-Bereich wollte.

»Ich muss zu Mike«, schrie sie und deutete über die Schulter des Bodyguards. Doch der schüttelte nur den Kopf und rührte sich kein Stück. Sie versuchte es ihm zu erklären, doch der Schrank von einem Mann schüttelte nur wieder den Kopf. Keinerlei Mimik im Gesicht.

Wütend stampfte sie auf und schrie nach Mike. Doch der stand mit dem Rücken zu ihr. Ihr Blick fiel auf Megan. Die Blondine hatte sie ganz eindeutig gesehen. Hektisch winkte Grace ihr, doch die junge Frau drehte sich einfach um. Schmiegte sich in die Arme von Julian, der lächelnd auf sie herabsah und sie enger an sich zog, bevor er sie küsste. Mit offenem Mund versteinerte Grace in ihrer Bewegung. Bevor sie schwer schluckend wieder den Rückzug antrat. Als sie auch noch Tom in die Arme lief.

»Kannst du Mike bitte sagen, dass er ein Arschloch ist«, pfefferte sie ihm ins Gesicht. Und als er noch verwirrter aussah, fügte sie knurrend hinzu: »Und du kannst gerne erwähnen, dass ich es gesagt habe.«

»Um was geht es eigentlich?«

Zwei Frauen schoben sich an ihnen vorbei. Grace fing den weiblichen Duft auf und musste komischerweise schlagartig an ihre Mutter denken.

»Ihr seid alle so ein verlogener Haufen«, hauchte sie, mit Tränen in den Augen, bevor sie den ganzen Weg rennend zu ihrer Suite zurücklegte.

Der nächste Morgen kam zu schnell und schwer stand sie von der Couch auf. Philipp schlief noch im Bett und mit der Geste, des Schlafens auf der Couch, hatte Grace ein klares Statement abgegeben. Philipp war erst sehr spät ins Zimmer gekommen und Grace beeilte sich alleine zum Frühstück zu gehen. Doch am Abend, als sie alleine an der Rezeption zum Check-Out stand, war er wieder neben ihr.

Sie hätte niemals gedacht, einen Klos im Hals zu verspüren, als sie daran dachte, wie es wäre Tom die Hand zu reichen, Leslie links und rechts zu küssen, Mike zuzulächeln, wenn er ihr zuzwinkerte. Dieser chaotische Haufen war ihr oft auf die Nerven gegangen und doch war gerade dieser Haufen auch ihre Familie gewesen, die letzten Wochen. Doch keiner war hier und Grace wurde schlagartig bewusst, was sie damals Julian nur so lapidar gestanden hatte. Die Leere, die kannte jeder einmal. Fester kuschelte sie sich in Philipps Arme. Blickte sich noch einmal um. Verharrte in ihrer Bewegung. Er hatte sie bemerkt, doch Julian ging an ihr vorbei, ohne ihr in die Augen zu sehen. Ein innerer Drang fragte sie, ob sie ihn so einfach gehen lassen konnte. Ohne ein Wort, einen Blick?

Sie war fest davon überzeugt, dass Julian nicht ohne Grund hier an der Rezeption aufgetaucht war. Wollte er sich verabschieden? Noch einmal versuchen zu klären. Dinge, für die es wohl keine Erklärung gab. Das gab es bei der Liebe nie, dachte sich Grace bitter.

Sanft aus der festen Handumklammerung von Philipp lösend, ging sie in die Richtung, in die Julian verschwunden war. Sie entschuldigte sich nicht einmal für ihr Verschwinden. Sie konnte nicht anders, als ihm zu folgen. Fester zog sie ihren Parka um sich, als sie in die kalte Nachtluft trat. So viel anders, so reiner und frischer, als in Vietnam. Auf dem Balkon waren große Kerzen, in überdimensionalen Laternen angezündet. Fackeln standen bereit, um mit in den Garten genommen zu werden. Ihre Augen brauchten einen kurzen Moment, um sich vom hell beleuchteten Spielcasino an das romantische Licht zu gewöhnen. Julian stand mit dem Rücken zum Eingang des großen Saals. Die Hände auf der Marmorbalustrade abgestützt, den Kopf zwischen die Schultern gezogen. Sein Blick starr in die Nacht gerichtet. Ihre Anwesenheit schien er nicht bemerkt zu haben.

»Verschwinde, Grace.«

Gut, vielleicht hatte sie sich geirrt. Sein Tonfall zeigte ihr eigentlich an, nicht weiter zu gehen. Julians Stimmung ließ sich schon immer gut von seiner Tonlage ablesen. Doch sie bewegte sich automatisch auf ihn zu.

»Ich habe Philipp gesagt, dass er nicht kommen soll.«

»Du musst dich vor mir nicht rechtfertigen«, gab Julian leiser zurück und Grace begriff zum ersten Mal, zu was dieser Satz wirklich im Stande war, in einem auszulösen.

»Es hat keinen Sinn. Das hast du selbst gesagt«, sprach sie fest. Beobachtete ein Liebespärchen, wie sie Händchenhaltend in den Garten gingen. Verwrang ihre eigenen Finger, um ihnen einfach eine Beschäftigung zu geben, um ihnen nicht unnötig die Zeit zu lassen zu zittern.

»So war das nicht gemeint gewesen.«

Frustriert, weil schon wieder alles so schief lief, raufte er sich die Haare. Mit einem Ruck drehte er sich zu ihr um. In seinen Augen las sie nur Ablehnung. Diese kalten Augen ließen sie einen Schritt zurücktreten. Vor nicht einmal 48 Stunden hatten sie diese Augen noch voll Zuneigung angesehen. Sie ahnte, was sie gerade wirklich verlor. Ihr war auf einmal sehr kalt. Wie zum Schutz überkreuze sie ihre Arme. Gab sich selbst Halt.

»Brav, wie ein Püppchen hast du dich verhalten und beglückwünschen lassen, dass du den Junkie-Superstar rechtzeitig hergebracht hast.« Der Sarkasmus tropfte nur so aus seinen Worten heraus.

»Ich bin kein Püppchen.«

Ihr Widerstand war wieder da. Beleidigen ließ sie sich bestimmt nicht. Instinktiv schob sie, wie ein kleines schmollendes Kind, die Unterlippe leicht nach vorne. Auch er verkreuzte jetzt die Arme vor sich und legte den Kopf etwas schief. Ein süffisantes Grinsen umspielte seinen Mund.

»Nein?« Das Wort schwebte zwischen ihnen. Seine Augen wanderten abwertend über ihre Kleidung. »Du bist nicht mehr die gleiche Grace, wie in Vietnam.«

Sie verstand nicht, was er ihr damit sagen wollte.

»Du auch nicht. Das hier ist eben die harte Realität.«

»Ich hasse das hier. Ich kann dir nicht den Hof machen.«

»Dann lass es bleiben.«

»Das kann ich auch nicht«, antwortete er so ehrlich, dass es ihm sogleich peinlich war. Seine Augen wollten ihr so viel erzählen. Ihr zeigen, was er dachte, was er fühlte, empfand. Und wovor er Angst hatte. Sie schauten sie voll Sehnsucht an. Voll Sehnsucht nach einer Antwort von ihr. Aber Grace war es gerade auch, als könnte sie diese Sprache nicht identifizieren.

»Warum nicht?«, fragte sie nach. Darauf erwiderte er nichts und Grace war mittlerweile klar, dass sie auf die wirklich wichtigen Fragen wohl nie eine Antwort von ihm bekommen würde.

Genervt von sich selbst, fuhr er sich wieder durch die Haare.

»Warum bist du abgehauen?«, fragte er.

»Das weiß ich nicht«, antwortete sie. Die Ehrlichkeit schnürte ihr jedoch fast die Kehle zu, denn eigentlich lag ihr die Antwort schon auf der Zunge. Natürlich wusste sie, warum sie gegangen war. Warum sie immer wieder ging. Oder wie es ihr Vater einmal so schön sagte, sie immer wieder davonlief. Vor Tatsachen, die sie ängstigten. Denen sie durch ihr Weglaufen glaubte aus dem Weg gehen zu können. Aber in den Momenten, wenn sie genau das begriff, schlug sie immer wieder den gleichen Weg ein: den anderen Menschen zu konfrontieren.

»Ich finde jedoch die Frage viel interessanter, warum dich das so gestört hat, dass ich gegangen bin«, kurz hielt sie inne, denn wenn er jetzt darauf antworten würde, wäre alles geklärt.

Das habe ich dir schon einmal gesagt, dachte sich Julian bitter. Er würde es nicht noch einmal laut formulieren. Wenn sie nicht begriff, nach all dem, was er ihr gestanden hatte, dann war das auch nicht ihre Schuld, aber es zeigte, dass es hier nicht weiterging. Der Weg war wohl zu ende.

Seine Augen überschattete etwas, dass Grace jedoch nicht so schnell deuten konnte. Er würde doch womöglich kein Bedauern über ihr Verschwinden verspüren? Konnte sie ihn damit wirklich so verletzt haben?

»Ist es nicht eher so, dass ich dich in deiner männlichen Ehre gekränkt habe, als ich entschied wie es weitergeht«, sie sah ihm tief in die Augen, »mit uns.« Tief holte sie noch einmal Luft. »Und Megan?«, fragte sie heißer nach und fürchtete sich schon vor der Antwort.

Irritiert zog er die Augenbrauen zusammen.

»Sei ehrlich«, bat sie flüsternd. Indem er schuldbewusst zur Seite sah, gab er ihr die ehrlichste Antwort, die sie kriegen konnte. Tapfer lächelnd, da sie damit gerechnet hatte, ging sie noch einen Schritt weiter nach hinten und strich den Rock glatt.

»Ich habe mich gestern volllaufen lassen«, versuchte er sich zu rechtfertigen. Baute sich dann groß vor ihr auf. »Sie war eben da und du schon ...«, doch weiter kam er nicht. Fassungslos sah sie ihn an und fing zu knurren an: »Sie war eben da? Sag mal spinnst du. Sie ist keine Ware, die du einfach benutzt, weil sie da ist.«

Er musste Frauen nicht verstehen, oder? Gerade eben schien sie noch sauer auf Megan zu sein und jetzt nahm sie sie vor ihm in Schutz.

»Ach so, verstehe«, lächelte Grace kühl, »Frauen sind eben einfach für dich da.«

Über sich selbst wütend, schüttelte sie den Kopf. Sie hatte doch tatsächlich für ein paar Augenblicke angenommen, dass das was er ihr vorletzte Nacht gestanden hatte stimmen würde.

»Wir haben viel Zeit miteinander verbracht«, seine Stimme wurde immer lauter und Grace hoffte, dass gerade jetzt niemand auf die Veranda trat.

»Wir auch«, erinnerte sie ihn hauchend und Julian sah wütend zur Seite.

»Dann hättest du das vielleicht posten sollen, anstatt die kleinen Schnipsel, die Megan und mich immer wieder in verfänglichen Situationen zeigten. Das Schneiden und Präsentieren von Unwahrheiten hast du ja super drauf«, presste er wütend hervor.

»Ich habe den Menschen nur die Wahrheit gezeigt und sie haben eben die richtige Schlussfolgerung daraus gezogen. Oder willst du jetzt allen Ernstes abstreiten, dass ihr nicht miteinander geschlafen habt? Und selbst wenn es reine PR-Scheiße wäre, dann ist euer Handeln noch verwerflicher. Mal ehrlich, Julian«, Grace verschränkte die Arme vor der Brust, »mit wie vielen von deinen weiblichen Co-Stars hast du mehr als nur ein paar Sätze vor der Kamera geteilt?«

Er war allmählich wirklich angefressen. Verzog den Mund, als hätte er in eine Zitrone gebissen. Wirkte wie ein trotziges Kind.

»Das war vor uns. Das ist doch eigentlich scheißegal.«

»Ist es nicht. Du wirst noch mehr Filme drehen und ich soll dann zu Hause bangend warten, ob du vielleicht doch Gefallen an einer Filmpartnerin gefunden hast?«

Was sie da gerade laut formuliert hatte, dass sie ihnen beiden doch eine womögliche gemeinsame Zukunft zusprach, das überhörte er leider.

»Du wirfst mir PR-Scheiße vor? Da kennst du dich ja mittlerweile sehr gut aus«, pfefferte er ihr wütend an den Kopf. Ging nicht weiter auf ihren Einwand ein und das schmerzte mehr, als dass er ihr auf seinem Smartphone die anzüglichen Bilder zeigte, die Mike von ihr gemacht hatte.

»Die habe ich nicht ins Netz gestellt«, sprach sie leise, aber gefasst und sah zur Seite.

Abrupt stieß er sich von der Balustrade ab und eilte nach Innen.

»Klasse, hau nur ab, wenn es zu schwierig wird. Du bist ein Kindskopf«, schrie sie ihm hinterher.

Nur ein Traum?

»Grace?«

Philipp sah sie fragend an. Nahm seine Jacke und schritt Richtung Gate. Kurz vor der Kontrolle drehte er sich noch einmal zu ihr um. »Kommst du? Der Flieger wurde aufgerufen.«

Wie versteinert stand sie am gleichen Fleck. Sie wollte gehen. Weg von Julian. Nach Hause fliegen.

»Verzeih mir, Philipp«, bat sie atemlos und rannte los. Bis sie außer Atem vor einer großen Holztür stehenblieb. Das Klopfen verhallte und Grace war sich nicht sicher, ob sie noch einmal klopfen oder doch lieber den Rückzug antreten sollte. Doch die Entscheidung wurde ihr abgenommen, indem die Tür von innen aufgerissen wurde und eine halbnackte schwarze Schönheit sie lächelnd von oben bis unten musterte.

»July, Besuch«, säuselte die Unbekannte. Grace hörte Julian lachen, noch bevor sie ihn sah. Mit dem Kopf nach unten, versuchte er seine Hose zu schließen und hielt in seinen Schritten sofort inne, als er Grace in der Tür stehen sah. Überheblich wirkend funkelten ihre braunen Augen ihn an. Lässig lehnte sie sich gegen den Türrahmen und musterte die andere Frau eingehend von oben bis unten, dann ihn.

»Was ist es diesmal gewesen, July?«, fing sie höhnisch an. Seinen Spitznamen besonders hart betonend, »Wodka oder Tabletten?«, sie zog eine Augenbraue in die Luft und starrte ihn regelrecht an. Verankerte ihre Augen mit seinen und Julian schluckte hart.

»Beides«, antwortete er ehrlich und die Frau keuchte erschrocken auf. Während sich Grace vom Türrahmen abstieß, wandte sie sich ihr zu.

»Schon gut. Ich bin weder von der Presse, noch eine seiner Ex, die dir die Hölle heiß machen werden«, damit drehte sie um und alles zerriss wie ein Nebel in der Morgensonne.

Wärme umgab sie und Grace realisierte erst nach und nach, dass sie im Flieger nach Hause saß, eingemummelt in eine weiche Decke. Neben sich Philipp schlafend. Die Turbinen der Maschinen laut und unangenehm. Mit zittrigen Fingern suchte sie in ihrer Handtasche nach den Kopfschmerztabletten und schluckte sie ohne Wasser hinunter. Draußen ging gerade die Sonne auf. In einer Stunde würde sie wieder zu Hause sein. In ihrem Bett. In ihrem Leben. Wenn ihr Traum wahr gewesen wäre, dann war sie mit dem Erwachen wohl der peinlichsten Situation der sie sich je freiwillig ausgesetzt hatte entflohen. Dem Aufschrei ihres hart pochenden Herzens jedoch konnte sie nicht entfliehen.

Und entfliehen konnte sie auch nicht den ständigen Nachrichten über Julian und Megan. Selbst nach zwei Monaten schienen die beiden noch ein beliebtes Objekt der Boulevardpresse zu sein, egal ob auf Hawaii am Strand oder in Berlin auf der Fashion Week. Vielleicht hatte sie sich doch getäuscht, überlegte Grace, als sie den Laptop ausschaltete. Die beiden verband wohl doch mehr, als nur ein gemeinsamer Film und ein paar Nächte und wieder kam Grace Megans sanftes Lächeln in den Sinn, als sie die Blumen von Julian übergab.

Wütend pfefferte Grace ein Kissen auf den Boden. Sie war wütend auf Julian, dass er sie so in eine Falle hatte tappen lassen. Sie war wütend auf sich selbst, dass sie sich verliebt hatte. Sie war wütend auf Philipp, dass er sie nicht halten konnte. Selbst als sie wirklich alles gab, bei ihrem erneuten Versuch – der wievielte Anlauf war es nun gewesen? Sie war wütend darauf, dass Julian wohl recht behielt und Philipp allen Ernstes bei ihrem endgültigen Gespräch gestand, dass der momentane Rummel um ihre Person ihm zuwider war. Ja, er hatte wirklich gesagt, es wäre ihm zuwider. Innerhalb von zwei Monaten lernte sie vier Männer auf eine ganz andere Art und Weise kennen, die sie ihnen so nicht zugetraut hätte. Nicht so konsequent und selbstverliebt, ihr als Person gegenüber. Ihrem gesunden Gespür für Menschen zweifelte sie schon lange an.

Wie wäre ihr Leben gelaufen, wenn sie nicht mit nach Vietnam geflogen wäre? Wie, wenn sie nicht mit Lucas geschlafen und nicht diesen Job angenommen hätte? Darüber grübelte sie auch nach, als sie sich, im Schneidersitz, vor ihre Waschmaschine setzte und ihrer Unterwäsche dabei zusah, wie sie bei 60° Celsius ihre Runden drehte. Sie hätte ihre erste Begegnung mit Julian irgendwann vergessen. Ihm genauso wenig Aufmerksamkeit im Fernsehen geschenkt, wie zuvor auch. Sie hätte nie diese großartige Erfahrung gemacht, mal etwas anderes zu sehen, als Amerika.

Verstohlen, obwohl sie hier kein Mensch sehen konnte, wischte sie sich mit dem Pulloverärmel die Tränen von den Wangen. Versuchte beim Putzen des Bades und lautstarker Rockmusik, wieder Herr ihrer Sinne zu werden, doch als sie auf die Personenwaage stieg und feststellen musste, schon wieder zwei Kilo zugenommen zu haben, schmiss sie sich aufs Bett und stopfte sich mit Absicht noch einmal eine Tafel Schokolode in den Mund. Bleckte der hölzerne Maske, die sie damals auf dem Markt in Hanoi gekauft hatte, die Zunge aus. Und wenn sie an Hanoi dachte, dachte sie auch an Leslie. Sie musste die kleine Blondine unbedingt einmal wieder anrufen. Wie schade, dass sie es nicht geschafft hatten, das neue Jahr zusammen feiernd zu begrüßen.

Lächelnd besah sich Grace wieder die Strand-Postkarte, die ihr Leslie geschickt hatte. Locker hing sie an einer Schnur, an einem Ohr der

Holzmaske. Ging die Bilder durch, die sie mit ihrem Smartphone während der Vietnam-Zeit geschossen hatte und lachte mehrmals herzlich laut auf, als sie Leslie und sich selbst dabei sah, wie sie ausgelaugt auf der Treppe ihres Bungalows saßen, Grimassen ziehend, den Schweiß auf der Stirn stehend, nachdem sie meinten, sie müssten den Sportsgeist der Crew anheizen und mit dem Hula Hoop anfangen. In tropischen Breitengraden eher kein Sport, der für lange Ausdauer sorgt.

Sie scrollte die Bilder von vorletzter Nacht durch. Silvester: ausgefallen, ausgelassen, Tröten, Alkohol, Luftschlangen, Alkohol, Konfetti, Alkohol – fiel ihr zu diesen Bildern ein. Die konnte sie wirklich niemanden zeigen, dachte sie sich grinsend. An einem Bild blieb sie länger hängen: Marie strahlte sie von der Seite an, sie selbst sah lachend in die Kamera. Ihre Hände waren ineinander verschlungen.

Geistesabwesend griff sie nach einer weiteren Rippe Schokolade und ließ sie sogleich wieder fallen. Eine Agentur für ältere Models hatte bei Grace für ein Engagement angefragt, genauso wie eine Firma die Pornofilme produzierte. Sah sie wirklich wie eine dieser Frauen aus?, überlegte sie und kam wieder von dem Gedanken ab, ihre Brüste noch einmal vergrößern zu lassen.

Gestern hatte sie dann ein Jobangebot von einer PR-Firma erhalten und Grace wusste, dass sie eigentlich nicht ablehnen konnte. Die Wohnung wollte bezahlt werden, der Magen wollte Nahrung, also griff Grace zum Telefon, doch das Klingeln an der Haustür hielt sie davon ab. Mühsam rappelte sie sich auf und machte große Augen, als ihr Mike mit einem breiten Grinsen gegenüberstand.

»Mit dir habe ich nicht gerechnet«, brach es überrascht aus ihr heraus.

»Willst du mich nicht hereinbitten?«, fragte er vorsichtig und sein Lächeln verschwand allmählich, als sich ihr Gesicht immer noch nicht in Freude erhellte.

»Nein«, kam es kurz und prägnant von ihr zurück. Lehnte sich, mit verschränkten Armen vor der Brust gegen den Türrahmen.

»Okay. Darf ich auch wissen, warum nicht?»

»Weil du ein Arschloch bist.«

»Aha. Und warum?«

Zum ersten Mal, seit sie sich Mike wieder gegenübersah, fing sie an nachzudenken. Er wirkte ehrlich überrascht. Aber so wirkten andere Männer die letzte Zeit auch auf sie und hatten damit großen Erfolg bei ihr gehabt.

»Du hast mich schamlos ausgenutzt. Bilder von mir gemacht und sie ohne meines Wissens auf meinen Account ins Internet gestellt. So dass alle Welt sie sehen konnten.«

Stirnrunzelnd kratzte er sich am Hinterkopf. »Ich soll was gemacht haben?«

Wütend wollte sie die Tür schließen, doch Mike schob seinen Fuß dazwischen. Drückte sich an ihr vorbei, in das kleine Appartement.

»Ich will dich hier nicht haben«, knurrte sie und ballte die Hände zu Fäusten.

»Ich dachte, du hättest die Bilder selbst ins Netz gestellt«, sprach Mike ruhig.

»Woher hätte ich die Bilder haben sollen?«

»Von meinem Fotoapparat, den du dir hin und wieder ausgeliehen hast«, erklärte er ihr. Jetzt schon etwas ungehaltener.

»Warum sollte ich das machen?«

»Warum?«, lachte er ehrlich amüsiert auf, »weil du bekannt werden wolltest, vielleicht?«

»Traust du mir das wirklich zu?«

Lange sah er sie nur an. »Na ja, Grace, ehrlich gesagt, schätze ich dich schon so ein, dass du sehr bewusst handelst, um bestimmte Dinge zu erreichen«, kam es offen zurück. Verstohlen sah er sich um.

»Das hätte ich vor zehn Jahren gemacht, aber jetzt nicht mehr«, nuschelte Grace und gab damit etwas zu, was sie nie für möglich gehalten hatte, jemanden zu gestehen. »Aber das mit dem ›berechnend sein‹ stimmt vielleicht sogar.«

Darauf ging Mike nicht näher ein und sie war ihm mehr als dankbar dafür. Seine eigenen Fehler vor Augen geführt zu bekommen, das gefiel niemandem.

»Nett hast du es hier«, lächelte er schüchtern und drehte sich einmal um sich selbst. Damit dürfte er auch alles gesehen haben. Grace wusste, es war höflich gemeint, aber sie wusste auch, wie Mike lebte und Lucas und all die anderen Reichen und Schönen. Dagegen war ihre kleine Wohnung ein Mäuseloch. Etwas aufgeräumter zwar, aber immer noch ein dunkles Nichts.

»Ich hoffe, du hast die Fotos mittlerweile gelöscht, verbrannt oder was auch immer. Hauptsache sie existieren nicht mehr«, sprach sie gepresst, zwischen den Lippen hindurch, als sie in die Küche ging und Kaffee aufsetzte.

»Warum? Die sind gut geworden. Du hättest vielleicht eine Chance als Model gehabt«, lachte Mike zuckersüß und heiterte sie damit leider kein bisschen auf.

»Wer hatte noch deine Kamera?«, überlegte Grace laut, doch Mike zuckte nur mit den Achseln.

»Ich hab sie eigentlich immer bei mir gehabt, außer du hattest sie und ...«, er schien weiter zu überlegen. »Sie ging mit der Crew und Houston im Wagen zum Flughafen, wie das ganze persönliche elektronische Zeug. Damit nichts verloren und kaputt ging. Als reine Vorsichtsmaßnahme.«

Schwer schluckte Grace. Sie hatte die Lösung.

»Alles okay?«, fragte Mike besorgt nach, als Grace fest eine Hand auf ihren Bauch drückte.

»Mir ist ein wenig übel«, murmelte sie leise. Vielleicht hätte sie doch nicht so viel Schokolade essen sollen. Und vielleicht hätte sie dem Miststück Megan mal gehörig die Meinung stoßen sollen.

Der weitere Nachmittag mit Mike war lustig, war hie und da ernst und war entspannend. Sie wunderte sich, warum sie gerade mit diesem Mann so wütend gewesen war und eine Stunde später wieder alles so wie früher erschien.

»Hast du zu Julian Cole noch Kontakt?«, fragte er irgendwann unvermittelt und Grace sah aus dem Fenster, auf die Feuerleiter. »Nein.«

Und Philipp war wohl auch endgültig aus ihrem Leben verschwunden. Rief auch nicht für Neujahrsglückwünsche an und Grace beließ es dabei. Es tat nicht weh und ihr war klar, dass es somit Geschichte war.

»Ich wollte ihm damals nicht in die Quere kommen, ich glaube, das wäre nicht gut ausgegangen.«

»Du warst an Megan Houston interessiert?«, lächelte sie seicht und sah schnell weg, als in Mikes Augen dieser Ausdruck trat, den Männer immer bekommen, wenn sie gleich eine emotionale Bombe platzen lassen. Der Kuss war nett, aber keine Offenbarung und wenn sie an Mike dachte, dachte sie an Vietnam und das führte unweigerlich dazu, dass sie an Julian dachte. Leicht drehte sie den Kopf und strich ihm sanft über die Brust.

»Ich … tut mir leid, Mike.« Ihr war zum Heulen zumute.

»Hätte ich damals überhaupt eine Chance gehabt?«, fragte er leise, gegen ihr Ohr.

»Ich weiß nicht«, gab sie ehrlich zurück. Womöglich hatte er wirklich nie eine Chance gehabt.

»Danke für alles«, damit verabschiedete sie sich und Mike verstand.

»Bis irgendwann«, gab ihr noch einen Kuss an der Tür.

Abschied nicht gleich Neuanfang?

»Das habe ich noch nie gemacht«, lachte Grace ausgelassen und versuchte nicht wieder auf allen Vieren zu landen. Sie war mit Ryan in einer großen Eiskunstlaufhalle und es war schrecklich kalt. Sich die Bommelmütze weiter über die Ohren ziehend, schob sie sich in Richtung ihres Begleiters.

»Ich komme gerade aus Seattle und du lebst hier schon so lange, warst hier aber noch nie?«, lächelte er zurück und in Graces Magen fing es zu rumoren an. Sie wusste, was das zu bedeuten hatte und sie freute sich darüber. Es war gut gewesen, Ryans Einladung zu diesem Date anzunehmen. Gestern waren sie Essen gewesen und schon zehn Minuten später, als Ryan sie vor ihrer Wohnungstür abgesetzt hatte, rief er sie an, nur um zu überprüfen, ob ihre Nummer auch wirklich richtig sei. Was er genau wusste, denn vor zwei Wochen hatte er ihre Daten bei der PR-Firma, für die Grace jetzt arbeitete, aufgenommen.

Flink drehte er zwei Runden und blieb dicht vor ihr stehen. Die Lachfältchen um seine braunen Augen waren tief und Grace war fasziniert davon. Es verlieh ihm das gewisse Etwas, was seine grauen Strähnen im Haar etwas wettmachte.

»Gestern war sehr schön«, sprach er weich und Grace ahnte, dass jetzt das kommen mochte, wozu er sich gestern Abend noch nicht durchringen konnte. Sie konnte ihn nicht richtig berühren, die Handschuhe störten und ihre Lippen waren steif von der Kälte. Aber es war wohl der schönste erste Kuss den sie je erlebt hatte. Ryan war langsam, er war weich und sanft in den Berührungen. Das bestätigte sich auch wenig später in ihrem Schlafzimmer. Fest drückte sie sich an seine nackte Brust und zuckte kurz zusammen. Durch ihren Unterleib ging ein Stich, den sie so nicht kannte, nachdem sie mit einem Mann geschlafen hatte. Auch nicht, wenn sie kurz davor stand ihre Mensis zu bekommen. Doch die kam genauso pünktlich, wie ein Zug am Los Angeles Bahnhof und das Chaos setzte sich in ihrem Körper wohl fort.

»Alles in Ordnung?«, fragte er grinsend, als sie sich über den unteren Bauch rieb. Ein wenig schob sie sich zu ihm hoch und küsste ihn. Zog das Laken über sie beide, genoss es einfach nur, wie er ihr Gesicht mit seinen großen Händen hielt und schloss beruhigt die Augen, als wenig später das Plätschern des Wassers der Dusche ihr signalisierte, dass Ryan nicht einfach so gegangen war. Den Morgenkaffee tranken sie noch zusammen, bevor er ihre Wohnung mit den Worten verließ: »Hoffentlich noch auf viele weitere Morgenkaffees.«

Lächelnd schloss sie die Tür hinter ihm und rutschte an ihr herunter. Zog den Morgenmantel über ihren Kopf und biss in den Stoff. Strampelte mit den Beinen und freute sich wie ein kleines Kind, das zum Geburtstag endlich die richtige Puppe bekommen hatte. Auf nackten Füßen tänzelte sie in die Küche und spülte die Tassen aus, als ihr Smartphone zum Vibrieren anfing. Grinsend wischte sie sich die nassen Finger am Handtuch einigermaßen trocken, bevor sie abhob.

»Ich wollte nur überprüfen, ob die Nummer noch stimmt«, lachte Ryan. »Spinner«, lachte sie zurück und legte wieder auf. Da sie schon so gut drauf war, musste der Kühlschrank dran glauben und einen Säuberungsakt über sich ergehen lassen, wie auch die Fenster. Lächelnd putzte sie vor sich hin und wippte im Takt der Musik, mit dem Fuß.

Der Schmerz war zunächst pochend und Grace gab nicht viel darauf. Dann jedoch schlug ein Blitz ein und es traf sie so hart, dass es sie in die Knie zwang. Mit zittrigen Fingern hielt sie sich an der Küchenzeile fest. Krallte ihre Fingernägel in das Holz und versuchte mit geschlossenen Augen regelmäßig aus- und einzuatmen, um der Übelkeit, die sie überrannte Herr zu werden. Doch es half nicht. Laut aufkeuchend, fiel sie auf die Knie und hielt sich den Bauch. »Was?«, ihre geweiteten, überraschten Augen glitten an ihr hinab und Panik stieg in ihr auf. Ihr Schoß war rot. Rot vor Blut, das unangenehm zwischen ihren Oberschenkeln floss - klebrig und warm. Mit letzter Kraft raffte sie sich etwas auf und fischte nach ihrem Handy. Wählte die Notrufnummer und versuchte nur nicht in die Schwärze zu fallen, die sie magisch anzog, bis die Sanitäter endlich da waren.

Mit leeren Augen lag sie auf dem Bett. Wie ein Embryo eingerollt im Mutterleib und starrte auf die Baumwipfel, die leicht im Wind sich hin- und herwogen. Sanfte Bewegungen, wie eine Ballerina, dachte sich Grace. Elegant und wissend um die Macht, mit ihrer bloßen Ausstrahlung das Publikum in ihren Bann zu ziehen. Die Natur wusste auch darum – gerade sie wusste es. Die Naturgewalten, die einen hinwegfegen konnten, wann immer sie wollten. Wann immer es Zeit war, dem Menschen eine Lektion zu erteilen. Wann immer sie überheblich genug wurden, sich in ihrer egoistischen Ruhe wohl zu fühlen.

Sie wollte doch auch nur ein bisschen Frieden. Ein bisschen Ruhe. Ein bisschen Glück. Warum gelang ihr das nie?

Leicht strich sie über ihren flachen Bauch. Sie hatte etwas verloren, von dem sie gar nicht gewusst hatte, dass es vorhanden war. Dieses bisschen Glück. Vielleicht wäre es ihre Ruhe geworden. Ihr Pol für Sesshaftigkeit.

Grace ging in ihrem Selbstmitleid auf und gerade wollte sie niemanden, der sie aus diesem Chaos zog. Diese Ungeordnetheit, die eine überlegene Macht nicht in den Griff bekam. Der es egal schien.

Die Lider schlossen sich über ihren brennenden Augen. Doch die Dunkelheit hüllte das Chaos in düsteres Schweigen und konnte es dennoch nicht bannen.

Die Tür flog lautstark gegen die Wand und sein Duft erreichte sofort ihre Nase. Sie drehte sich jedoch nicht um, umklammerte nur noch mehr ihren Körper, mit ihren Armen. Doch es fröstelte sie so stark. Julians körperliche Präsenz in ihrem Rücken tat gut.

»Was ist los?«, abgehetzt fuhr er sich durch die Haare. Langsam drehte sie sich um. Sah ihn lange nur an. Seine braunen Haare, die ihm wild vom Kopf abstanden. Seine braunen Augen gehetzt wirkend, seine Hände zitternd, die den Reißverschluss seiner dicken Jacke aufrissen.

»Ich hatte eine Fehlgeburt.«

Die Überraschung und das anschließendes Entsetzen überschatteten seine Gesichtszüge.

»Das tut mir leid«, murmelte Julian, als er sich zu ihr aufs Bett setzte. Ihr wurde warm ums Herz. Er war extra hergekommen. Hatte alle Termine abgesagt, die Promotion unterbrochen, nur um hier zu sein. Ein weiches Lächeln umspielte ihre Lippen und sie hob die Hand, um über seine Wange zu fahren. Sie hatte ihn mit einer SMS gebeten hierherzukommen – zu ihr und er war gekommen.

»Ich weiß, wie sehr Philipp und du ... wie ihr euch ein Kind gewünscht habt.«

Ihre Hand fiel abrupt nach unten und ihre Gesichtszüge entgleisten. Seine Worte nahmen ihr schier die Luft zum Atmen und als der lebenserhaltende Modus wieder einsetzte, meinte sie an ungeweinten Tränen zu ersticken.

»Was?«, fragte sie ungläubig nach, schälte sich aus der Decke, fiel halb aus dem Bett, trat einen Schritt nach hinten. Verlegen kratzte sich Julian am Kopf.

»Na ja, ich meine ...«, doch weiter kam er nicht.

»Du Bastard«, spie sie aus und drückte sich an ihm vorbei, in Richtung Schrank. Wütend warf sie ihren kleinen Koffer, den ihr Helen gestern Abend mitgebracht hatte, auf das Bett und begann wahllos ihre Utensilien hinein zu pfeffern.

»Hör mal. Ich hab doch nur ...«, fing Julian wieder an und wieder wurde er von ihr unterbrochen: »Du hast was, Julian?«, fragte sie ruhig, aber ihre Augen sprühten vor Wut und Ärger. Als sie wieder aus dem Badezimmer eilte und ihre Zahnbürste unachtsam in den Koffer warf, sah sie ihn so intensiv an, dass es Julian kalt den Rücken runterlief.

»Ich war ehrlich zu dir, als du mich in jener Nacht gefragt hast.«

Die tiefen Falten auf seiner Stirn verrieten Grace, dass er noch nicht begriff, auf was sie hinauswollte. Fest umklammerte sie den Morgenmantel, den sie eigentlich gerade zusammenlegen wollte. Das war ja auch mit das Problem gewesen, warum es mit Philipp nicht mehr klappen konnte. Sie konnte ihn nicht einmal mehr küssen.

»Hast du nicht eine Sekunde daran gedacht, dass es dein Kind ist, das ich unter dem Herzen getragen habe?«, fragte sie heißer und Tränen bahnten sich ihren Weg hinab von ihren Wangen. Erschrocken sah er zu ihr auf und Grace erkannte die Überraschung in seinen Augen. Nein, er hatte nicht damit gerechnet. Diese Erkenntnis tat weh. Tapfer lächelte sie und räumte ruhiger ihre Sachen in den Koffer.

»Ich dachte nicht, dass …«, sprach er irgendwann in die Stille, die nur von Graces Geraschel hie und da unterbrochen wurde.

»Schon gut, Julian. Bitte, erspar uns das. Es ist vorbei.«

Sie streckte sich und fischte einen Pullover vom obersten Schrankregal.

»Ist es das wirklich?«, fragte er in ihren Rücken und Grace schloss gequält die Augen. Warum machte er das? Warum wollte er sie immer wieder ermutigen und ließ sie dann immer wieder eiskalt fallen?

»Ja, ist es. Sei doch froh«, sie drehte sich zu ihm um. »Es ist doch so gekommen, wie du wolltest.«

»Jetzt mach mal halblang, Mädchen«, fauchte er auf einmal los und wedelte mit den Händen in der Luft. »Ich wollte ganz bestimmt nie, dass du …«

»Aber du würdest doch auch kein Kind wollen. Sei doch nur einmal ehrlich«, schrie sie los und hielt sich in der nächsten Sekunde die Seite. Das entging auch Julian nicht. Gerade eben war sich Julian nicht mehr so sicher, was er eigentlich wollte und je länger er auf Grace sah, desto mehr wurde ihm bewusst, dass er sie ganz bestimmt wollte.

»Du glaubst doch immer noch nicht, dass es von dir war. Ich hör dein Gehirn rattern – warum sollte es nicht Lucas' sein?«, wütend schnaufte sie hart aus, »aber ich habe mit ihm verhütet – immer. Und so oft war das nicht, wie du vielleicht denken magst, wie er dir höchstwahrscheinlich erzählt hat.«

Dass er ihr immer noch nicht in die Augen sehen konnte, trieb Grace die Tränen nach oben.

»Du hast mich hierher gebeten«, erinnerte er sie eindringlich.

»Es ist ja auch dein Kind. Ich wollte es dir nicht einfach am Telefon sagen«, erklärte sie sich lautstark. »Tut mir leid, dass du dafür um die halbe Welt hast fliegen müssen.«

»Du entschuldigst dich jetzt nicht wirklich, oder?«, fing er wütend knurrend an. »Wenn du mich bittest zu dir zu kommen, würde ich von überall herkommen. Sofort. Immer. Weißt du eigentlich was für ein Höllentrip das war, weil ich nur wusste, du wärst im Krankenhaus? Verdammt, Grace«, brüllte er und Grace zuckte unwillkürlich zusammen. »Wenn du zu mir sagst ›Spring!‹, dann frag ich nicht ›Warum?‹, sondern nur ›Wie hoch?‹.«

In Fassungslosigkeit weiteten sich ihre Augen. Schwer lag ihre Hand auf ihrem Bauch.

»Ich will nach Hause. Bitte«, flehte sie halb und setzte sich auf das Krankenbett. Vergrub ihr Gesicht in ihren Händen und Julian hätte nichts lieber getan, als sie in den Arm zu nehmen. Ihr Trost zu geben. Trost von ihr zu erhalten. Denn gerade eben realisierte er wirklich, was sie gesagt hatte. Es war auch sein Baby gewesen. Er hätte ein Baby bekommen, mit der Frau die er liebte.

Dann tat er es einfach. Hob sie hoch in seine Arme. Gab der Krankenschwester ein paar Anweisungen. Ignorierte ihre Einwände, ignorierte den fragenden Blick der Taxifahrerin und bettete wenig später Grace auf ihr Bett. Zog die Vorhänge zu und setzte sich zu ihr. Leicht berührte sie seine Hand, wurde forscher und ihr Händedruck fester.

»Ist das Zittern eine Entzugserscheinung?«, fragte sie leise.

»Ja«, seine schlichte Antwort. Wieder waren ihre Augen gefüllt mit Tränen, als sie zu ihm aufsah. Sein Smartphone klingelte und missmutig drückte er den Anrufer weg.

»Megan?«

»Ich habe ihr nicht Bescheid gegeben und sie wird sich fragen, wo ich bin.«

»Du solltest ihr immer sagen wo du bist, damit sie sich keine unnötigen Sorgen macht«, lächelte Grace milde, strich sanft über seine Wange und schluckte hart, als sie ahnte, was jetzt kommen mochte, doch sie drehte ihren Kopf zur Seite. Julian hielt kurz inne, setzte dann jedoch einen federleichten Kuss auf ihre Halsbeuge. Strich mit der Nase vor zu ihrer Wange und küsste sie dort noch einmal. Rutschte zu ihr aufs Bett und Grace kuschelte sich an seine Brust, doch er war bald so schnell verschwunden, dass Grace nachdem sie wieder aufgewacht war, nur an einen bittersüßen Albtraum denken konnte.

Als sie das Wohnzimmer betrat, starrte ihr die Einsamkeit entgegen. Als sie ihren Blick nicht von dem roten Fleck auf ihrem Teppich nehmen konnte, fühlte sie sich allein. Die hölzerne Maske, diese Fratze, lachte sie höhnisch an. Kurz meinte sie, den Fahrtwind zu spüren, Julians Arm an ihrem Rücken, den Geruch von Benzin, das Horn der Lokomotive und lachende braune Augen, die aus einem Sturzhelm auf sie gerichtet waren.

Ihr Blick wanderte weiter zur Bücherwand. Es standen kaum noch Bücher darin. Das meiste hatte Philipp schon vor Vietnam mitgenommen. Sie hatte lange überlegt, wie sie die Regale wieder füllen könnte. Viel fiel ihr nicht ein. Sie hatte zwar schöne, große Bilderrahmen, aber mit was füllen? Die Bücher wirkten auf Philipp immer beruhigend, bei Grace war es immer das Gegenteil gewesen, seit dem Augenblick, als ihr Vater ihr Philipp auf einer seiner Lesungen vorgestellt hatte. Es war immer diese Unruhe gewesen, die sie seitdem mit diesem Regal verband und plötzlich wusste Grace auch, was dieses »Andere« war, nach dessen Erklärung sie so lange gesucht hatte.

Ein Ruck ging durch ihren Körper. Langsam sortierte sie die restlichen Bücher aus. Mit viel Bedacht und immer noch zittrigen Fingern, fing sie an den Teppich einzurollen. Die Tränen könnten ihn ohnehin nicht säubern.

Nein, die Zeit existiert nicht zeitlos und plötzlich war die Zeit vorbei.

Ein Flugticket kostet nicht viel,
die Liebe schon ...

Ihr Telefon klingelte und verwirrt sah sie auf die Anzeige. Mit seinem Anruf hätte sie nicht gerechnet.

»Julian?«, fragte Grace sogleich, als sie abhob.

»Nein«, war das einzige Wort, was Grace lange nur hörte. »Ich bin`s, Megan.«

Graces Herz hüpfte los und sie richtete sich mehr auf. Angespannt schnaufte sie kontrolliert aus. »Was kann ich für dich tun, Megan?«, fragte sie möglichst gelassen.

»Er hat dich im Kurzwahlspeicher.«

Grace verstand nicht, auf was Megan hinauswollte.

»Du spionierst ihm nach?«

»Würdest du nicht?«

»Nein.«

»Tja, da unterscheiden wir uns wohl.«

»Hast du getrunken?«

»Gibt hier ja genügend.«

»Megan, was willst du?«, fragte Grace nachdrücklicher.

»Für euch alle bin ich nur die dumme Gans, nicht? Ich liebe aber auch«, hauchte Megan und der nächste Satz ging unter dem nächsten Schwall an Tränen fast unter: »Weißt du, was er neulich zu Tom gesagt hat, als wir ein Problem mit dem DVD–Player hatten? ›Grace wüsste das Problem schon zu lösen.‹ Verdammt, ich saß neben ihm auf der Couch.«

»Da hast du dich bestimmt verhört«, versuchte Grace sie zu beschwichtigen.

»Er bringt sich noch um«, heulte Megan weiter und Grace hörte sie hart schlucken. Gequält presste Grace ihre Augen zu. Zog ihre Beine an sich und starrte in die Dunkelheit ihres Wohnzimmers.

»Schatz?«, Ryan stand im Türrahmen. Vom Flurlicht von hinten beleuchtet. Grace winkte nur ab und zeigte ihm mit einem Lächeln an, dass alles in Ordnung sei. Obwohl nichts in Ordnung war.

»Das geht mich nichts an«, sprach Grace leise, nachdem Ryan wieder ins Schlafzimmer verschwunden war.

»Natürlich tut es das«, kreischte Megan auf.

»Nein, verdammt. Es ist jetzt schon so lange her«, entkam es Grace rabiat. »Er war schon immer süchtig. Seitdem ich ihn kenne.«

»Auch davor, aber seitdem du ihn kennst ist er sehr viel extensiver drauf.«

»Was soll das heißen? Dass ich vielleicht schuld bin? Hör jetzt bloß auf, mir die Schuld in die Schuhe schieben zu wollen. Dein lieber Julian treibt es mit jedem Flittchen, das nicht bei drei auf den Bäumen ist und will mir das Gegenteil weiß machen. Gibt sogar seiner Sucht nach Schmerztabletten und Alkohol auch noch die Schuld, dass er das tut. Das ist nicht normal. Er braucht Hilfe.«

»Ja, dich«, schrie Megan jetzt und Grace hielt fassungslos den Hörer von ihrem Ohr.

»Er braucht einen Therapeuten. Er braucht ... Ach, was weiß ich, aber ganz bestimmt nicht mich«, fauchte Grace in den Hörer. Plötzlich wurde es ganz still am anderen Ende und Grace dachte schon Megan hätte aufgelegt.

»Meinst du, das ist einfach für mich?« Die Tränen waren immer noch deutlich zu hören, nicht nur durch das unterdrückte Schluchzen.

»Nein«, Grace schüttelte den Kopf, »ist es bestimmt nicht und ich habe wirklich großen Respekt davor, was du hier tust, aber ...«

»Du brauchst keinen Respekt zu haben, vor dem was ich tue. Ich lebe mit einem Mann zusammen, der eine andere Frau liebt. Das ist selbstverachtend und nicht respektwürdig.«

Darauf erwiderte Grace nichts. Der Respekt blieb trotzdem.

»Er hat es mir gesagt.«

Grace hielt kurz die Luft an. »Was genau?«, fragte sie fiebernd nach.

»Alles«, war Megans einfache Antwort und auf Grace brach wieder alles herein, was sie das letzte halbe Jahr so gekonnt von sich schieben hatte können. »Alles« konnte viel bedeuten, wobei in Julians und ihrem Fall »Alles« wohl kaum etwas hieß.

»Das hätte er nicht tun sollen. War er da wieder high?«, höhnte sie und versuchte ihre eigene Verunsicherung zu überspielen. »Da du ja anscheinend alles weißt, verstehe ich noch weniger, warum du so vehement versuchst, mich dazu zubringen wieder zu euch zu kommen.«

»Ich werde dich niemals zwingen, Grace. Auch nicht versuchen. Aber es macht ihn fertig. Er lebt nur noch in den Tag hinein. Hat keinerlei ...«

»Hör auf, Megan. Bitte«, flehte Grace regelrecht.

»Liebst du ihn?«, fragte Megan gefasst. Darauf konnte und wollte Grace keine Antwort geben. »Das war kein Nein«, sprach Megan bestimmend weiter. Grace drückte auf den Ausschalter. Mit einem lauten Tüten erlosch das Display und die völlige Dunkelheit hatte Grace überfallen.

Graces Mutter war vor nicht einmal einer Stunde urplötzlich vor der Tür ihrer Tochter gestanden. Adrett im goldenen Spitzenjäckchen, eine Perlenkette ruhte auf dem Blusenansatz und die Pumpsspitzen waren beide nach vorne gerichtet.

Sie passt nicht hierher, kam es Grace in den Sinn, als sie ihrer Mutter eine Tasse Tee überreichte und sich ihr gegenüber in den Sessel fallen ließ.

»Schön hast du es hier. Grün an Wänden und der lustige bunte Teppich. Das wirkt sehr ... na ja ... poppig ... vielleicht frisch«, sprach die ältere Frau weich, nachdem sie den ersten Schluck nahm und die Tasse elegant anmutend auf den Beispieltisch stellte, der überfüllt war mit Zeitschriften.

»Du kennst die Wohnung, Mutter. Was führt dich also wirklich hierher?« Die Worte waren harsch gesprochen und Grace schämte sich sofort im nächsten Moment. Das hier war immerhin ihre Mutter.

»Die Bilder haben uns sehr schockiert. Vor allem deinen Vater. Wir dachten, du hättest dir die Flausen aus dem Kopf geschlagen, als du wieder von Los Angeles zurückkamst und nichts erreicht hast.«

»Die Bilder haben wohl nicht nur euch geschockt«, nuschelte Grace in ihren heißen Tee. »Hat Daddy Angst sein guter Ruf könnte vom schwarzen Schaf der Familie wieder einmal beschädigt werden?«, höhnte sie lauter weiter und sah mit Wohlwollen, wie ihre Mutter bitter den Mund verzog.

»Denkst auch du, es geht immer nur um deinen Vater?«

Überrascht sah Grace auf. Die Augen ihrer Mutter klar auf sie gerichtet. »Ich fand die Bilder teilweise recht ansprechend. Du hast meine Schönheit geerbt. Das sagte mir zumindest David, in einer ruhigen Minute, unter vier Augen.«

Jetzt bekam Grace den Mund nicht mehr zu. Es ging nicht darum, was David zu ihrer Mutter gesagt haben mochte, es ging um den ersten Teil.

»Welche Schönheitsoperation hast du für demnächst ins Auge gefasst?«, stellte Graces Mutter ruhig die nächste Frage. »Du weißt, dass du damit nichts kompensieren kannst und du musst auch wissen, dass du damit nicht mehr erreichst.«

»Das stimmt nicht, damit erreicht man mehr – viel mehr«, höhnte Grace schief lächelnd.

»Nimmst du da deine Freundin Marie als Vorbild?«

Ja, Marie kam wieder angekrochen, als sie meinte eine Chance zu wittern, im Rampenlicht stehen zu können. Würde Grace nicht wundern, wenn sie es bei Lucas auch noch einmal versucht hätte.

Das Gespräch verlief in eine seltsame Richtung, befand Grace für sich. Nein, eigentlich verlief es in gar keine Richtung. Es blieb trotzdem seltsam.

»Dein Vater hat mir nie so etwas erlaubt.«

»Du hattest es doch auch nie nötig, Mutter«, stöhnte Grace auf und beobachtete die ältere Frau dabei, wie sie ihre Finger in ihren Schoß zu einem Knoten verwrang.

»Du doch auch nicht. Aber du versuchst damit etwas zu erreichen.«

Was wollte ihre Mutter damit erreichen?, schoss es Grace sofort in den Kopf. Langsam hob ihre Mutter den Kopf und ihre dunkelblauen Augen lagen weich auf ihr. Ein sanftes Lächeln umspielte ihre Lippen.

»Ich hatte eine Fehlgeburt«, entkam es Grace plötzlich und sie spürte, wie Tränen in ihr aufstiegen. Niemand, außer Helen, wusste davon. Selbst bei Ryan hatte sie es nicht übers Herz gebracht, mit offenen Karten zu spielen. Nein, es wussten noch mehr Menschen davon. Doch die waren weit weg in London.

»War es von Philipp?«, war das erste, was ihre Mutter fragte. Grace konnte nur den Kopf schütteln und strich sich die Tränen von den Wangen. Doch als Grace schon glaubte, sie hätte sich vor ein paar Sekunden in dem Blick ihrer Mutter getäuscht, der es zugelassen hatte, dass sie in diese sentimentale Stimmung verfiel, ihrer Mutter Intimes beichten zu können, etwas das nie funktioniert hatte, da setzte sich ihre Mutter zu ihr in den kleinen Sessel und nahm sie in den Arm.

»Acht Jahre und kein Verlobungsring – so etwas macht kein anständiger Mann mit einer Frau«, murmelte ihre Mutter gegen das weiche Haar ihrer Tochter. »Blond steht dir nicht wirklich, Schatz. Bitte geh morgen zum Frisör.«

Grapefruitsaft und Karamellriegel

Ihn so zu sehen war schockierend und schmerzhaft. Grace kannte ihn anders und plötzlich stiegen Bilder eines lachenden Julian in ihr auf, der sie verschmitzt von der Seite angrinste und sich lässig durchs Haar fuhr.

Angewidert stieg sie über Wodkaflaschen und Pillenröllchen. Verdutzt hob sie eines hoch und wurde durch die Aufschrift auf dem Etikett nicht schlauer. Medikamente mit Alkohol jedoch konnte keine gute Mischung sein. Das war selbst ihr klar. Laut riss sie die schweren Brokatvorhänge auf und ließ Sonnenlicht in das Schlafzimmer fluten. Riss ein Fenster auf, um die stickige Luft im Raum durch frische ersetzten zu lassen. Umdrehen jedoch hätte sie sich ersparen können. Auch wenn sie sich denken konnte, was hier los gewesen war. Sehen wollte sie den blonden Beweis jedoch auch nicht. Und es war eindeutig nicht Megan Houston, die neben ihm lag. Als sie über einen roten Spitzen-BH stieg, biss sie sich hart auf die Unterlippe. Wollte den Schmerz in ihrem Inneren auf etwas anderes lenken. Es gelang nicht.

Mit allen Vieren von sich gestreckt, lag Julian bäuchlings auf der Matratze. Um nicht sein Betthäschen zu wecken, schlich Grace regelrecht durch den Raum. Doch eine Bombendetonation hätte wohl auch nichts ausrichten können, an ihrer beider seelenruhigen Schlaf. Ruhig sah sich Grace weiter im Raum um. Kleidung lag verstreut herum. Seine. Ihre. Ihr Blick schweifte wieder zu seiner Gestalt und sie hielt für einen kurzen Moment den Atem an.

Er sah sie an. Hatte die Augen geöffnet, jedoch kaum fähig sich zu rühren. »Verzeih«, sprach er mit rauer belegter Stimme. Graces Blick glitt kurz zu der Blondine. Sah aus dem Fenster und wunderte sich, wie sich die Welt doch nach jeder persönlichen Katastrophe weiterdrehen konnte. Wie die Sonne trotzdem aufging. Wie ungerecht.

»Das würde nicht viel bringen. Du solltest dir lieber selbst verzeihen«, sprach sie leise, aber laut genug, damit er es hören konnte und stieg über eine Bierflasche, bevor sie den Raum verließ. Gepolter ließ Grace wenig später von ihrem Versuch mit zittrigen Fingern Rührei zu machen aufsehen. Die Blondine kam die geschwungene Treppe nach unten und hielt an deren Ende inne. »Schon gut«, sprach Grace über die Schulter. »Brauchst du Geld für das Taxi?« Irritiert schüttelte die Blondine den Kopf, bevor sie ihre silbernen High Heels anzog und mit wiegenden Hüften das Loft verließ. Als nächstes hörte sie Wasser plätschern und fand sich in der Annahme bestätigt, Julian würde duschen, als er kurze Zeit später, mit feuchten Haaren nach unten polterte. Er wirkte frischer und seine Kleidung war sauber. Wenigstens schon mal etwas. Seine Augen dagegen waren noch immer verhangen und auch sein Gang schien nicht allzu sicher zu sein.

»Wie bist du hierein gekommen?«

Dass Megan ihr den Wohnungscode verraten hatte, würde sie ihm nicht sagen. »Die Tür stand offen.«

»Warum bist du hier?«, fragte er weiter und wirkte extrem gehetzt. Die Nachwirkungen, versuchte sich Grace zu beruhigen und schaffte es doch nicht. Laut ließ sie den Teller voll Rührei auf die Kochinsel knallen und legte eine Gabel dazu.

»Ich habe keinen Hunger«, kam es von Julian, der den Kühlschrank öffnete und Grapefruitsaft herausholte. Gerade von der Flasche trinken wollte, als Grace ihm die Flasche förmlich entriss und etwas in ein Glas schenkte, dass sie ihm zwischen die Finger drückte und den Grapefruitsaft wieder in den Kühlschrank stellte. Sich auf einen Barhocker setzte und anfing zu essen. Den fragenden Blick Julians einfach missachtend.

»Ich aber. Der Fraß im Flugzeug wird immer schlimmer.«

Sie würdigte ihn keines Blickes, aß einfach weiter und Julian meinte immer noch eine Fata Morgana vor sich zu haben.

»Was willst du hier?«, fragte er deswegen noch einmal nach und setzte sich ihr gegenüber.

»Ich habe einer Bekannten etwas versprochen. Das muss ich erfüllen. Dann bin ich wieder weg.«

Julian beobachtete sie, wie sie das restliche Essen in den Mülleimer schob und anfing ihr Geschirr abzuspülen.

»Das da wäre?«, fragte er in ihren Rücken und nahm noch einen Schluck von dem kalten Saft. Sie hielt inne und umklammerte fest das Abtrocktuch. Schloss die Augen.

»Wo ist Megan?«

»Keine Ahnung. Ohne ein Wort gestern ausgezogen. Was willst du hier?«

»Kann ich hier wohnen, solange ich in London zu tun habe?«, fragte sie, statt eine Antwort zu geben.

»Sicher«, konnte Julian nur antworten.

»Danke«, sprach sie leise.

Einen Tag später lag ein Zweitschlüssel auf der Küchenanrichte.

Seit sie hier war, hatte keine Frau dieses Loft betreten, überlegte Grace, während sie sich einen Löffel Vanilleeis in den Mund schob. Als sie Julian dann gestern Abend darauf angesprochen hatte, hatte er sie nur lange angesehen und ihr dann die Frage gestellt, ob sie ihn nur so sehen würde. Darauf wusste sie beim besten Willen nichts zu antworten. Und heute war den ganzen Tag die Wohnung ruhig dagelegen. Kein Mucks kam aus Julians Zimmer. Sie wollte jedoch auch nicht nachsehen, ob er wirklich da war, oder nicht. Seitdem sie hier wohnte, so stellte Grace fest, waren die üblichen Sätze die sie teilten »Guten Morgen« und »Gute Nacht« und ab und an saßen sie einträchtig nebeneinander auf der Couch, oder in der Küche. Aber das auch still, denn Julians Angewohnheit schien es zu sein, abends gerne Zeitung zu lesen oder er zappte im Fernsehprogramm.

Gepolter ließ Grace aufschrecken und sie schaltete hastig den Fernseher aus. Ein Blick auf die Uhr ließ ihre Augenbraue nach oben wandern. Es war ein Uhr nachts durch. Alarmiert rappelte sie sich auf.

»Wo gehst du jetzt noch hin?«

Julian band sich seine Uhr um und warf sich die Lederjacke über die Schulter. Sprach, während er die Tür öffnete: »Merk dir eins, Grace. Du kannst hier tun und lassen was du willst«, sah sie eindringlich an, »Nur eins nicht und das ist, mir in meinen eigenen vier Wänden Vorschriften zu machen.«

»Das habe ich doch gar nicht«, murmelte sie eingeschnappt vor sich hin, als er gegangen war. Er hatte sie nicht einmal gefragt, ob sie mitgehen wollte. Beleidigt stopfte sie sich noch einen Löffel voll geschmolzenen, warmen Eises in den Mund.

»Nein, sie brauchen hier nicht mehr zu putzen und einzukaufen.«

Julian sah um die Ecke und verdrehte die Augen. Grace hatte sich groß vor seiner Zugehfrau aufgebaut und Julian kannte die Ausstrahlungskraft der Älteren nur zu gut.

»Ich bin schon immer bei Señor Cole«, echauffierte sich die Spanierin.

»Es tut mir leid, aber ab heute nicht mehr«, gab Grace hart zurück und drehte sich um. Kramte in den Regalen und hielt zwei Flaschen Wodka in die Höhe. »So etwas braucht er nicht«, sprach Grace ernst und leerte den kristallklaren Inhalt beider Flaschen in den Abfluss.

»Wenn das der Señor will«, gab die Alte gelassen zurück und zuckte beflissen mit den Schultern. Darauf erwiderte Grace nichts. Warf stattdessen die leeren Glasflaschen in den Mülleimer. Leise zog Julian die Haustür hinter sich zu. Wollte ganz bestimmt nicht ins Schussfeld der zwei Hennen geraten, denn er konnte dabei nur verlieren. Am Ende verbrüderten sich die Frauen immer gegen die Männer.

»Was stimmt nicht mit dir, Grace? Es ist zehn Uhr in der Früh«, murrte Julian, vom ersten Stock und fuhr sich über seinen Dreitagebart. Gähnte lautstark.

»Andere würden das als Vormittag bezeichnen, an dem man wichtige Dinge erledigen kann. Zum Beispiel arbeiten«, lächelte Grace.

Kopfschüttelnd schlurfte Julian zur Couch und ließ sich lautstark darauf fallen. »Ich mach was Wichtiges – schlafen«, gähnte wieder und presste sich ein großes Kissen aufs Gesicht. »Ich hab gestern Abend und Nacht gearbeitet«, nuschelte er gegen den Stoff.

»Wann bist du nach Hause gekommen?«, fragte Grace, stellte das sprudelnde Glas Wasser, mit der Schmerztablette am Tisch ab und setzte sich auf die Sofalehne, neben seinem Kopf.

»Keine Ahnung. Aber eindeutig zu spät, um jetzt so früh deinen Lärm zu ertragen«, nuschelte er wieder gegen den Stoff.

»Hast du Hunger?«

»Nein.«

»Du musst was essen. Ich seh dich fast nie essen.«

»Ich hab nicht so viel Hunger. Ich bekomm kaum annehmbare Rollenangebote und das schlägt mir auf den Magen.«

Laut ausschnaufend stand Grace wieder auf. »Das ist wohl eher der Wodka und die Tabletten, die dir auf den Magen schlagen«, sprach sie gerade so laut, dass auch Julian es noch hören konnte.

»Ich bin clean«, sprach er ruhig. Nicht mehr nuschelnd und Grace sah zu ihm. Über die Couchlehne gebeugt sah er zu ihr. »Aber das mit dem Alkohol könnte trotzdem stimmen.«

»Willst du dagegen was unternehmen?«, fragte sie frei heraus und wusste nicht, wann und ob sie überhaupt schon einmal so offen mit ihm über diese heikle Thematik gesprochen hatte.

»Ich hab`s versucht«, gab er ehrlich zurück und malte kleine Kreise auf den Stoff der Couch.

»Das habe ich gelesen.«

Abrupt sah er zu ihr. »Dann weißt du ja auch, worin das geendet hat.«

Ja, wusste sie - in noch mehr Alkohol. Die Orgie, mit seinen Kumpels war themenfüllend für mehrere Seiten in den einschlägigen Hochglanzmagazinen. »War Lucas auch dabei?«

Kurz zog er die Augenbrauen zusammen, als hätte er einen stechenden Kopfschmerz wegzudrücken. »Nein.«

»Du musst weg von ihnen«, sprach sie ihre Gedanken laut aus. Er müsste weg von diesem vermeintlichen Freundeskreis, wenn er sich ändern wollen würde. Wenn er es denn überhaupt wirklich wollte.

»Ich bin extra nach London zurück ... Ich bekomme jetzt andere Mittel gegen meine Sucht - wie lustig«, sprach er weiter und fuhr sich durch die Haare, stand auf und Grace fand wieder einmal, dass ein Mann kurz nach dem Aufstehen wohl am besten aussah.

»Ich geh später noch einkaufen. Brauchst du etwas Bestimmtes?«

»Ich war schon lange nicht mehr einfach so einkaufen«, überlegte Julian halblaut und Grace war sich sicher, dass einkaufen mit seinem Bekanntheitsgrad auch keine gute Idee wäre. Auf der Treppe drehte er sich noch einmal um.

»Kannst du mir diese Schokoriegel mitbringen, die mit Karamell?«

Grace lächelte nur und nickte. Weil es nicht genügend verschiedene Schokoriegel mit Karamell gab.

Wenn du spürst, es ist Zeit zu gehen

Die Tage gestalteten sich angenehmer, weil sie wieder miteinander reden konnten. Irgendwann hatte irgendwas den Knoten platzen lassen und Grace war es so ganz recht.

»Du sitzt immer am Laptop, wenn ich dich sehe. Was machst du da?«, fragte Julian und schenkte sich Grapefruitsaft ein.

»Recherchieren und für eine online-Zeitung schreiben«, sprach sie abwesend, weil sie zu vertieft war in einen Zeitungsartikel. Bevor Julian die Zeitung am Abend wieder komplett zerpflückte, wollte sie wenigstens die wichtigsten Ereignisse der letzten Tage nachlesen. Julian musste lächeln, als sie sich zum zweiten Mal die Brille nach oben schob. »Ist Philipp noch aktuell?«

»Nein.«

»Hast du gerade einen Mann?« Die Frage kam unvermittelt. »Jemand der dir hilft?«, grinste er frech.

»Das war …«, Grace suchte nach den richtigen Worten. Doch Julian winkte ab. »Schon gut, das ist in Hollywood normal. Damit fällst du nicht aus dem Rahmen.«

Geschockt hüpfte sie von ihrem Barhocker. »So war das nicht. Ich wollte dabei keinen Vorteil für mich rausschlagen. Daran hatte ich in dem Moment gar nicht gedacht. Lucas und ich … wir …«, wieder musste sie nach den richtigen Worten suchen und wieder fielen sie ihr nicht ein. Und wieder winkte Julian ab. Lehnte sich gegen den Bartresen.

»Du hast ihm ganz schön das Herz gebrochen.«

»Sicher. Ganz bestimmt«, höhnte sie halblaut. Konnte nur an das herablassende Gesicht von Lucas denken, als er sie zur Rede gestellt hatte, auf der Damentoilette.

»Doch, doch«, lächelte Julian seicht und nahm noch einen Schluck.

»Weiß er von dir und mir?«

Lange sah Julian sie nur an. »Ja.«

»Du weißt, dass er es war, mit dem Video. Mit der Hure und …«, stammelte sie weiter. Wieder sah er sie nur lange an. Ließ sich Zeit, bis er ihr antwortete.

»Ja, aber mehr wirst du von mir dazu auch nicht erfahren.«

Die Worte ließen Grace tief die Stirn furchen. Sah ihm dabei zu, wie er sich wieder auf die Couch fallen ließ. »Wer ist jetzt dein PA?«

»Tom übernimmt jetzt alles.«

Da hatte der gute Tom aber mächtig viel zu tun. Sie beneidete ihn nicht wirklich dafür, im Gegenteil.

»Also?«, rief Julian.

Konfus strich sie sich durch die Locken. »Was, also?«

»Mann, Freund, einfach nur Stecher.«

»Es gibt da schon jemanden«, nuschelte sie, in ihren nicht vorhandenen Bart.

»Warum bist du dann hier?«, fragte er eindringlich. Dem intensiven Blick konnte sie nicht standhalten. Blätterte wieder in ihrer Zeitung und biss von ihrem Marmeladenbrot ab. »Weil ich einer Bekannten versprochen habe, etwas für sie ins Reine zu bekommen.«

»Wirst du es mir verraten, wenn es geglückt ist?«, grinste Julian und schluckte in einem Zug den restlichen Grapefruitsaft hinunter. Grace sah ihm dabei zu, wie er das Glas in die Spüle stellte.

»Das wirst du hoffentlich selbst merken«, dachte sie sich traurig.

»Der Grapefruitsaft steht jetzt links«, rief sie vom Balkon aus, in die offene Küche, als sie bemerkte, wie Julian anfing zu suchen. Sie spürte, er beobachtete sie und langsam zog sie an ihrer Zigarette. Rutschte tiefer in den Stuhl und drückte sich den Nasenrücken. Sie musste gehen. Das hier war Qual und darauf stand sie nicht. Die Konfrontation mit ihm hinauszögernd, drückte sie langsam die Zigarette aus.

»Gehst du heute nicht aus?«, fragte sie und setzte sich im Wohnzimmer auf die Couch. Drehte ihre Haare um einen Bleistift und steckte sie hoch zu einem Dutt. Fasziniert beobachtete er sie dabei. Setzte sich zu ihr auf die Couch, doch sie rutschte langsam auf den Boden. Sah zu ihm auf.

»Was?«, fragte sie unsicher und zog ihre dicke Wolljacke fester um sich. Julian schüttelte den Kopf und kniff die Augen zusammen.

»Nichts. Mir ist nur ein bisschen übel, das ist alles«, legte sich auf die Couch und verschränkte die Arme hinter dem Kopf. Schloss die Augen. Nervös rutschte Grace hin und her. Eigentlich hatte sie gerade vorgehabt zu telefonieren, oder ein Kreuzworträtsel zu machen oder irgendetwas, nur damit sie nicht daran denken musste, wohin Julian heute verschwinden würde.

»Spielen wir Karten?«, fragte er irgendwann leise und Grace riss es aus ihren Träumereien.

»Ich kann nur ›Herz sticht‹«, antwortete sie genauso leise und beobachtete Julian dabei, wie er in einer Schublade kramte und ein Kartendeck fand. Als er sich zu ihr auf den Boden setzte, wich sie ein wenig zurück.

»Misch du«, bat er sie und in seiner Stimme lag so viel Weichheit, wie Grace das nur aus jener Nacht von ihm kannte. Er beobachtete sie und Grace war unwohl, wenn sie daran dachte, dass die Weichheit nicht mehr nur in seiner Stimme lag.

»Warum führst du mir vor Augen, was ich eh nicht bekommen werde?«, fragte er unvermittelt. Stirnrunzelnd sah sie zu ihm auf und mit einem

Schlag war ihr klar, dass Julian ganz genau wusste, warum sie hier bei ihm in London war.

»Du wirst eine Frau finden, die hier mit dir sitzt und Karten spielt. Irgendwann«, gab sie leise zurück und mischte die Karten.

»Was erzählst du eigentlich deinem Mann, während du hier bist?« Langsam legte sie Karte für Karte aus. »Er ist nicht mein Mann. Wir sind ... ich bin ...«, sie hielt inne, in ihrem Tun und kniff kurz die Augen zusammen. Mit der Entscheidung nach London zu fliegen, hatte sie wohl das Schicksal von Ryan und ihr besiegelt. Kurz zuckte sie mit den Schultern. »Ich bin eben nicht so gut darin, alleine zu sein.«

»Das ist ja kein Makel«, lächelte Julian milde, als wüsste er nicht, warum Grace sich gerade vor ihm versuchte zu erklären. Und irgendwie verstand sie immer mehr, warum Julian so war, wie er eben war. Er konnte es auch nicht. Er ertrug die Stille nicht. Genauso wenig wie sie selbst. Nur suchte er in anderen Mitteln Zuflucht.

»Was macht er beruflich?«

»Er ist in der Personalabteilung einer PR-Firma, für die ich gearbeitet habe.«

»Wie heißt er?«

»Ryan.«

Julian nahm die Karten auf. »Er hätte mitkommen sollen, dann hätte ich gesehen, ob er zu dir passt.«

Grace lächelte und sortierte ihre Karten. »Das meinst du beurteilen zu können?«, frotzelte sie lächelnd und zog eine Augenbraue in die Höhe, als er die erste Karte legte. Kannte er das Spiel überhaupt?

»Mehr als wohl so manch anderer Mann.« Sie stach seine Karte und nahm die Karten an sich. »Du bist intelligent«, er legte wieder eine Karte, »ehrgeizig aber scheu, manchmal zu laut, manchmal zu pessimistisch. Leidenschaftlich ...«

»Julian, bitte«, presste sie mürrisch hervor und stach wieder seine Karte. Laut schnaufte er aus und lehnte sich gegen die Couch. »Du schuldest mir nichts.«

»Dann sag nur ein Wort und ich gehe«, gab sie genauso ernst zurück und schluckte schwer den Klos herunter. Doch dieses Wort kam nicht über seine Lippen, stattdessen stach er ihre Karten und fing mit einem Thema an, dass Grace sofort die Brust brennen und sie keine Luft mehr bekommen ließ: »Unser Kind könnte schon ein bisschen ...«

Grace schmiss die Karten auf den Tisch und eilte in ihr Schlafzimmer. Er kam ihr nicht nach. Er nahm sie nicht in die Arme. Er wog sie nicht in den Schlaf und er wischte ihr nicht die Tränen von den Wangen.

Die unangenehme Spannung zwischen ihnen, am nächsten Tag, wie sie Grace erwartet hätte, war nicht da. Entspannt lungerte Julian den ganzen Tag herum, während Grace las und spazieren ging.

»Du warst schon lange nicht mehr untertags aus dem Haus«, stellte sie fest, als sie vom Spaziergang zurückkam. »Es muss dich nicht gleich jemand erkennen. Und wenn? Was wäre schon dabei?«

Doch er gab ihr keine Antwort, zappte stattdessen weiter im Fernsehprogramm.

»Ich habe jetzt seit zwei Wochen nichts mehr getrunken.«

Grace lächelte vor sich hin. Er sagte das so voller Stolz und Inbrunst. Das gefiel ihr.

»Dafür sind deine Launen übel«, lachte sie und machte sich daran, den Geschirrspüler auszuräumen. »Du hättest das Geschirr schon aufräumen können«, murrte sie.

»Ich war dafür einkaufen.«

Abrupt schoss sie nach oben. Sah in die Läden. Alles voll. Sah in die Regale. Geordnet und sogar nach der Größe sortiert standen die Lebensmittel in Reih und Glied.

»Du magst doch Wan Tans. Ich habe für heute Abend welche mitgenommen«, rief er von der Couch. Hart presste Grace ihre Stirn gegen das kalte Glas des Regals. Ihre Zeit hier ging zu Ende.

»Ich habe morgen Abend ein Treffen mit einem Filmproduzenten«, fing Julian leise an, während er weiter durch die Programme zappte. Grace räumte den Geschirrspüler weiter aus.

»Das ist doch gut für dich«, sprach sie wie nebenbei.

»Ich möchte, dass du mitkommst.«

Grace wäre der nächste Teller beinahe aus der Hand gerutscht. »Gerne«, war alles was sie dazu sagen konnte.

Am nächsten Morgen klingelte sie der Postbote aus dem Bett. Verschlafen nahm sie ein Päckchen für sich entgegen. Nicht schwer, aber groß. Sie kannte den Namen des Designers und sie erkannte pure Seide. Dunkelgrün, hauchdünn ihre Oberschenkel umspielend. Kein Kärtchen beigelegt und doch ahnte sie von wem dieser teure Gruß kam.

»Genau so, dachte ich mir das«, grinste Julian frech, als sie am Abend im Wohnbereich auf ihn wartete. Er wirkte elegant, aber doch noch sportlich genug, um als lässig durchzugehen. Anerkennend glitt sein Blick über ihre Figur und errötend sah sie zur Seite. Verkrampfte ihre

Hände um die kleine Tasche, als sein Finger kurz über ihre Halsschlagader strich.

Das Lokal war wohl überlegt, für diesen Abend und trotz des Geldes, das aus jeder Pore jedes einzelnen Menschen hier entströmte, fühlte sich Grace overdressed.

»Ihre bezaubernde Frau, nehme ich an«, lächelte der Produzent zur Begrüßung an Julian gerichtet und reichte Grace die Hand.

»Eine Bekannte«, lächelte sie zurück und der Händedruck des Produzenten wurde fester, sein Blick tiefer und als Grace zu Julian blickte, sah sie nur eine starre Maske von einem Lächeln.

»Virgil Hunter«, lächelte der blonde Mann und Grace überlegte, woher sie ihn kannte. Er kam ihr so ungemein bekannt vor. Das gestand sie ihm auch charmant lächelnd bei ihrem zweiten Glas Rotwein.

»Sie werden meinen Bruder Lionel Hunter meinen. Er kandidierte letztes Jahr als Gouverneur für Kalifornien. Na ja, nicht sehr erfolgreich«, schmunzelte der Produzent.

»Soweit ich weiß, gab es doch eine Stichwahl«, klinkte sich jetzt auch Tom in das Gespräch ein. Dass Tom auch anwesend sein würde, hatte ihr Julian wohl gerne verschwiegen. Dafür grollte sie ihm noch immer und ließ ihn das auch mit ihrer kalten Schulter spüren. Flirtete offen mit Virgil Hunter weiter.

»Es kommt ja nicht immer nur auf die Stimmen an, nicht?«, höhnte Virgil und jedem in der Runde war klar, dass es um mehr ging, bei so einer Wahl, als um den Wähler an sich. Das Geld spielt nicht nur dort eine gewichtige Rolle.

»Aber er arbeitet doch noch als Anwalt?«, fragte Tom beflissen nach und nahm einen Schluck von seinem Cocktail.

»Sicher, in Mexiko«, lachte Virgil frei heraus. Grace kannte die Einzelheiten des Bestechungsskandals rund um den Bruder von Virgil Hunter, aber selbst sie würde nicht so über das Missgeschick ihrer Schwester lachen, wenn ihr selbiges zugestoßen wäre.

Virgil verschwand auf die Toilette und Grace sah im Augenwinkel, wie eine dunkelhaarige Frau auf sie zugesteuert kam.

»Danke, das hat gut geschmeckt«, flötete Grace lächelnd und reichte der Frau ihren Teller. Verdattert sah diese von Julian zu ihr und dann zu Tom, der sich ein Grinsen nicht verkneifen konnte.

»Oh, tut mir leid. Ich habe sie verwechselt«, sprach Grace zuckersüß weiter und stellte den Teller wieder ab. Julian lächelte vor sich hin und sah der Frau verstohlen nach, als sich diese, rot anlaufend, wieder entfernte. Schief grinsend sah er zu Grace, die ihm zuzwinkerte.

»Sie wollte vielleicht nur ein Autogramm«, sprach er leise und beugte sich zu ihr. Atmete ihren Duft ein und war ihren Lippen so verdammt nahe.

»Vielleicht auch nicht nur«, gab Grace zurück und wenn Tom nicht da gewesen wäre, war sie sich sicher, hätte das hier in einem Kuss geendet.

»Vielleicht wollte sie auch nur einfach eine Bekannte werden«, sprach er spöttisch. Lehnte sich mit einem Mal zurück und nahm Grace wieder seine Wärme. Überrascht runzelte sie die Stirn. Julian wollte aufstehen, doch sie hielt ihn am Ärmel fest.

»Wo gehst du hin?«

»Aufs Klo, oder muss ich mich vorher bei dir abmelden?«, lächelte er spöttisch und war schon um die nächste Ecke. Als er an die Bar treten wollte, stellte sich Grace ihm wieder in den Weg.

»Das ist ein verdammt wichtiger Abend für dich«, flüsterte sie eindringlich und mahnend funkelten ihre Augen. Das hier war eine Stresssituation und sie hatte nachgelesen, dass trockene Alkoholiker in solchen Lagen gerne wieder zum altbewährten Mittel griffen.

»Willst du jetzt ständig meinen Babysitter spielen, damit ich keinen Tropfen mehr zu mir nehme?«, lachte er sarkastisch und entfernte sich in Richtung Bar. Bestellte sich ein Glas Wasser und verfluchte Grace dafür in seinen Gedanken. Sie schien jedoch nicht von seinem Fluch getroffen zu werden. Saß seelenruhig, sich unterhaltend bei seinem nächsten potentiellen Arbeitgeber und sie schienen sich prima zu verstehen. Sah wie Hunter ihr einen kleinen Zettel zuschob und Julian war sich sicher, dass darauf seine private Telefonnummer stand. Bekam nur Bruchstücke des Gesprächs mit, aber die reichten ihm voll und ganz.

»Wir könnten das aber auch bei einem Ausflug nach Cornwall besprechen«, lächelte der Produzent wieder so anzüglich und wieder half ein Blick in Julians Richtung nicht, damit Grace sich wohler fühlte. Er beachtete augenscheinlich das ganze Rumgeturtle seines zukünftigen Arbeitgebers nicht. Es schien ihm wieder einmal völlig egal zu sein.

»Sehr gerne«, erwiderte sie daher nur und lächelte freundlich, als Julian sich wieder neben sie setzte und ihr Lächeln keineswegs erwiderte.

»Um was geht es bei dem Film überhaupt?«, fragte Grace gequetscht an Julian, als Virgil sich mit Tom über weitere Einzelheiten einig werden wollte.

»Es ist eine Miniserie, ein Melodram über einen Ölmillionär, der nicht die Richtige findet und sich in eine bereits verheiratete Frau verguckt, die aber ihren Mann nicht für ihn verlassen will.«

Grace gluckste auf. »Was? So wie James Dean und Liz Taylor vielleicht?« Doch ihr Lächeln erstarb, als er sie ernst ansah.

»Traust du mir das nicht zu?«

»Doch, doch ... Ich dachte nur, also ich ...«, schnell nahm sie einen Schluck von ihrem Wein. »Wer spielt denn die weibliche Hauptrolle?«, fragte sie laut an Virgil und Tom verzog den Mund.

»Megan Houston.«

»Nein«, legte Julian sofort laut sein Veto ein.

»Sie ist gerade sehr angesagt und sie geben vor der Kamera ein wunderbares Paar ab. Ihre Chemie stimmt einfach«, plapperte Tom auf Virgil ein und Grace atmete schwerer ein und aus.

»Nicht nur vor der Kamera, wie man so hört«, lächelte Virgil wissend und legte den Arm auf Graces Stuhllehne.

Er war wütend. Grace sah es an Julians mahlenden Backenknochen.

»Wenn sie mich wollen, dann ohne Megan«, sprach er fest und sein Bein begann schneller auf und ab zu wippen. Das registrierte auch Grace und sie hoffte, dass er seine Nervosität bald in den Griff bekam, sonst würde der Abend in einer Katastrophe enden.

Wieder lächelte Virgil so überheblich und wieder gefiel es Grace ganz und gar nicht, wie herablassend er auf Julian reagierte.

»Warum nicht Megan?«, fragte Tom leise, aber sehr gepresst an seinen Schützling.

»Weil sie mich schon einmal zu viel gekostet hat«, zischelte Julian ungehalten und sah zu Grace, doch die lächelte Virgil süßlich an.

»Meinen sie nicht, ich bekomme keine anderen männlichen Hauptdarsteller? Hollywood platzt geradezu vor jüngeren und nicht so verbrauchten männlichen Gesichtern.«

»Vielleicht, aber sie wollen mich«, lächelte Julian hochnäsig und lehnte sich in die Polsterung zurück. »Einen Mann, mit einer Nominierung für den wichtigsten Filmpreis. Dem mit dieser Rolle der Goldjunge schon im Vitrinenschrank steht, bevor die erste Szene im Kasten ist.«

»Nicht, Julian«, flüsterte Grace harsch. Doch Julian schien nicht darauf eingehen zu wollen. Tom sah Grace entsetzt an. Jetzt schien sie wieder recht am Platz zu sein, wenn der Star besänftigt werden sollte, oder wie?

»Ich will Sonderzulagen«, blieb Julian hart.

Der Produzent lächelte herablassend. »Für Koks oder Frauen?«

»Ich denke wir sollten …«, fing Grace an, als sie sah wie Julian begann eine Faust zu bilden und dann seine Hand schnell seinen Oberschenkel hoch und runter fahren ließ.

»Für die Erlaubnis, mit dem Motorrad während der Dreharbeiten fahren zu dürfen«, erwiderte Julian ernst und Grace sah erstaunt zu Tom. Eigentlich hatte sie damit gerechnet, dass Julian aufspringen und das Restaurant wütend verlassen, oder Virgil eine knallen würde.

»Das ließe sich wohl gerade noch einrichten«, nickte der Produzent.

»Ich danke Ihnen für diesen netten Abend und ich werde mich wieder mit ihrem Manager in Verbindung setzen«, damit erhob sich Virgil Hunter ganz unvermittelt und Tom schluckte hart. Grace hatte unheimliche Kopfschmerzen. Das hier lief alles andere als gut und jetzt war wohl alles aus. Gentlemanlike hauchte er nur einen Kuss auf Graces Handrücken, bevor er sich umdrehte und sich an Julian wandte: »Sie sollten immer diese nette Lady zu ihren Verhandlungen mitbringen.«

»Bestimmt nicht mehr«, flüsterte Julian, fuhr sich durch die Haare, während er zur Bar schlenderte. Grace folgte ihm augenblicklich.

»Wirst du mit ihm nach Cornwall fahren?«, fragte er, nachdem er sich den ersten Wodka on the rocks bestellt hatte.

»Das solltest du nicht tun«, bat sie eindringlich, doch Julian ergriff das Glas. Noch bevor er es hinunterkippen konnte, riss Grace es ihm förmlich aus der Hand und schluckte die Flüssigkeit in einem Zug hinunter. Von der Schärfe kamen ihr die Tränen. Die Eiswürfel krachten schmerzhaft heftig gegen ihre Zähne. Schwer schluckte sie noch einmal. Doch gleichgültig sah er auf sie herab und gab seine nächste Bestellung an den Barkeeper.

»Warum ist eigentlich dein Freund nicht mit nach London gekommen? Hat er so viel Vertrauen in dich?«, fragte er wie nebenbei und Grace verstand den Zusammenhang nicht.

»Willst du dir wirklich wieder alles kaputt machen?«, fragte sie stattdessen traurig und sah auch kurz das Zögern, bevor er nach dem Glas griff und trank. Kopfschüttelnd, den Tränen nahe, eilte sie auf die Toilette.

»Grace?«

Neugierig und erschrocken zugleich, drehte sich Grace, um nach der Stimme Ausschau zu halten, die sie gerade aufgehalten hatte, in das Taxi zu steigen. Julian stand nicht unweit des Restauranteingangs. Doch seine Gestalt lag halb im Dunkeln und die andere Hälfte war auch nur spärlich vom gelblichen Licht der Straßenlaterne beleuchtet.

»Wir waren noch nicht fertig«, lallte Julian und jetzt sah sie auch, dass er sich an einem hohen Blumenfass festhielt. Fest schloss sie für ein paar Sekunden die Augen. Es tat einfach nur weh, ihn so zu sehen.

»Waren wir schon«, sprach sie möglichst ruhig. Und ahnte, dass sie nicht dieses Gespräch meinte. Er war doch so kurz davor gestanden, all diesen Mist hinter sich zu lassen.

»Nein, du hast mir noch immer nicht gesagt, warum dein Stecher nicht mitgekommen ist.«

»Er muss arbeiten. Geregelt und für die Menschheit etwas Wichtiges«, entkam es ihr zu bissig. Die Ironie hörte sie selbst heraus, was sie noch wütender machte. Julian lachte auf und stieß sich von seinem Halt ab. Ging zwei Schritte schwankend auf sie zu.

»Sicher, der Herr Manager. Der hat ja was im Köpfchen«, höhnte Julian.

»Er ist kein Manager«, sprach sie leise zu sich.

»Was ist jetzt, Ma'am?«, fragte der Taxifahrer, mit indischem Akzent, ungeduldig, als Grace noch immer keine Anstalten machte, in den Wagen zu ihm zu steigen. »Fahren sie weiter«, antwortete sie ihm und stieß die Tür zu.

»Wolltest du nicht mal etwas auf die Bremse drücken?«, fragte sie vorwurfsvoll.

»Solltest du vielleicht nicht mal etwas mehr aufs Gas treten?«, konterte er.

»Nicht wenn der Preis dafür so aussieht«, murmelte sie vor sich hin, so dass Julian sie nicht verstehen konnte. »Du solltest ins Bett, Julian.«

»Gerne. Bringst du mich?«, lächelte er honigsüß und Grace verdrehte genervt die Augen, als sie zu ihm trat und nach einem neuen Taxi Ausschau hielt.

»Du brauchst dich nicht anstrengen und mit mir flirten.«

»Vielleicht hab ich mich nie genug angestrengt«, sprach er gegen ihr Ohr und Grace trat überrascht einen Schritt von ihm weg, mehr in die Dunkelheit der Hinterhofgasse.

»Du hattest mich schon im Bett.«

»Daran brauchst du mich nicht zu erinnern«, zuckte mit den Schultern und schritt auf sie zu. Was sie noch einen Schritt nach hinten machen ließ, bis sie mit den Waden an die Wand der Hinterhoftreppe anstieß. Irritiert weil sie nichts mehr sah, als Julians großen Körper, wie einen Schrank vor sich, bekam sie Panik. Erst recht, als er sich rechts und links mit den Händen neben ihrem Kopf abstützte. So nah war sie ihm wirklich nur in jener Nacht gewesen. Und das lag schon so viele Monate zurück. Ein leichter Hauch von Alkohol umfing Grace und sie drehte den Kopf zur Seite. Was ihn dazu veranlasste, seinen Mund auf ihre Halsbeuge zu legen. Erschrocken fuhr Grace zusammen und stemmte ihre Hände gegen seine Brust, wollte ihn von sich schieben - vergeblich.

»Hör auf damit, Julian«, fauchte sie, doch dieser schien das ganz bestimmt nicht im Sinn zu haben. Küsste sie wieder auf den Hals und drängte ein Bein zwischen ihre.

»Ich weiß, dass du das magst«, raunte er gegen ihr Ohr und Grace musste sich selbst eingestehen, dass seine tiefe Stimme gerade wirklich gefährlich war.

»Nein«, versuchte sie sich zu verteidigen. Selbst nicht überzeugt und daher auch nicht überzeugend für ihn. Sein tiefes Lachen bestätigte das nur. »Julian«, versuchte sie es noch einmal, als er sein Bein stärker gegen ihren Schritt drückte.

»Grace«, hauchte er und wanderte mit seinem Mund vor zu ihrem. Strich sanft mit den Lippen über ihre. Übte keinerlei Druck aus.

»Das ist nur eine Illusion«, rechtfertigte sie die Reaktion ihres Körpers.

»Nein, wir zwei sind Realität«, widersprach Julian ihr und versank in ihren Augen. Legte leicht seine Stirn gegen ihre.

»Die du zerstört hast«, hauchte sie atemlos und versuchte sich ein letztes Mal gegen ihn zu stemmen. Wieder erfolglos.

»Verzeih mir«, bat er weich und küsste sie. Doch sie befreite sich etwas von ihm.

»Wie oft willst du mich noch darum bitten?«

»Bist du es endlich tust«, antwortete er ernst, wobei Grace eigentlich keine Antwort von ihm erwartet hatte.

»Was versuchst du immer zu kompensieren?«, fragte sie hauchend und spürte Julians Lippen auf ihrer Wange. Schloss die Augen.

»Dasselbe wie du, mit deinen Körperverunstaltungen«, sprach er noch leiser. »Befrei mich, Grace«, entkam es ihm rau und fuhr sanft mit den Fingern ihre Wangenkonturen nach.

»Ich bin nicht Schuld an dem, was du dir antust«, schüttelte Grace vehement den Kopf und spürte, wie die Tränen in ihr aufstiegen. Wie die heiße Flüssigkeit langsam ihre Wangen hinablief und Julian sie ruhig wegwischte. Sanft ihren Kopf an seine Brust bettete, bevor er sich von ihr löste und sie nur wenig später im Stillen nebeneinander auf dem Rücksitz eines Taxis zu Julians Loft fuhren.

»Ich habe in Vietnam den größten Fehler meines Lebens begangen und auf Tom gehört, anstatt zu dir zu gehen. Ich war kurz davor, am ersten Abend …«

»Hör auf damit, bitte«, flehte sie leise und eilte die Treppen hoch zum Loft. Versuchte den Schlüssel umzudrehen. Julian nahm ihn ihr aus den Fingern und sperrte auf.

»Du bist nicht Schuld, Grace. Aber warum bist du dann hier?«, fragte er in die Stille, als sie eingetreten waren. Sie drehte sich zu ihm um. Es war Zeit zu gehen. Sie konnten nicht ohne einander, aber auch nicht miteinander. Aber wenn man nicht miteinander konnte, wie konnte man dann zusammen sein? Sie würde sich seine Gestalt, sein Gesicht genau in ihrem Herzen aufbewahren. Würde es sehen, wenn die letzte Stunde gekommen war, da war sie sich sicher.

»Ich fahre nach Cornwall«, gab sie als Antwort.

Die Legende besagt ...

Als sie von Virgil abgeholt wurde, gab es von Julian keine Spur. Er war höchstwahrscheinlich die letzten drei Tage nicht mehr nach Hause gekommen. Zumindest schloss sie das aus dem unberührten Bett und der allumfassenden Stille im Loft.

Noch einmal sah sie sich besseren Wissens um, als sie in den Sportwagen stieg und gezwungen über sich ergehen ließ, wie Virgil ihr ein Küsschen rechts und links aufdrückte. War das hier ein Fehler? Hätte Julian nicht noch mehr versuchen müssen, sie davon abzuhalten?

Schwer schluckend band sie sich das Tuch um den Kopf und setzte sich eine große Sonnenbrille auf. Erschrak, als sie wieder anhielten und Tom lächelnd auf sie zukam. Sie nur kurz begrüßte und hinten Platz nahm.

»Was will er hier?«, quetschte Grace zwischen den Lippen hervor und hoffte, dass sie nah genug an Virgils Ohr war, so dass Tom nichts hörte und der Fahrtwind all ihre Worte verschluckte.

»Ich bin Julians Manager«, gab Tom von hinten trocken von sich und als Grace zu ihm blickte, lag ein seichtes überhebliches Lächeln in seinem Mundwinkel, dass durch die heraufgezogene Augenbraue nicht an Kälte verlor.

Ein weiterer Blick in Virgils Richtung genügte, um zu sehen, dass er wohl Gefallen daran fand, wie sich die beiden jetzt schon bekappelten.

Langsam fuhren sie durch den kleinen Ort. Grace stellte kaum Fragen und die beiden Männer hatten nicht das Bedürfnis, etwas erzählen zu müssen. Also sog die junge Frau die Atmosphäre der Umgebung regelrecht in sich auf. Kleine Pubs, mit schwarzen, hölzernen Außenverkleidungen und roten und grünen Dachvorsprüngen, reihten sich in das Bild der kleinen Straßenzüge, von steinernen zwei- bis maximal dreigeschossigen, schmalen Häusern. Hin und wieder fing Grace Namensschilder auf. Kunsthandwerk schien hier sehr beliebt zu sein und während der Saison war der kleine beschauliche Küstenort bestimmt überfüllt von Touristen, wie die zahlreichen Ausflugsrestaurants demonstrierten.

Einen Landsitz als mondän zu bezeichnen ist nicht schwer. Doch dieses Mal lag in der Extravaganz auch Eleganz. Der zur Schau getragene Reichtum konnte jedoch auch nicht von der Hand gewiesen werden. Fasziniert blieb Grace vor der Eingangstür stehen. Das bunte Glasfenster zierte einen weißen Pfau, mit ihren Küken. Das Beeindruckende waren jedoch nicht die Farben, sondern das Handwerk an sich. Wie die einzelnen bunten Mosaiksteine zu einem Ganzen, zu einer Scheibe zusammengefasst werden konnten, damit es dieses Bild ergab. Leicht legte sie den Kopf schief und schrak hoch, als Virgil sie lächelnd, mit der Hand auf ihrem Rücken, durch die Tür geleitete. Verwirrt sah sie sich um.

»Tom ist schon auf seinem Zimmer. Ich zeige dir deins«, sprach Virgil weich und sein Lächeln verschwand nicht. Nickend folgte sie ihm.

Nachdem sie sich frisch gemacht hatte, versuchte sie Julian zu erreichen. Aber er ging nicht an sein Telefon, an sein Handy auch nicht. Frustriert ließ sie es weiterklingeln und zupfte sich eine Locke aus der Stirn. Besah sich stirnrunzelnd im Kommodenspiegel. Frustriert schmiss sie ihr Smartphone auf die Überwurfdecke des Bettes, als sich wieder einmal die Mailbox einschaltete.

Julian war der Grund warum sie hier war und Julian würde der Grund sein, warum sie in spätestens einer Woche wieder in L.A. sein würde, überlegte Grace zerknirscht, als sie sich fest gegen die dunkle Holzkommode stemmte und ihren Kopf zwischen den Schultern hängen ließ. Mehrmals kräftig aus- und einatmete. Wieder in den Spiegel sah.

»Das hier mach ich noch für dich. Ich geb mein Bestes, Julian«, flüsterte sie.

»Du bist hier an der Küste. Ist dir kalt?«

Virgil kam auf Grace zu, als sie gerade ihre dünne Strickjacke überzog. Sie passte nicht wirklich zu ihrem Cocktailkleid, aber Grace ging es im Moment mehr darum Schadensbegrenzung für ihre Gliedmaßen zu erreichen. Ihre Nasenspitze, so hatte sie gerade im Spiegel gesehen, war schon bedenklich rot und das sah nicht sehr attraktiv aus.

Zu ihrer Verwunderung verlief das Abendessen gesittet und ruhig. Tom gab sich, wie sie schon in Japan erfahren durfte, wie der Mann von Welt. Beide Männer kümmerten sich zuvorkommend um sie. Der Clou des Abends: Virgil kochte selbst. Was bei einem Mann hieß: er legte Steaks auf den Grill. Wenigstens gab es dazu Mais und Kartoffeln, sonst wäre ihr Ballaststoff-Vorrat ganz in die Knie gegangen und der Cholesterinspiegel zu schnell in die Höhe geschossen. Mal davon abgesehen, dass Kartoffeln um diese Uhrzeit tabu sein sollten. Aber Frau von Welt weiß, wann sie den Mund zu halten hat und fragt nicht nach Wasser, sondern nippt elegant lächelnd an ihrem herben Rotwein.

»Willst du auch eine?«

Tom reichte ihr die Schachtel Zigaretten, als sie zu ihm, auf die Veranda trat. Sie wusste nicht, wo Virgil war. Und augenscheinlich wurde es in Cornwall nach zweiundzwanzig Uhr noch kühler. Fester zog sie ihr Jäckchen um sich und ließ sich die Zigarette von Tom anzünden.

»Danke.«

Beide kümmerten sich mehr um ihre Zigaretten, um das Ausblasen des Qualmes, als um eine Unterhaltung. Grace fiel auch einfach nichts ein, was sie zu Tom hätte sagen können. Über Vietnam sprechen? Wann würden sie endlich auf das Thema Julian kommen?

»Du hast deinen Job ganz ordentlich gemacht, in Vietnam.«

Überrascht hob Grace eine Augenbraue und aschte in die Wiese neben sich. Tom lehnte sich gegen das Holz der Brüstung und verschränkte die Arme vor der Brust.

»Es war nicht leicht«, gab sie leise ehrlich zu und wunderte sich, als sie den nächsten Zug tat, warum sie so offen mit Tom sprach.

»Nein, das ist er nie«, gab Tom genauso leise zurück. Lange sah er sie nur an. Es war ihr unangenehm und die Verunsicherung stand ihr in den Augen geschrieben. Er hatte einfach nichts von seiner einschüchternden Art ihr gegenüber verloren. Laut schnaufte er aus und fuhr sich durchs Haar.

»Julian ist wie ein Unternehmen, an ihm hängen Arbeitsplätze. Das Problem ist, dass ein Schauspieler es braucht, vom Publikum getragen zu werden. Es ist wie Nahrung für ihn.«

Grace nickte nur und trat die Zigarette im Gras neben ihnen aus, bevor sie wieder die schmalen Stufen nach oben schritt. Und mit ihm, in den warmen, mit dunklen Holztafeln, ausgestatteten Raum, zurückzukehren. Als sie sich auf das braune Ledersofa setzte, meinte Tom noch leise: »Ich hätte ihn damals zu dir lassen sollen.« In sein Cognacglas genuschelt. Sie nicht ansehend.

»Er ist gerade einer der angesagtesten Gesichter. Nächste Woche dreht er eine Parfüm-Werbung, in New York«, lockte Tom den Produzenten, nur ein paar Minuten später. »Sie lieben ihn jetzt, hier und heute und wollen ihn sehen. Er ist auf der Spitze seiner Karriere«, sprach Tom weiter und plusterte sich so auf, als würde er derjenige sein, um den es hier ging. Aber doch, so überlegte Grace, es ging um viel Geld, auch für Tom.

»Sein letzter Film war ein Flop«, gab Virgil lächelnd zu bedenken.

»In Vietnam hat er Höchstleistungen vollbracht«, verteidigte Tom seinen Schützling.

»Ich meinte den davor«, lächelte Virgil seicht und fuhr sich leicht durch die Haare. »Er hat ein bestimmtes Image«, begann er, doch Tom lenkte sofort ein: »Ja, ich weiß, er ist schwierig und die Menschen werden zunächst irritiert sein. Aber er kann das.«

Grace überlegte: Wenn Julian diese Rolle bekam, dann würde er in eine andere Liga von Schauspielern aufsteigen können. Nicht mehr den Lover und Helden spielen müssen, sondern zeigen, wie viel Charakter wirklich in ihm steckte. Dann könnte er das vielleicht als Anker benutzen, für seine weitere Zeit. Vielleicht würde er dann wieder aufhören zu trinken. Wieder einen neuen Anlauf nehmen? Vielleicht gab diese Chance ihm die Kraft.

»Ich kann keinen koksenden und besoffenen Hauptdarsteller gebrauchen«, lächelte Virgil milde und nahm einen Schluck von seinem Rotwein, schenkte Grace nach.

»Das ist er nicht mehr«, rutschte es Grace heraus und sie sah im Augenwinkel, wie Tom dreinsah und wirklich freundlich war das nicht.

»Das willst du mir garantieren?«, wollte Virgil von Grace wissen. Und sie sah im fest in die Augen.

»Das kann ich dir garantieren.«

»Und der Preis dafür?«, fragte Virgil tief. Grace war sich nicht mehr sicher, ob sie noch über Julian sprachen.

»Über wieviel sprechen wir?«, fragte Tom ernst und Grace zwang sich wieder, sich auf das Gespräch zu konzentrieren.

»Zehn Millionen«, zuckte Virgil locker mit den Schultern und Grace wurde übel, bei dem Gedanken dabei zu sein, um eine menschliche Ware, wie Fleisch auf dem Markt zu feilschen. Nur ging es hier nicht um weniger, sondern um viel mehr.

»Achtzehn«, sprach sie fest und setzte sich aufrechter in das Sofa. Es war ihr zu schnell herausgerutscht.

»Grace, bitte«, quetschte Tom angesäuert hervor und Grace war klar, dass er es gar nicht gerne sah, wie sie seinen Job tat.

»Achtzehn Millionen?«, wenn er gerade getrunken hätte, hätte sich Virgil verschluckt, so erschrocken schien er zu sein. Doch in Hollywood ging es nur um Schauspielerei und Grace wusste, wann sie einen Mann an der Angel hatte.

»Du weißt, dass er das wert ist«, lächelte Grace seicht und nahm einen Schluck von ihrem Rotwein. War sich vollkommen im Klaren darüber, wie Virgil sie ansah. Wie er ihren Lippen folgte, als sie den Glasrand umschlossen, wie sie schluckte. Warum er wollte, dass sie hierher mit nach Cornwall kam.

»So viel bekommen eigentlich nur ...«, fing Virgil murmelnd an, doch Grace sprach für ihn weiter: »So viel bekommen Anwärter auf den wichtigsten Preis der Filmindustrie locker und so viel bekommen Künstler, die das Können haben, ihr Niveau zu halten.«

»Künstler?«, fragte Virgil milde lächelnd nach. Für Grace eindeutig zu abwertend.

»Nur weil er nicht auf einer Theaterbühne steht, heißt das nicht, dass er weniger drauf hat. Es gehört eben zu unserer Zeit, dass der Film mehr Menschen anzieht«, sprach sie fest. Räuspernd legte sie ein Bein über das andere und zog ihren Rock etwas nach unten.

»Du spielst mit mir«, lächelte Virgil wissend zurück und Graces Grinsen wurde dreckiger. Ehrlich gesagt hatte sie nicht gedacht, ihn so leicht um den Finger wickeln zu können. Und mit Wohlwollen registrierte sie, wie es ihr Spaß bereitete.

»Und Megan Houston?«, lächelte er süßlich.

»Julian wird mit ihr zusammenarbeiten«, sprach Grace die Worte, die sie eigentlich nicht sagen wollte. Doch sie kamen voll und überzeugend aus ihrem Mund. Sie verspürte keinen Stich.

»Gut. In Ordnung«, sprach Virgil an Tom gewandt und jener schlug in die dargereichte Hand ein. Sah Grace stirnrunzelnd an, doch sie nahm noch einmal einen Schluck Wein, bevor sie aufstand und nach draußen, in Richtung Klippen steuerte.

»Die Legende besagt, dass jeder hier ausgesprochene Wunsch auch in Erfüllung geht«, lächelte Virgil und trat neben sie, während Grace die Klippen nach unten sah.

»Laut oder leise?«, fragte sie nach.

»Wie auch immer«, gab Virgil lächelnd zurück und als Grace die Augen schloss und ihren Wunsch selbst im Kopf nur leise formulierte, wurde ihr warm und wieder bekam sie diesen feinen Stich im Herzen. Drückend fühlte sich Virgils Hand auf ihrem Rücken an. Sie war zu weit unten, zu warm. Der Stoff ihres Kleides spannte unangenehm, als ihre Atmung schneller wurde, als Virgil begann, ihre Halsbeuge zu küssen.

»Siehst du das Licht des Leuchtturms?«, nuschelte er gegen ihre warme Haut. »Wenn das Meer sich zurückzieht, kann man über einen aufgeschütteten Damm die Insel St. Michael`s Mount erreichen. Eine Legende besagt, dass König Artus dort gegen einen Riesen gekämpft haben soll. Eine andere erzählt von Joseph von Arimathia, dem Onkel von Jesus, der hier gelandet sein soll und den heiligen Gral mit sich brachte«, seine Hände wanderten unter ihr Jäckchen und legten sich über ihre Brüste.

»Für diesen Deal wirst du mich nicht bekommen«, sprach sie selbst für sich überraschend laut aus. Virgils Hände entfernten sich schlagartig. »Und ich werde noch heute abreisen.«

»Er lässt jedes Flittchen in sein Bett«, höhnte er und zündete sich eine Zigarette an. Bot ihr auch eine an, doch sie lehnte lächelnd ab.

»Und du nicht?«, konterte sie wissend und Virgil konnte sich ein Grinsen nicht verkneifen. Fragte sich jedoch, mit was der Mistkerl Julian Cole so eine Frau verdient hatte, als Grace elegant Richtung Haus zurückschlenderte. Lächelnd drehte sie sich noch einmal zu ihm um. »Und er bekommt ein Motorrad.«

Als sie vom Zug zurückkehrte, der sie aus Cornwall wieder hierhergebracht hatte, lag das Loft im Dunkeln. Kurz hielt Grace vor Julians Schlafzimmertür an. Wie gerne hätte sie ihm alles erzählt. Und ihre Hand lag auch schon auf dem Türknauf, als sie jedoch wieder zurückzuckte.

Den nächsten Tag verbrachte sie damit, sich den Kopf zu zermartern, warum Julian nicht zu Hause war und in welcher Gosse er womöglich liegen könnte oder in welchem weichen Bett, mit einem noch weicheren Frauenkörper. Anrufe auf seinem Handy brachten nichts und Grace gemahnte sich irgendwann selbst zur Räson, ihm nicht wie eine Nanny hinterher zu telefonieren. Er war alt genug und vielleicht war das mit der Gosse ja auch nicht wahr, vielleicht nur das mit dem Bett und damit könnte Grace schon fast leben. Warum liebte sie einen Mann, mit dem sie nicht leben konnte? Nicht weil andere es ihr missgönnen würden, sondern weil sie selbst es nicht konnte. Und sie selbst nicht einmal wusste, warum sie es nicht konnte.

Die Haustür wurde irgendwann zugeworfen und Grace war klar, als sie sich im Bett umdrehte und in die Finsternis starrte, dass sie gehen musste.

Der nächste Morgen fing mit wildem Vogelgezwitscher an und Grace lächelte vor sich hin, als sie aus dem Fenster sah und zwei Vögel sich augenscheinlich lautstark um einen kleinen Ast stritten. Vielleicht spielten sie aber auch nur miteinander. Aufstehen war immer das Schlimmste am Tag. Die Wärme des kuscheligen Bettes zu verlassen, um von der Kälte des Alltags umfangen zu werden. Doch heute war ein schöner Tag und es würde ein warmer werden.

Nachdem sie geduscht und ein legeres Sommerkleid überzog, öffnete sie vorsichtig die Tür zu Julians Zimmer. Lugte durch den Türspalt und zog fragend die Augenbrauen zusammen. Das Bett war leer. Zwar benutzt, aber jetzt leer. Sie machte die Tür weiter auf und trat in den Raum. Erschrak, als die Tür neben ihr aufgerissen wurde und sie zunächst nur ein Schwall von männlichem Duschshampoo einhüllte. Julian stand vor ihr, wie eine Statue. Scharf zog sie die Luft ein, als ihre Augen auf seinem Bauchnabel hängen blieben. Automatisch trat sie an ihn heran und legte die Finger darauf. Julian spannte sofort die Bauchmuskeln an und trat einen Schritt zurück. Verwirrt und peinlich berührt, nuschelte Grace nur eine Entschuldigung und eilte aus dem Zimmer. Die Treppen nach unten, raus auf die Dachterrasse. Schnell atmend zog sie die frische Luft ein und schloss die Augen, als Julian hinter sie trat und ihre Hüften leicht mit seinen Fingern umspielte.

»Tom hat angerufen. Ich habe die Rolle bekommen«, flüsterte er, in ihr Ohr. Küsste leicht die Ohrmuschel.

»Glückwunsch«, gab sie genauso leise zurück.

»Ich muss mit Megan zusammen drehen.«

»Du willst die Rolle, also mach es einfach.«

Sie spürte selbst, wie sie weicher wurde, unter seinen Berührungen. Die Augen geschlossen, kuschelte sie sich in seine Arme. Genau das hatte sie sich an der Klippe gewünscht. Deswegen hatte sie keinen Stich verspürt, als sie Virgil Hunter garantierte, dass Julian mit Megan zusammenarbeiten würde.

Irgendwelche Worte hauchte Julian gegen ihre warme Haut und küsste sachte die nackte Schulter. Lächelnd erwiderte sie den nächsten Kuss und griff schon in seinen Nacken.

»Einer mehr oder weniger ist doch egal.«

Rabiat machte sie sich von ihm frei. »Wie bitte?«

Julian zuckte mit den Schultern. »Meinen Geldgeber hast du doch auch ins Bett bekommen. Also warum beim Handlanger plötzlich aufhören. Das ist doch nicht deine Art.«

Grace bekam den Mund nicht mehr zu.

»Ich habe nicht ...«, hauchte sie, brach jedoch ab, als Julian lächelnd abwinkte: »Jeder kennt die Geschichte. Du bist lange Gesprächsthema Nummer eins gewesen.«

Das wollte sie nie sein. Kein Gesprächsthema und schon gar nicht die Nummer eins.

»Ich habe nicht ...«, fing sie wieder an, doch wieder unterbrach Julian sie: »Ich hätte eigentlich nicht gedacht, dass du soweit gehst. Ich dachte du würdest das ablehnen. Obwohl warte ...«, tippte sich leicht gegen das Kinn und in Grace zerbrach etwas, von dem sie geglaubt hatte, dass es eh nicht mehr heil sein würde.

In Grace stiegen die Tränen auf. »Warum bist du so zu mir?«, flüsterte sie heißer. Mit kaltem Blick verschränkte er die Arme vor der Brust.

»Ich kann auf mich selbst aufpassen. Habe den Job bekommen, weil ich nüchtern, gestriegelt und gebügelt pünktlich zu einem Termin erschienen bin. Freundlich und nett dem Geldgeber in den Arsch gekrochen bin und du nichts dazu beitragen hättest müssen.«

Wut kroch in ihr hoch. »Ich habe nichts dazu beitragen müssen? Du hast dich aufgeführt wie ein kleiner Junge, der sein Spielzeug verweigert bekommt. Wie du das immer machst«, herrschte sie ihn an und ballte die Hände zu Fäusten.

»Na, wenigstens hat er sein Spielzeug bekommen - Second-Hand.«

Darauf konnte Grace zunächst nichts mehr erwidern. Auch nicht weinen. Es war einfach zu bitter.

»Du bist auch Second-Hand für ihn. Eigentlich wollte er einen ganz anderen für diese Rolle«, höhnte sie unecht und biss sich auf die Unterlippe. »Warum glaubst du, hast du diesen Job bekommen?«

»Dann bin ich ja froh, dass du ihn, mit deinem alles überstrahlenden Charme rumgekriegt und mir so den Job besorgt hast.«

»Ja, natürlich. Deswegen habe ich mit ihm geschlafen«, gab sie ruhig zurück. Er sah nicht die Niedergeschlagenheit in ihrem Blick, hörte nicht das Aufgeben aus ihren Worten heraus.

»Deswegen willst du auch nie mit mir über Lucas reden, oder? Du meinst, ich hätte das gleiche mit dir abgezogen«, das Loch in ihrem Inneren, als sie endlich meinte zu verstehen, zog sie wieder in die Dunkelheit.

»Nein«, ruhig schüttelte er leicht den Kopf. »Aber wenn du das immer noch nicht begriffen hast, dann brauchen wir auch gar nicht darüber reden.«

Sie dachte nicht mehr, war nur ausgefüllt von dieser Dunkelheit. Am Türrahmen blieb sie noch einmal stehen. Lächelte ihn traurig an: »Vielleicht hat es ja geholfen. Vielleicht auch nicht«, strich sich eine Strähne hinters Ohr und wischte die Tränen von den Wangen.

Stumm lag Julian den ganzen Vormittag auf der Dachterrasse und starrte auf ein und denselben Punkt einer Unebenheit der Bodenfließe. Er betrat erst wieder ihr Zimmer, als sie mit dem Taxi abgereist war.

Lag in der Nacht auf ihrem Bett und wusste, dass es nie wieder ihr Bett sein würde.

»Ich geh für ein paar Wochen in den Westen Australiens. Viel Spaß mit dem Loft. Hoffentlich bringt es Ihnen mehr Freude«, lächelte Julian das ältere Ehepaar freundlich an und hievte die Sporttasche in das Taxi, das ihn geradewegs zum Flughafen bringen sollte. Einer inneren Eingebung nach, schrieb er Megan eine SMS. Doch auch als er im Flieger saß und noch einmal das Display checkte, hatte sie ihm nicht geantwortet. Den Blick gen Himmel gerichtet, schaltete er es aus.

»Wieder einmal ging der Schauspieler Julian Cole mit leeren Händen nach Hause. Damit dürfte er auch keine weitere Chance auf den wichtigsten Filmpreis der Welt haben.«
Frustriert drapierte Grace ihre neuen bunten Kissen auf der Couch.
»Hatte ihn eine Vorahnung beschlichen? Zumindest war er nicht erschienen.«
Langsam drehte Grace den Kopf zum Fernseher. Dass die Medien noch nicht Wind davon bekommen hatten, dass Julian nun in Australien versuchte den Alkohol aus seinem Leben zu verbannen, wunderte Grace. Noch mehr wunderte es sie jedoch, dass Marie, die ihr gestern dies mitteilte, noch nicht in ihrem Blättchen davon berichtet hat. Aber das kam ja wieder erst nächsten Monat raus und dann stand wohl wieder genügend darin.
Was Grace jedoch wirklich freute, war die Anerkennung für Mike. Einen Award hatte er somit schon in der Tasche. Der nächste würde bestimmt folgen. Wieder musste Grace an den Mangrovensumpf denken, an das Licht bei den Innendrehs im Holzhaus, an die Weichheit der Härte der Realität, die er in kunstvollen Szenen widergeben konnte. Grace meinte damals, der Regisseur wäre der wichtigste Mann am Set. Es war ein schöner Film geworden. Voller Herzschmerz, Melodramatik, Realitätssinn und Verstand.
Als sie alleine im Kino saß, die Popcorn-Tüte neben sich, Tränen auf den Wangen, verstand sie plötzlich, warum es auch hieß, mit Bildern ließe sich Magie erzeugen.

»Lach, aber ehrlich!«

»Zurück von der Flucht?«, lächelte Tom seicht, als sich Julian, ein paar Wochen später, auf die lederne Couch seines Büros fallen ließ.
»Bist du jetzt bereit, ihr Werk zu vollenden?«
»Wessen Werk?«, tief runzelte Julian die Stirn und kniff wieder die Augen kurz zu.
»Graces Werk, das du heute hier sitzt und den Vertrag unterschreiben kannst, der dir nicht nur ein paar Millionen mehr auf das Konto schwappen lässt, sondern auch viel für dein Image tun wird.«
»Das ist was?«, fragte Julian fassungslos nach und strich sich über den Mund.
»Ihr Werk«, wiederholte Tom noch einmal und sah ihn lächelnd an. »Sie war eine Bombe. Hat den Deal fast eigenhändig eingefädelt und abgeschlossen.«
Nach Lachen war Julian jetzt gar nicht zu mute.
»Das war ja voller Körpereinsatz. Ich will die Rolle nicht«, knurrte Julian und Tom bekam den Mund nicht mehr zu.
»Ich versteh dich nicht. Das ist die Rolle deines Lebens, damit kannst du dich unsterblich machen«, gab Tom hysterisch von sich.
»Die Rolle ist erkauft.«
»Wie bitte? Wieso erkauft? Er gibt dir Geld, nicht wir ihm.«
»Ich meine kein Geld«, bellte Julian und riss sich fast die Haare aus.
»Ich habe ihm auch keine Prostituierten oder Koks beschafft«, gab Tom irritiert zurück.
»Grace«, war alles was Julian noch gepresst herausbrachte. Sein Herz verkrampfte und er verfluchte Grace dafür, dass sie ihn so fühlen lassen konnte.
»Ich verstehe immer noch nicht, Julian.«
»Grace hat mit Hunter geschlafen, damit ich die Rolle bekomme. Ist es nicht so?«, fragte Julian verbissen.
Irritierte schüttelte Tom den Kopf. »Nein, sie ist am gleichen Abend wieder zurück nach London.«
Jetzt wurde sein Herz nicht mehr zusammengedrückt, sondern schier endlos auseinandergezogen. Er hatte sie dafür verurteilt, eventuell mit seinem neuen Arbeitgeber ins Bett gestiegen zu sein. Jetzt sah er sich der Wahrheit gegenüber und sein Gehirn konnte sie nicht verarbeiten. Wenn er an jenem Abend nicht in der Kneipe um die Ecke versumpft wäre, dann wäre sie bei ihm gewesen. Wenn er nicht ihre Anrufe blockiert hätte, was hätte sie ihm dann gesagt?

»Vielleicht hat es ja geholfen. Vielleicht auch nicht«, waren ihre letzten Worte gewesen, die sie unter Tränen zu ihm gesprochen hatte. Was sollte was helfen? Er begriff immer noch nicht.

»Ein Mann namens Julian ist auf Leitung drei«, schmunzelte ihre Assistentin.

»Ich kann jetzt nicht«, nuschelte Grace und sah sich verstohlen in der Meeting-Runde um.

»Er sagte, es wäre dringend«, drängte die junge Frau. In Grace schrillten die Alarmglocken los. Schnell entschuldigte sie sich und eilte zu ihrem Schreibtisch. Sah dann lange nur auf die blinkende drei, bevor sie abhob und die Zahl drückte.

»Julian«, sprach sie leise.

»Hi. Ich wollte nicht stören. Stör ich vielleicht?«, fragte er vorsichtig und Grace schloss die Augen, als sie sich in den Sessel setzte. Es war kein Notfall. Erleichtert presste sie ihre Hand auf ihr wild pochendes Herz.

»Wenn ich ehrlich bin, habe ich nicht mehr damit gerechnet jemals von dir zu hören.«

»Ich wollte mich entschuldigen.«

»Für was?«

»Das ich geglaubt habe, dass du und ...«, er brach ab.

»Seid ihr schon fertig, mit dem Dreh?«

»Nein, wir haben erst letzte Woche damit angefangen. Hör zu, Grace. Ich ...«, er brach wieder ab und Grace schwieg auch.

»Woher hast du diese Nummer?«, fragte sie irgendwann, in die Stille. Drehte sich mit ihrem Ledersessel und starrte auf die Hochhäuser von Los Angeles.

»Ich hab ein wenig rumtelefoniert. Der Lichttechniker ...«, gab er nuschelnd zu.

»Mike - Kameramann - Chef«, sprach sie etwas unwirsch und rieb sich die Schläfe. Sie brauchte unbedingt mehr Schlaf. Aber die PR-Firma hatte einen neuen Großkunden an Land gezogen und da war ihr Schlaf keinem hier etwas wert.

»Wohnst du noch in London?«

»Nein, das klappt nicht gut. Mit dem Hin und Her.«

Das hieß, dass Julian nicht mehr als ein paar Kilometer weiter in den Filmstudios arbeitete. Und dass er wohl wieder in dem gleichen Sumpf gefangen war.

»Können wir uns wiedersehen?«

Graces Herz hüpfte nicht. Sie war plötzlich ganz ruhig. »Nein. Es ist so, dass ...«, doch auch sie brach ab.

»Was, Liebes?«, sprach er sanft und rieb sich über seine müden Augen.

»Meine Aufgabe ist erledigt, Julian«, sprach sie leise. »Ich hatte es Megan versprochen. Ich habe versagt. Damit ist alles gesagt.«

»Was hast du ihr versprochen?«

Jetzt kam sie an den heiklen Punkt und am liebsten hätte Grace einfach aufgelegt. Egal wie sie es auch ausdrücken würde, es konnte nur dämlich klingen.

»Bei dir zu sein, um deinem Leben wieder etwas Ordnung zu geben.«

»Du hast Megan versprochen mich zu therapieren?«, fragte er irritiert nach.

»Nicht dich zu therapieren, dir zu helfen. Weil sie meinte, auf mich würdest du hören. Ich war mir da nicht so sicher und sah mich ja auch schnell bestätigt. Du bist ein harter Brocken.«

Hörte er da vielleicht ein kleines unterschwelliges Lachen heraus? Er wünschte es sich zumindest.

»Kommst du wieder?«, war die einzige Frage die ihn so umtriebig werden ließ und die einzige Frage, die er jetzt im Kopf hatte, als er ihre Stimme hörte. Doch er kannte die Antwort schon.

»Damit wieder alles so läuft wie bisher?«, fragte sie dagegen. Frustriert fuhr sie sich durch die Haare.

»Etwas aufzugeben war noch nie meine Stärke«, lachte er dann gequält und unsicher. Das entlockte auch Grace ein Lächeln. Es war auch nie eine Stärke von ihm gewesen, etwas zuzugeben nicht zu können und gerade eben hatte er es einfach so getan. Wenn er doch nur manchmal ein bisschen mehr an sich glauben könnte.

Über die Schulter sah Julian, wie der Stuntman zurückkam und ihm zunickte. Das Zeichen für Julian wieder an die Arbeit zu gehen. Die seines Doubles war getan.

»Ich muss wieder an die Arbeit. Aber hören wir uns wieder? So ab und zu wenigstens?«, fragte er sehr schüchtern und Grace zog es das Herz zusammen.

»Gerne«, antwortete sie genauso leise. »Pass auf dich auf, Julian«, nuschelte sie und hängte auf. Drückte fest, mit der Faust, auf ihr Herz. Sie konnte nicht mit ihm zusammen sein, aber sie würde auch nie ohne ihn sein.

Alles wäre einfacher, wenn sie ihn nicht lieben würde. Es nicht müsste. Alles wäre einfacher, wenn sie ihn nicht vermissen würde. Alles wäre einfacher, wenn sie ihre Gefühle nur einmal, ein einziges Mal, zeigen könnte. Er hatte ihr Leben so komplett durcheinander gebracht. Seit sie ihn kannte, war alles anders. Seit sie mit ihm einträchtig schweigend nebeneinander auf ihrem Bett Instant-Nudeln aus Plastikbechern geschlürft hatte, war alles anders. Leicht fuhr sie sich über den flachen Bauch. Es hätte alles anders werden können.

Langsam begannen die beiden wieder mehr miteinander zu kommunizieren und irgendwie hatte es sich so eingebürgert, dass sie immer Sonntagmorgens um zehn Uhr telefonierten.

»Warte«, lachte Grace auf und legte den Telefonhörer von einem Ohr an das andere.

»Was machst du?«, fragte Julian irritiert nach, als er etwas poltern hörte und Grace leise fluchend aufschrie.

»Die blöde Leiter«, nuschelte sie in den Hörer. »Ich versuch gerade meine Küche neu zu streichen.«

»Alleine?«

»Ja, sicher. Warum denn nicht?«, lachte sie wieder hell auf, als die Skepsis in seinen Worten greifbar wurde. »Es ist eine Art Therapiemaßnahme. Ich bin jetzt auch bei einem Therapeuten«, sprach Grace ehrlich und wunderte sich nicht, dass sie es gerade Julian als erstes offenbarte. Die erste Sitzung war eine regelrechte Tortur gewesen, aber nach und nach schienen die Gespräche nicht mehr nur ihr Innerstes nach außen zu kehren, sondern durch das laute Aussprechen, auch Realität werden zu lassen und ihr damit eine Plattform boten, sich den Tatsachen zu stellen. Bei dem Stundensatz erhoffte sie sich jedoch auch kleine Wunder.

»Das ist gut. Ich hab viele Therapeuten ausprobieren müssen, um beim richtigen Vertrauen zu fassen«, erzählte Julian ruhig und offen.

»Wie geht's dir ohne den Tabletten?«, fragte sie nach.

»Nicht so gut. Immer noch sehr schläfrig. In letzter Zeit ist mir wieder sehr übel«, nuschelte er und steckte seinen Kopf in den Kühlschrank. Kein Grapefruitsaft mehr da.

Mit einem Plumps setzte sie sich auf ihren Hintern, auf den bunten Teppich. Ihre Augen schweiften zum noch immer sehr leeren Bücherregal. Ein großer, schwerer, silberner Bilderrahmen stand in der Mitte, alleine auf einem leeren Regalboden. Sie sollte sich vorstellen, wie ihr Kind heute aussehen könnte. Zu jedem Jahrestag sollte sie so ein Bild malen. Zunächst hatte Grace ihrem Therapeuten gedanklich an den Kopf gefasst, ob er nicht Fieber hätte. Die Maßnahme hatte geholfen, zumindest wenn sie auf die Zeichnung sah und innerlich wieder ruhiger wurde.

»Gehst du regelmäßig zum Therapeuten?«, fragte sie weich. Darauf erwiderte er nichts und das konnte nur eins bedeuten. Grace schüttelte niedergeschlagen den Kopf.

»Wir sind mit dem Dreh des Films fertig. Kommst du zur Premierenfeier? Ich lass dir ein Ticket zukommen, wenn du willst.«

»Was für ein Film?«, fragte sie irritiert nach. »Was ist mit der Serie?«

»Ich hab nen Film dazwischen geschoben. Hat mir gefallen, das Drehbuch und ich war zu dem Zeitpunkt, naja etwas …«

»Besoffen?«, fauchte Grace dazwischen. »Sag mal geht's noch. Das ist deine Chance.«

»Und ich versau sie nicht, keine Angst«, zischelte Julian.

»Wirklich nicht?«, fragte sie höhnisch zurück und Julian ließ sich am Kühlschrank nach unten rutschen, auf die kalten Marmorfließen. Das neue Haus war so unsagbar groß und leise.

»Verdammt, ich versuch es, okay?«, schrie er halb und Grace hielt den Hörer von ihrem Ohr. »Ich versuch es jeden Tag«, sprach er leiser weiter.

»Wo ist die Premierenfeier?«

»Keine Ahnung. Europa, Kanada, USA. Überall. Ich muss auf Promotiontour.«

»Ist das nicht ein bisschen zu viel für dich, im Moment?«

»Das ist mein Job. Den Produzenten ist das herzlich egal. Sie wollen mich lachend sehen, also bekommen sie mich lachend.«

»Hast du denn in letzter Zeit mal gelacht?«

Julian stutzte. Wann hatte er wirklich mal herzlich gelacht, die letzte Zeit? »Ich bin relativ viel alleine. Ich meine, auch keine Frauen.«

»Ich habe dir schon einmal gesagt, dass du dich vor mir nicht rechtfertigen musst.«

»Doch, muss ich schon.«

»Nein. Ich habe keinen Anspruch auf dich.«

»Doch, hast du schon und das weißt du auch ganz genau.«

»Wenn du damit wieder anfängst, häng ich sofort auf«, grummelte sie und schloss die Augen.

»Ich will dich nicht verlieren«, schoss es aus ihm heraus und Grace schnaufte laut auf.

»Das wirst du auch nicht. Ich sprech doch gerade mit dir, oder?«

»Ich meine so richtig. Ich habe dich nicht richtig bei mir. In meiner Nähe …«, doch weiter kam er nicht, hörte nur noch das Tuten der leeren Leitung. Frustriert schmiss er sich auf die Couch.

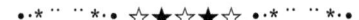

Ein Kuss ist nicht einfach nur ein Geschenk, er ist auch eine Leihgabe

Er sah nicht gesund aus. Die Wangen eingefallen, die Augen hatten ihren Glanz verloren und er hatte einige Pfund abgenommen.

»Du isst wirklich zu wenig«, stellte Grace laut fest, als sie sich in seinem Rücken befand. Ruckartig drehte sich Julian zu ihr um und seine Augen umspielte ein Lächeln.

»Hi. Ich dachte nicht ... also du hast nichts mehr hören lassen«, fing Julian konfus an und Grace musste schmunzeln. Er drehte sie einmal an der Hand, um sie selbst. »Toll siehst du aus, aber das tust du auch in Jogginghose und Schlappershirt«, lächelte er weich, während sein Daumen über ihren Handrücken strich. Da stand sie nun. Sie war wunderschön anzusehen, in ihrem blauen Sommerkleid, das übersät war von gelben Rosen – ihren Lieblingsblumen. Er wunderte sich nicht, warum ihm das gerade jetzt wieder einfiel.

Er wurde angesprochen und Grace rechnete damit, dass er sie alleine lassen würde, als er vor eine Kamera zu einem Interview trat. Doch er hielt weiterhin Händchen mit ihr und beantwortete fröhlich die Fragen des Reporters.

»Ist das Ihre Freundin?«, stellte der Reporter die Frage, die Grace befürchtet hatte. Die Kamera wurde auf sie geschwenkt und verlegen sah sie zu Julian. Der grinste den Reporter breit an: »Ich bin im Moment sehr glücklich, danke«, drückte ihre Hand und verabschiedete sich vom Reporterteam.

Der Film war grauenhaft. Nicht die Darsteller, aber die Handlungen. Es war ein Kriegsdrama und Bomben und Maschinengewehre hatte Grace schon immer bedrohlich gefunden, auch wenn sie wusste, dass dies nicht echt war. Aber es gab schon genug echtes Schlimmes, das musste nicht auch noch in einem Film dargestellt werden.

Julian hatte sie neben sich platziert und hin und wieder sah sie im Augenwinkel, wie er zu ihr sah und überprüfte, was sie wohl von dem Film hielt. Einmal lächelte sie und hob den Daumen nach oben. Julians tiefes schallendes Lachen passte so gar nicht zu der Untergangsstimmung auf der Leinwand.

»Grace?«

Megan Houston setzte sich lächelnd in den frei gewordenen Sessel, als Julian nach unten auf die kleine Bühne trat und den Applaus entgegennahm. Er machte das richtig gut, befand Grace grinsend. Das hier war sein Element. Er liebte es bejubelt zu werden. Daraus zog er seine größte Energie und genau das war wohl auch das Problem. Da hatte Tom damals schon recht gehabt.

»Was machst du denn hier? Schön dich wiederzusehen, Megan.«

»Ist es das wirklich?«, fragte die junge Blondine und Grace lächelte nur milde. Es tat nicht weh, sie zu sehen und in ihr kamen keine schlechten Gedanken auf.

»Danke, dass du Julian … na ja … ich weiß auch nicht.«

»Er trinkt wieder, ich habe nichts bewirkt«, sprach Grace dazwischen und ihr Herz wurde schwerer, als sie wieder zu Julian sah, der gerade ein paar Hände schüttelte.

»Aber er hat es unter Kontrolle und er macht seine Aufgabe wirklich gut. Scheint nicht mehr cholerisch zu sein. Das waren üble Zeiten, kannst du mir glauben.«

»Es war bestimmt nicht leicht«, sprach Grace abwesend und blickte weiter auf Julian.

»Wir haben keine Liebesszenen in der Serie, also nichts Haut an Haut. Meine Rolle ist extra umgeschrieben worden und wir …«

Grace legte eine Hand auf Megans. »Schon gut.«

Megans Augen überspielte ein Tränenschleier, doch Grace bemerkte es nicht, erhob sich leicht, als Julian wieder die Treppen nach oben eilte.

»Wir hätten Freundinnen werden können, nicht?«, fragte Megan leise und drückte ihre Hand fester.

»Das Leben spielt manchmal anders«, gab Grace lächelnd zurück und küsste sie auf die Wange und ihr war bewusst, genauso wie Megan, das sie Freundinnen hätten werden können – in einem anderen Leben, in einer anderen Lebensphase.

»Megan, Liebes«, Tom trat zu ihnen beiden und Grace sah mit großen Augen, wie Tom Megan führsorglich aus dem Sessel zog. Ihre Hand weiter fest mit seiner umschlossen. Doch Graces Gesicht zerfiel in tausend Stücke, als sie erst jetzt die kleine Rundung unter dem schwarzen Spitzenkleid erblickte. Weich fielen die langen, blonden Haare darüber. Schwer musste sie schlucken.

»Danke nochmal, für die Karte«, sprach sie geistesabwesend zu Tom und konnte die Augen nicht von dieser kleinen Rundung nehmen. Tom nickte verhalten. »Ist doch selbstverständlich.« Seine Hand rutschte auf Megans Rücken. Sehr beschützend, sehr männlich, fand Grace.

»Er hat mir sehr geholfen. Sei uns nicht böse, bitte«, hauchte Megan an Grace gewandt, als Tom schon weitereilte. Schwer atmend, sah Grace zu Julian, der sich lächelnd mit einem Mann unterhielt. Als er zu den zwei Frauen trat, verschwand sein Lächeln nicht. Die Verlegenheit drückte sich nur durch das Kratzen am Hinterkopf aus, als er leicht in die Richtung des Babybauches nickte. »Ist schon groß geworden.«

Durch den Schleier der ungeweinten Tränen, die sie andauernd versuchte runterzuschlucken, konnte Grace nichts mehr sehen. Zog ihre Hand weg, als Julian sie ergreifen wollte.

»Ja«, hauchte Megan weich. Lächelte sanft und drückte noch einmal kurz Graces Hand, bevor sie zu Tom aufschloss, der auf sie gewartet hat. Julian führte Grace nach draußen. Seine Hand auf ihrem Rücken. Respektvoll oben und doch warm genug, dass Grace registrierte, was mit dieser Geste wirklich gemeint war. Erst im Foyer meinte Grace zu begreifen, was Megan wirklich mit ihrer Bitte ausdrücken wollte.

»Kommt ihr mit, wir gehen noch was essen?«, klopfte Tom Julian auf die Schulter. Nickte Grace verhalten zu, die die stille Geste des Einvernehmens erwiderte. Lachend willigte Julian ein. Kehrte ihr schon den Rücken zu und schritt zu den anderen, als er nicht mehr ihre Wärme neben sich spürte. Langsam und mit schwerem Herzen drehte er sich zu ihr um. Er wusste was kommen würde und wollte es vehement nicht zulassen.

»Sag nicht Lebewohl, bitte«, bat er leise und fuhr sich durch die Haare. Sein Adamsapfel hüpfte mehrmals und er schien schwerer zu atmen. Mit zwei großen Schritten war er bei ihr. Nahm ihr Gesicht in seine Hände.

»Ich will dich nur lieben, Grace. Ich werde alles für dich sein, was du willst.«

Bei seinen atemlosen Worten kamen Tränen in ihr auf. »Du sollst nicht sein, wie ich es gerne hätte«, sprach sie genauso atemlos.

»Du bist heute hierhergekommen.« Wie ein trotziges Kind verschränkte er die Arme vor der Brust und stampfte mit dem Fuß auf. »Was willst du denn noch, was ich tun soll?«

»Nichts. Ich habe nie etwas von dir verlangt.«

Frustriert wedelte seine Hand zwischen ihnen beiden hin und her. »Ja, das ist ja genau das Problem.«

»Ich kann nichts von dir verlangen«, sprach sie weich.

»Ich versteh die Diskussion nicht.«

Grace ließ den Kopf hängen. Sie verstand sich selbst nicht. Nur einen Schritt und sie würde in seinen Armen liegen. Nur ein Schritt und sie hätte das, worüber sie sich seit Tagen den Kopf zerbrach. Sie waren nicht mehr die Gleichen. So komisch es klang, aber Grace war ein Stück erwachsener geworden. Sie wohl mehr als er. Julian dagegen lebte sein Leben, auch nach ihrem Verschwinden, noch genauso weiter wie früher. Gut, vielleicht hatte er sich geändert, vielleicht hätte er sich damals schon für sie geändert, für sie beide. Es war egal, denn sie war noch nicht soweit gewesen. Die Barriere fiel von seinen Augen und sie las wieder Liebe und auch Trauer. Oder vielleicht auch nur, weil sie es sich so sehr wünschte. Unbewusst trat sie wieder einen Schritt auf ihn zu und legte ihre Hand an seine Wange.

»Hast du denn gar nichts vermisst?«

Die Frage schockierte sie einerseits und machte sie andererseits auch wütend. Frustriert blickte sie hoch zur hölzernen Decke.

»Wenn du damit den ganzen Mist meinst, der so abseits des Sets passierte, wenn ich beobachten muss, wie deine Energie wie jetzt auch, immer mehr verloren geht oder dich mit Megan gesehen habe - nein.«
Sie bemerkte, wie Julian immer mehr versteifte und ihr war klar, dass auch dieses Gespräch wieder dazu bestimmt war, sie beide an den Abgrund ihrer Seelen zu bringen.
»Du weißt, was ich meine«, flüsterte er weich und kniff kurz gequält die Augen zusammen, als sie ihre Hand wieder wegzog. Mit diesem Blick, tief in seine Augen, legte Grace ihm, in diesem Moment ihre ganze Seele zu Füßen. So wie er es nur ein einziges Mal bei ihr gesehen hatte. In jener Nacht und doch gleichzeitig ahnte, wie viel ihm diese Liebe kosten würde. Heute wussten es beide genauer, nicht weniger als sie selbst hatte sie es gekostet.
»Tabea«, verschluckte Grace das Wort fast.
Julian sah sie verwirrt an. »Bitte?«
Als Grace den Kopf wieder hob, waren ihre Wangen nass und ihre Nasenspitze rot. »Ich habe ihr den Namen Tabea gegeben.«
»Ein Mädchen«, lächelte Julian und auch Grace lächelte seicht. »Sie ist ein Sternenkind«, sprach er sanft und Grace schlug schluchzend die Hand vor den Mund und ging in die Hocke. Er kam zu ihr. Er nahm sie in die Arme, wog sie hin und her und wischte ihr die Tränen von den Wangen. Es war ihm egal, dass er hier am Boden saß, wie viele Menschen sie beide anstarrten, wie wenige je begreifen würden. Hielt Megan mit ausgestreckter Hand auf, zu ihnen zu gehen. Weinend presste Megan die Hände auf ihren Mund, um die Schluchzer zu unterdrücken, als sie von Tom in die Arme gezogen wurde.
»Du wirst wieder gehen«, flüsterte Julian niedergeschlagen, gegen Graces Haare, als er sie weiter hin und her wog. Er konnte sie nicht aufhalten. Ihr nicht Stütze sein, bei was immer sie auch mit sich ausfocht.
»Du hast nie etwas zerstört«, murmelte Grace, gegen sein Hemd. »Aber ich kann nicht bei dir sein, wenn ich noch nicht einmal selbst weiß, wer ich bin. Wie kannst du mich da lieben?«
Er verstand die Worte nicht wirklich. Nicht den Sinn dahinter, nicht die Realität. Küsste sie sachte und wünschte sich nichts mehr, als sie für immer so zu halten, als ihre Finger sich an seine Wange legten, ein gehauter Abschiedskuss folgte, bevor sie sich von ihm löste und mit einem sanften Lächeln wieder aus seinem Leben verschwand.

Sich Fallenlassen geht nur beim richtigen Menschen

Die Tage waren anstrengend, mit dem neuen Job als Geschäftsführerin des Magazins. Aber jeden Tag ging Grace auch gerne zur Arbeit, weil es ihr eigenes kleines Magazin war und sie ehrlich gesagt verdammt Stolz darauf war. Auch wenn das Büro nicht mehr Quadratmeter als ein Ein-Zimmer-Appartement und die Toilette nicht einmal ein Fenster hatte.

»Den Titel würde ich in Schwarz halten. Das kommt nicht ganz so poppig rüber. Wir wollen ja auch noch andere Leserschichten dazu animieren uns zu kaufen und nicht nur Jugendliche und junge Mütter«, ermahnte sie nicht zum ersten Mal Marie. Diese nicke eifrig und Grace wunderte sich, wie Marie sich so schnell fügen konnte. Aber Marie war gut und Grace war froh darüber, dass ihre Freundin zugestimmt hatte, mit ihr zu arbeiten – für sie zu arbeiten. Und es schien Grace auch so, als wollte Marie von ihr lernen. Wenn sie es geschickt anstellten, konnten sie beide voneinander lernen. Nein, zwölf Jahre warf man nicht einfach so weg. Nicht die beste Zeit ihres Lebens. Nicht wegen einem Mann. Das war es nicht wert.

Verträumt blickte sie auf die Titelbilder des vergangenen Halbjahres. Jede zwei Wochen ein neues. Aufregender als das vorherige. Bunter und lauter. Stars in ihren besten Posen. Politiker mit aufgesetztem Lächeln, die um jede einzelne Wählerstimme kämpften.

Ihr Blick wanderte zu einem schweren silbernen Bilderrahmen und in ihr stieg wieder diese unsägliche Wut auf. Ihre Mutter strahlte ihr mit koketten dunkelblauen Augen entgegen. Es war ein sehr altes Bild, erinnerte kaum an die alternde adrette Frau, die Grace so sehr in Erinnerung geblieben war und trotz ihrer Kälte, die sie ausgestrahlt hatte, immer irgendwie fasziniert zurückließ. All das begriff Grace erst jetzt. Das Bild war vor der Geburt ihrer Kinder entstanden und Grace hatte es mit einem persönlichen Brief, vom Nachlassverwalter ihrer Mutter überreicht bekommen, vor ein paar Wochen.

Im Brief stand nicht viel: »Lebe endlich deinen Traum!«

Ohne die zwei Millionen US-Dollar ihrer Mutter hätte sie nie das Startkapital aufbringen können, das Wagnis einzugehen, ein eigenes Magazin zu gründen. Doch oft dachte sich Grace auch, dass sie dieses Geld nie hätte bekommen wollen, denn es hieß, nie wieder ihre Mutter zu sehen, nie wieder mit ihr sprechen zu können. Margarete hatte von ihrer Mutter keinen Cent geerbt. Am Tag der Beerdigung, noch am offenen Grab ihrer Mutter, hatte sich Grace endgültig von ihrem Vater verabschiedet. Herzlich, der Vergangenheit keine Chance mehr eingeräumt, sich einzumischen, in ihr zukünftiges Leben. Keine drei Tage später waren auch die Brustimplantate Geschichte.

Herzhaft biss Grace in ein mit Salami belegtes Sandwich und genoss den Geschmack von Butter auf der Zunge. »Danke, Mama«, nuschelte sie lächelnd, mit vollem Mund, dem Bild entgegen. Ihre Mutter würde sie bestimmt schimpfen, so unüberlegt für ihre Figur, so viel Butter zu essen, überlegte Grace schmunzelnd und biss noch einmal kräftig in das Brötchen.

»Du hast bei Tom anfragen lassen, wegen einem Interviewtermin?«

Ruckartig drehte sich Grace zur männlichen Stimme um. Julian stand im Türrahmen. Verschmitzt lächelnd lehnte er mit der Schulter am Holz. Sich räuspernd, die Brotkrümel von Mundwinkel und Kleid abwischend, lief sie rot an und das mit Flecken.

»Dein neuer Film wird schon jetzt als Kassenschlager gehandelt, da kann man nie früh genug nach einem Termin fragen«, konterte sie lächelnd und musterte ihn von oben bis unten.

»Gut siehst du aus«, entkam es ihr weich. Gesund und frisch wirkte er auf sie. Nicht eingefallen und lustlos, wie das letzte Mal als sie ihn gesehen hatte. Ein halbes Jahr war das jetzt her. Und doch war kaum ein Tag vergangen, an dem sie nicht an ihn gedacht hatte. Sich im Internet täglich die schundhaften Artikel über ihn durchgelesen hatte, nur damit sie endlich erfuhr, dass er wohl erfolgreich eine Entziehungskur hinter sich gebracht hatte.

»Schicken die Agenten ihre Stars jetzt persönlich zu den Anfragern, für die Interviews, oder warum beehrst du mich, mit deinem Besuch?«, lächelte sie munter.

»Ein Magazin der Zeitgeschichte«, grinste Julian verschmitzt zurück, als er den Untertitel des Magazins las und besah sich stumm die Titelbilder in den Bilderrahmen. Beeindruckend, wie er fand.

»Ich komm wohl nicht daran vorbei, auch die heutige Pop-Kultur darin aufzugreifen. Nur Politik will wohl niemand lesen«, lachte sie frei heraus und richtete wie nebenbei einen Stapel Magazine auf ihrem Schreibtisch. Als sie wieder aufblickte, sah sie kaum noch etwas vom Raum, um sich herum. Julian stand groß und breit vor ihr. Nein, er hatte nichts von seiner Anziehungskraft auf sie verloren.

»Ich habe es dir schon einmal gesagt, etwas aufzugeben war noch nie meine Stärke, Grace«, sprach er die Worte mit so viel Nachdruck in der Stimme, dass es Grace eiskalt den Rücken runterlief.

»Du bist es eben gewohnt immer alles zu bekommen. Deswegen wurmt es dich, dass das mit uns nicht geklappt hat«, sprach sie leise und sah seine Augen funkeln. Und zum ersten Mal ließ sie es zu, das Richtige aus seinem Blick zu lesen. Es zu verstehen. Ihn richtig deuten zu können.

Vehement schüttelte er den Kopf und legte eine Hand auf ihre Wange. Sie ließ es einfach so geschehen. Sie wollte diesen Mann so sehr. Den Vater ihres Kindes.

»Nein, deswegen nicht«, abwesend blickte er auf ihre Lippen und die Kälte wurde schlagartig von Wärme abgelöst. Erdrückende Wärme in ihren Eingeweiden. »Mich wurmt, dass ich dir ständig nachrennen muss. Das bin ich nicht gewohnt.«

Ihr schüchternes Lächeln weckte die Schmetterlinge in seinem Bauch und obwohl er wusste, was ihn hier erwarten könnte, wenn er sie aufsuchen würde, hatte er doch nicht mit dieser extremen Intensität gerechnet, mit der sein Verstand und Körper auf sie reagierte. Er hatte das Richtige getan und wusste auch, dass es sich gelohnt hatte, als er ihre weichen Lippen auf seinen spürte und ihre kleinen Hände sich in seine stahlen. Sein Blick fiel auf das Portrait. Langsam setzte er sich auf die Kante des Schreibtisches und schob die Hände in die Hosentaschen. Verunsichert, weil Julian von einen auf den anderen Moment so abwesend wirkte, fragte sie, ob etwas nicht stimme.

Doch sein Blick haftete auf dem Bild. »Ist das deine Mutter?«

Leicht nickte sie. »Sie ist vor einem Monat an einem Herzinfarkt gestorben.«

»Das tut mir leid.«

»Danke«, hauchte sie, mit Tränen in den Augen.

»Du hättest dich melden sollen«, und in seiner Stimme schwang leichter Vorwurf mit.

»Ich wollte das zuerst mit mir alleine ausmachen und dann das alles mit der Firma und …«

Doch sein verschmitztes Grinsen, das er ihr sogleich schenkte, ließ die traurigen Gedanken in den Hintergrund treten. »Du sollst nicht immer alles alleine mit dir ausfechten.«

Forschend zog er die Augen zu Schlitzen zusammen und zog sie zwischen seine Beine. »Woher kommst du eigentlich?«

Unkontrolliert musste sie auflachen. Sie hatte mit vielem gerechnet, aber nicht mit dieser Frage.

»Aus dem Süden«, breitbeinig stellte sie sich vor ihn und hob ihre Finger an einen imaginären Hut, um in der nächsten Sekunde ein Lasso zu schwingen, das nur sie sehen konnte. Lachend zog er sie an seine Brust. Genoss, wie sie ihn streichelte, ihre Finger in seinen Nacken legte.

»Ich bin stolz auf dich. Weißt du jetzt endlich, wer du bist?«, wisperte er gegen ihre Schläfe und Grace schloss die Augen, mit dem Wissen, jetzt könnte sie fallen und Julian würde sie auch auffangen.

Kurz blinzelte sie dem Bild ihrer Mutter zu und Grace war es, noch bevor Julian sie küsste, als ob die junge Frau zurückblinzelte.

Eine zeitlose Liebe - ein Verbrechen -

ein Geheimnis

»Alte und neue Geister«
Isabelles und Samuels Kindheits- und Jugendfäden sind stark miteinander verwoben.
Stärker als sie beide zugeben wollen.
Jahre später: beide erfolgreich - stur - egozentrisch.
Wie läuft jedoch das Leben weiter, wenn genau die Person unerwartet
in dein Leben tritt, die du eigentlich geglaubt hattest nie wiederzusehen? Was, wenn alte Erinnerungen aufkommen, die du eigentlich so
lange hinter Schloss und Riegel verstecken konntest? Und was, wenn
gerade diese Person irgendwann alles für dich wird? Eine Welt, um die
du dich drehst und dich gleichzeitig auch wieder in die Vergangenheit
zieht. Eine Vergangenheit, die du lieber nicht wieder durchleben
möchtest.
Und was heißt es eigentlich wirklich, zu vergeben und zu vergessen?

• 272 Seiten • ISBN: 978-3-7347-9047-8 •

Erfolgreich - gerissen - gelangweilt

»Darf ich Dich küssen?«
Erfolgreich, gerissen, gelangweilt - eine explosive Mischung für Intrigen und Spielchen, die in der High Society von Los Angeles für einen mächtigen Wirbelsturm sorgen wird.
Oliver, Ethan, Lionel, Stephen, Gary, Ruby - Staranwälte wie sie im Buche stehen.
Eugénie, Victoria, Madeleine, Phyllis - Nebenprotagonistinnen, die zu Hauptdarstellerinnen werden können und eine Gouverneurs-Kandidatur, die um jeden Preis verhindert werden soll.
In einem Sog aus Leidenschaft, Freundschaft, Intrigen, Lüge, Verrat und Wahrheit geraten alle Protagonisten an den Rand ihrer emotionalen und körperlichen Fähigkeiten. Wer wird siegen? Oder geht es irgendwann gar nicht mehr ums Siegen, da der Preis des Verlustes einfach zu hoch wäre?
Doch zu was kann eine Obsession wirklich führen?

• 364 Seiten • ISBN: 978-3-7386-3444-0 •

www.avafox.de